光文社文庫

屑《クズ》の結晶

まさきとしか

光　文　社

『屑《クズ》の結晶』目次

屑^{クズ}の結晶

屑（クズ）の結晶

プロローグ

目についた灰皿を手に取り、ふりかざす。女の後頭部に叩きつける。

一瞬の動作に少しの迷いもなかった。

女は一、二秒動きを止め、ぐらぐらっと揺れたのち、耐え切れなくなったようにどさっと崩れ落ちた。

女はうつ伏せのままぴくりとも動かない。死んだのだろうか。

殺すつもりじゃなかった――。そんな言葉が浮かんだが、偽りの台詞《せりふ》だと自覚していた。

自分はこの女を殺すためにここに来たのだ。

女を見下ろしながら笑おうとした。口角をつり上げたつもりだが、笑えているのかどうかわからない。

ふと、あの子のことが頭に浮かんだ。

この女を殺したことを知ったら、あの子はどう思うだろう。嘆くだろうか、怒るだろうか、悲しむだろうか。

いや、あの子なら否定も非難もせず、自分の行いを静かに受け入れてくれるだろう。
そう考えると、この瞬間もあの子が見ているような気がした。
背後で物音がし、はっとして振り返る。
鏡が目に入った。そこに映る自分は笑っていた。

一章

「誰を殺そうと自由」連続殺人か　33歳の無職男を逮捕

——9月5日（水曜日）

東京都豊島《としま》区の雑居ビルで、清掃スタッフの女性を灰皿で殴打したとして、警視庁池袋《いけぶくろ》署は4日までに、無職・小野宮楠生《おのみやくすお》容疑者（33）を傷害の疑いで逮捕した。女性は搬送先の病院で死亡し、池袋署は容疑を傷害致死に切り替えて調べている。

また、小野宮容疑者は前日3日に板橋《いたばし》区のアパートの一室で元交際相手の女性を殺害したことを自供した。捜査員が現場に行くと、供述通り女性の遺体が見つかった。現在、死亡した女性の身元特定を進めている。

小野宮容疑者は取り調べに対し、「誰を殺そうと自由」といった意味の供述をしているという。

わずか二、三秒で勝敗が決まったらしい。

宮原貴子《みやはらたかこ》と対峙《たいじ》した三人のクズ女《じょ》は、一様に自分の圧勝だとジャッジしたようだ。彼女たちの表情は一瞬、いやらしく華やいだ。優越感からだろう、「先生、よろしくお願いします」と、しおらしく下手に出た。

そりゃそうだろう、と貴子は思う。いかに美しくあるか、というクズ女たちの勝負の世界において自分は圧倒的な敗者だ。一応、化粧はしているが、五分足らずの時短メイクだし、寝ぐせをごまかすためにひとつに結んだ髪は二ヵ月近く美容院に行っていないため生え際に白いものが目立つ。なにより醜悪なのは贅肉《ぜいにく》という不要物だ。そんなに食べていないつもりなのに、なぜ容赦なく腰まわりが肥えていくのだろう。

それに比べて、目の前に座る三人のクズ女は年齢不詳の美しさをまとっている。

奇妙につやのある肌は人工物のようで、毛流れのそろった髪は輝いている。三人とも隙のない化粧をし、不自然に長く濃いまつげはまばたきをするたびばっさばっさと音がしそうだ。そのせいか顔の輪郭もパーツもまるでちがうのに、姉妹のような雰囲気を醸し出している。

いまは神妙にしているが、本来の姿はちがうはずだ。自分たちのテリトリーに戻れば声高に自己主張し、意にそぐわないことには怒り、泣き、喚《わめ》き、全力で立ち向かっていく気の強さを感じる。そして、最初の二、三秒で見せたように、美しさ、若さ、財力、社会的地位、交友関係などあらゆることに勝負を挑み、一喜一憂している気がした。

貴子が抱いたその印象は、マスコミ報道とほぼ一致していた。

ここ数日、クズ女たちはマスコミをにぎわせている。テレビや週刊誌が発信する彼女たちの人物像はヒステリーで勝気、あわれな被害者であるにもかかわらず、そのことに気づいていない愚かで痛い女というものだった。人々は侮蔑《ぶべつ》と嘲笑を込めて彼女たちを「クズ女」と呼んだ。

「先生」

リーダー格の吉永《よしなが》ひとみが改まった声を出した。漆黒のまつげで飾った目は充血しているが、引き締まった瞳には強い意志が宿っている。

「彼、クズ男《お》なんて呼ばれてますけど、ほんとうは心のきれいな人なんです」

「そうですか」

貴子は笑みを浮かべ、続きを促すために小さくうなずいた。

しかし、吉永は貴子のうなずきを同意の意味に捉えたらしく、安心したようにふっと息を漏らした。テーブルの上で組んだ両手の爪には一枚ずつちがうネイルがほどこしてある。吉永は「小野宮楠生を救う会」の代表で、都内で三店舗のネイルサロンを経営している。貴子と同じ四十九歳だ。にもかかわらずしわがなく、皮膚は後頭部できつく結ばれているようにぴんと張っている。ヒアルロン酸かプラセンタ、もしくはボトックスだろう、と貴子は見当をつけた。

「マスコミは楠生のことを残虐な殺人鬼みたいに言ってますけど、彼、悪い人じゃないんです。ほんとうは純粋で子供みたいな人なんです。だから、善悪の区別がつかないところがあるのかもしれません。でも、心は汚れていないんです。少年のままなんです」

吉永はそう言い、そうよね、と右隣の鈴木《すずき》に同意を求めた。

「楠生は無邪気すぎるのよ」

鈴木が言う。

「天真爛漫なのよね」

左隣の菊池《きくち》も言う。

「ね。目なんかキラキラしてるし」

「でも、ふとしたときに無防備な表情になったりして」

「それって、迷子になった子供みたいな顔じゃない？」

「そう！」

「うん。わかるわかる」

三人の女は顔を見合わせ、秘密を交換するようにひっそりと笑い合った。鈴木はグラフィックデザイナーで三十五歳、菊池はアパレル勤務の四十歳。年齢も職業もちがい、しかもおそらく一ヵ月前まで会ったことのなかった女たちが、なぜこんなにも結束し、親密になれるのか。そして、自分たちを騙《だま》し、金をむしり取り、殺人を犯した男をなぜ擁護しようとするのか、貴子は不思議だった。

貴子が弁護を引き受けた事件は、発生から三週間たったいまも世間から注目されている。

被告人は小野宮楠生、三十三歳、無職。池袋の雑居ビルで清掃スタッフの女性を灰皿で撲殺し、ビルを出たところで警察官に逮捕された。その後の供述で、前日にも同様の手口で元交際相手の女性を殺害したことが判明。供述どおり、下板橋《しもいたばし》にあるアパートの一室で女性の遺体が発見された。

二名を殺害したとはいえ、特別奇異な事件とはいえない。

しかし、「誰を殺そうと俺の自由だろ」という逮捕後のコメントと、送検されるときの満面の笑みとピースサインのインパクトが大きかった。

その後、恋人を名乗る女たちが次々に現れたことから、事件そのものより小野宮楠生という人間への下衆《げす》な関心が高まった。楠生という名前から小野宮は早い段階から「クズ男」と呼ばれた。

当初、小野宮は犯行を全面的に認めていた。しかし起訴後、清掃スタッフの女性の殺害については否認に転じた。

国選弁護人は小野宮の主張に懐疑的だったらしい。そこで、私選弁護人として貴子に依頼が来た。私選弁護人が選任されると、国選弁護人は解任される。

「皆さんは、どうして小野宮さんの力になろうとしているのですか?」

貴子の率直な質問に、女たちはすぐには言葉を返さなかった。その沈黙からは、そんなこともわからないのか？　という呆れが感じられたが、彼女たち自身、理由を言語化できないでいるようだった。

「だって、かわいそうじゃないですか」

鈴木が前のめりぎみに口を開いた。

「私たちが助けないで誰が楠生を助けるんですか？　見捨てるなんてできないじゃないですか」

「そうですよ」と菊池が同調する。

「楠生が養護施設で育ったことは先生もご存じですよね。彼、家族がいないんです。だから、私たちが助けてあげなきゃならないんです」

父子家庭だった小野宮は父親の死後、小学四年生から中学卒業までを宮城県内の児童養護施設で過ごしていた。

「愛しているからです」

吉永の言葉が、一瞬、すべての音をのみ込んだ。

彼女は十分な間をあけてから、

「楠生を愛しているからです」

と胸を張り、勝ち誇るように繰り返した。

「それはもちろんそうよ」「だから彼を助けたいんです」と鈴木と菊池が続いたが、吉永はふたりを無視した。

「私たちをクズ女なんて呼んで叩いているのは、圧倒的に女のほうが多いんです。そういう女たちって、本心では私たちのことがうらやましいんですよ。自分たちが男に相手にされないから嫉妬してるだけなんです。きっと冴えない毎日にうんざりして、私たちをストレス発散のはけ口にしているんじゃないですか。本気で人を愛したこともなければ愛されたこともないかわいそうな女たちですよ。女の敵は女っていうけど、ほんとうにそうだと思いませんか？」

吉永の言葉には、貴子へのあてつけが含まれているように感じた。案の定、「先生は、本気で人を愛したことがありますか？」と聞いてきた。

「さあ、どうでしょう」

貴子はほほえみでかわした。

「ご結婚はされているんですか？」

さっき貴子の左手を確認したくせに、吉永はしらっと聞いてくる。

「いえ、いまは」

貴子もしらっと返した。

仕事上で結婚経験を聞かれたときは、そう答えるようにしている。嘘はついていないし、騙してもいない。いまは結婚していないし、過去にしたこともない。

「じゃあ、私と同じですね」

吉永は親しげにほほえみかける。

「あら」と、貴子は似た表情を意識した。

「私もバツイチなんです」

「そうですか」

「先生も、私たちのことを楠生に騙されたバカな女たちだと思っていますか？」

「そう報じているマスコミも多いようですね」

「特に私なんか四十九で、救う会でも最年長だから、痛いババアなんて言う人がいることは知っています」

「そんなことない！　ひとみさん、きれいだもの。ババアなわけないじゃないですか」

鈴木が吉永の袖をつかんで言う。

「ほんとほんと。どう見ても三十代ですよ」

菊池も加勢する。

おそらく言われ慣れているのだろう、吉永は表情を変えなかった。

「私たちは楠生に騙されてなんかいません。彼が何人もの女と関係していたことは、ほとんどのメンバーが知っていました。知らなかったのは、よっぽど鈍感な女だけじゃないですか」

　両隣で鈴木と菊池が深くうなずく。

「それでもよかったんです。私たちと楠生は、普通の人たちには理解できない関係なんです。だから、私たちはかわいそうな女でもないし、騙されたわけでもありません。楠生を愛し、楠生に愛された女たち。みんなファミリーなんです」

　吉永は恥ずかしい台詞を言ってのけたが、貴子にはその堂々とした物言いが芝居がかって感じられた。

　貴子のもとに救う会から弁護の依頼が来たのは、女性向けのネット記事がきっかけだった。三十代の女が恋人である男をアパートの階段から突き落とし、大怪我を負わせた事件だった。貴子は、加害者である女の弁護を担当した。女は男からDVを受けていた。事件当夜も、男は暴力をふるった。部屋を飛び出した女を男は追いかけ、もみあいになった末、階段から転落した。貴子は正当防衛を主張し、二ヵ月ほど前に無罪判決が下った。検察側は控訴しなかった。

　DVを特集した記事に、この事件が取り上げられた。無罪となった女のコメントに加え、貴子の顔写真が載り、「弱者に寄り添う」と紹介された。

　吉永はこの記事を目にし、「信頼できそうに見えたから」という理由で、貴子に依頼することを決めたという。しかし、もし貴子が彼女たちのライバルになり得る美しい女であれば別の弁護士にしたにちがいない。そもそも、国選弁護人とうまくいかなかったらしい小野宮が「男はえらそうだから女にして」と注文をつけなければ、彼女は女の弁護士を選ぶことはなかっただろう。

「みんなファミリーなんですう」

救う会の女たちが帰るなり、事務の土生京香《はぶきょうか》が吉永の真似をした。胸の前で両手を組んでしなをつくったから、のぞき見てはいないようだ。

「ちょっと。盗み聞きしたの？」

貴子は京香を睨むふりをした。

「ちがいますよ。たまたま聞こえただけです」

「たまたま聞こえるわけがないでしょう」

「ほんとにちがうんです。いただきもののラスクがあるじゃないですか。お出ししようかなあと思ったんです。そうしたら、みんなファミリーなんです、って声が聞こえて、入るのをやめたんです」

ほとんど口をつけていない湯飲み茶碗を片付けながら京香が言い訳する。

「彼女たちをじっくり見たかっただけじゃないの？」

「まあ、それは置いといて」

「勝手に置くな」と貴子は笑った。

会議室から執務スペースに戻っても京香のおしゃべりは続いた。クズ女たちについて物申したいことがたくさんあるらしい。

「私、はじめてクズ女って呼ばれる人たちを見ましたけど。ほら、ワイドショーなんかだと顔は映らないじゃないですか。想像以上っていうか。あれ、本気で言ってるんですかね。楠生を愛し、楠生に愛された女たち、って。驚愕《きようがく》なんですけど」

「それも聞いてたのね」

「代表の吉永さんは顔いじってますよね。少なくともなにか打ってますよね」

貴子と同じ感想を躊躇《ちゆうちよ》なく口にする。

「だめよ、そんなこと言っちゃ」

「もちろんここでしか言いませんよ」

人感センサーのチャイムが鳴り、京香が受付に行こうとした。が、来客ではなく、国友《くにとも》修一《しゆういち》が執務スペースに駆け込んできた。

「ああーっ、間に合わなかったか」

「おしい。タッチの差でした」と京香が笑う。

「香水のにおいすごいな」

国友はあちこちに顔を向けて鼻をくんくんさせる。

「十分前に帰ったばかりですもん」

「ほんとにタッチの差かあ。依頼人のおばちゃんが引きとめなければ、ひとつ前の新幹線に乗れたのになあ」

「ちょっと、口の利き方。おばちゃんはやめなさいって」

貴子がたしなめても、国友は気にしない。

「示談が成立しておばちゃん喜んでさ、いらないっていうのに土産をこんなに渡されたよ。はい、これ。牛タンの佃煮だって」

そう言って、貴子と京香に紙袋を差し出した。

「俺もクズ女に会いたかったなあ」

「そのうち会えるわよ」

小野宮の弁護は貴子が務めるが、国友にもサポートしてもらうことになっている。

貴子と国友が、「宮原・国友法律事務所」を新橋《しんばし》に開いたのは十五年前、貴子が三十四歳、国友が三十二歳のときだった。声をかけたのは、検事から弁護士に転身したばかりの国友だった。貴子と国友は司法修習が一緒だった。貴子が大学卒業後、二回目の司法試験で合格したのに対し、国友は在学中に合格していた。

国友がヤメ検になったと聞いたとき、やっぱり、と貴子は思った。高校までラグビーをしていたという国友は体格が良く、黙っていると凄んでいるように見える。それでも、社交的な性格から人に好かれた。なにごとにも豪快で地声が大きく、場の空気を読むことや他人の顔色をうかがうことをよしとしない国友にとって地検は窮屈だったにちがいない。

「っていうかふたりとも、クズ女って呼ぶのやめなさいよね」

「ここでしか言わないって」

「だから、ここでしか言いませんよ」

国友と京香の声が重なった。どちらも母親に抗議する子供のような口調だった。

国友修一と土生京香は、母親が姉妹のいとこ同士だ。ふたりの口が悪く、何度言っても改まらないのはＤＮＡによるものだと貴子はあきらめている。

「しっかし、美容に毎月いくらかけてるんでしょうね。なんか必死って感じですよね。私はああまでして年齢に抗《あらが》いたくないなあ。っていうか、そもそも美容にかけるお金ないですしね」

四十二歳の京香は、高校生と中学生の息子がいるシングルマザーだ。

「京香、嫉妬か？」

国友がからかう。

「ちがいますよ」

むきになって否定する京香を見て、貴子は吉永が言った「女の敵は女」という言葉を思い出した。

「そういえば、代表の吉永さん、男に相手にされない女が自分たちに嫉妬してる、みたいなことを言ってたなあ」

貴子はひとりごとをつぶやき、しまった、と思う。

「もうっ。宮原先生まで。ほんとに嫉妬なんかじゃありません。それに、男に相手にされない女ってひどいじゃないですか」

案の定、京香は本気で抗議した。

「ごめんごめん、そうじゃないのよ。吉永さん、自分たちはもてるというような言い方をしたけれど、ほんとうにそうなのかなと思ったの。そりゃあ、若ければきれいな人がもてるんでしょうけど、ある程度の年齢になったら、やさしそうだったり、親しみが感じられる人のほうがもてるような気がするの。吉永さんたち、男の人から見るととっつきにくいというか、怖い感じがするんじゃないかな」

だからこそ、小野宮のような男に言い寄られ、ころっと騙されてしまうのではないだろうか。

「ああ、たしかにそうかもしれませんね。ほら、男に保険かけて次々に殺した女とか、結婚詐欺で何億も騙し取った女なんか、どっちも太った冴えないおばさんでしたよね」

一瞬、それ私のこと？　と思うが、京香はあてこすりを言うタイプではない。

「そうか？　俺は若くてきれいな女がいいけどな」

国友はそう言ったが、彼の妻は五つ年上で看護師をしている。

「私は経済力で選びますね。小野宮はたしかに顔はいいですけど、無職ですからね。私なら絶対に引っかからないですよ」

小野宮の顔を思い描こうとすると、送検時の映像が浮かぶ。

警察署から出てきた彼はほほえんでいた。照れたような笑みに人なつこさといたずらっぽさが滲《にじ》み、しかしまなざしを堂々と上げ、まるでファンの声援を浴びながらレッドカーペットを歩く俳優のようだった。やがて、彼はテレビカメラをまっすぐ見据え、ぱっと音がしそうなほど鮮やかな笑顔をつくると、手錠をかけられた両手でピースサインをした。警察官が慌てて制止し、彼はワゴン車に乗せられた。まさか小野宮の弁護を引き受けることになるとは想像もしなかったあのとき、その映像を見るたび貴子の胸に痛みに似た刺激が生まれた。見たくないと思うのに、視線をはずすことができなかった。

貴子は「さてと」と小さくつぶやき、小野宮が否認に転じた殺人事件の資料をめくった。それが合図になり、国友と京香もそれぞれの仕事をはじめた。

九月四日、午後三時過ぎ、池袋にある「おかめビル」という雑居ビルで女性が殺害された。被害者は亀田礼子《かめだれいこ》、七十歳。彼女は、このビルを担当する清掃スタッフだった。小野宮は、二階のトイレを清掃していた被害者の後頭部を灰皿で殴り、殺害。犯行直後の現場を小料理屋の女将《おかみ》が目撃している。小野宮は悲鳴をあげた目撃者を突き飛ばし、凶器を持ったまま逃走。路上で巡回中の警察官に取り押さえられた。

起訴後、小野宮はこの事件に関して否認に転じた。当初に犯行を認めた理由については「やけくそになったから」とある。

この事件は裁判員裁判になる。起訴後、供述を変えるのは心証が悪い。

国選弁護人は、素直に罪を認めたうえで情状酌量を求めようとしたらしい。小野宮が小学四年生から中学卒業まで児童養護施設で過ごしたことを、不遇な生い立ちとしてその理由にしようとしたのだろう。

国選弁護人が小野宮の主張を信用しなかったのは、無実の可能性が見いだせなかったからだと考えられる。小野宮が当初犯行を認めたこと、ふざけた言動、なにより犯行直後に目撃され、逮捕された際には凶器の灰皿を持っていたのだ。

小野宮の精神鑑定の結果はすでに出ており、責任能力に問題はないとされている。

「どんな印象？」

一段落したタイミングで国友が声をかけてきた。

六時をまわり、京香はすでに帰宅していた。

「うーん」と貴子はうなった。「うーん、なんだ？」

国友が笑う。

「接見しなきゃなんとも言えないけど、資料を読む限りむずかしそうな印象かな。だから、国選弁護人も消極的だったんじゃないかしら」

「目撃者がいるんですよね？」

仕事の話になると、国友は突然敬語になることがある。貴子はとっくに慣れたが、普段の毒舌とのギャップに驚く人は多い。

「そう。犯行直後なんだけど、小料理屋の女将が、凶器の灰皿を持った小野宮と倒れている被害者を目撃しているのよ」

「俺が不思議なのは、小野宮楠生よりクズ女なんですよね」

「だから、クズ女って言うな」

「はいはい、救う会の女か。彼女たち、何股もかけられてたわけですよね。メンバーって何人だっけ？」

「七人」

「じゃあ、少なくとも七股はかけられてた。しかも金をむしり取られてた。それなのに、どうして助けようなんて思えるんだろう。普通、小野宮の極刑を望まないですかね。それなのにライバル同士の女たちが結束して救う会を立ち上げて、弁護費用まで出し合うなんて……」

バカじゃないですかね、と続けそうな口ぶりだった。実際、心のなかではそう吐き捨てたのかもしれない。

「彼女たち、何股もかけられてることははじめから知ってたんだって。それでもよかったんだって。小野宮を愛してるんだって。みんなファミリーなんだって」

貴子はひと息で告げた。

「はあ？　ファミリー？」

国友は声をひっくり返し、「宗教かよ」とつぶやいた。

「小野宮は心がきれいだ、って言ってた。悪い人間じゃない、無邪気で天真爛漫だ、って」

「人を殺した男をよくそんなふうに思えるなあ。仮に清掃スタッフは殺してないとしても、元交際相手の殺害は認めてるわけだし。自分も殺されてたかもしれないとは思わないんだろうか」

「もしかしたら、ほんとうに小野宮は心がきれいなのかもしれない。無邪気で天真爛漫なのかもしれない」

「本気で言ってる？」

そう聞かれ、貴子は息つくように笑った。

「そうだったらいいな、って思っただけ」

「宮原先生、大丈夫？」

国友は真顔だ。

「なにが？」

「宮原先生もクズ女になったりして」

ははっ、と貴子は笑い声をあげた。

「国友先生、私が美魔女みたいなクズ女になれると思う?」

今度は国友が、ははは、と豪快な笑い声をあげて返答を避けた。


小野宮楠生とのはじめての接見の日は、朝から気持ちよく晴れていた。澄み渡った青空と白く小さな雲はこれ以上ないほどすがすがしく、逆に不吉な前兆のように感じられた。

貴子は、軽い痺《しび》れのような緊張感を自覚していた。

東京拘置所の窓口で接見の手続きを済ませ、エレベータに乗った。指定された面会室に入り、小野宮を待つ。

まもなく現れた彼は、送検時と同じように照れくささといたずらっぽさが同居した笑みを浮かべていた。貴子に目を向け、なつかしい友人を見かけたときのような嬉しそうな顔になる。相手との距離を縮める人なつこい表情に、一瞬、よく知っている人に会ったような錯覚に陥りかける。

人たらし、と貴子の脳裏に言葉が浮かんだ。

黒い髪が耳下まで伸び、目に前髪がかかっている。白い長袖のTシャツと黒いスウェットパンツは、シンプルなのにシルエットが洗練されている。

アクリル板の前に座った彼は笑みを浮かべたまま貴子を見据えた。相手が笑い返すのを信じ切っている表情だ。

しかし、貴子はほほえみを返さなかった。

「小野宮楠生さんですね。あなたの弁護を担当することになった宮原貴子です」

貴子は真顔を保ち、アクリル板越しに身分証明書を提示した。

小野宮はにかっと笑った。その笑みからは親密さが消え、からかう相手を見つけたときのような意地の悪さが感じられた。

「なんだ、ババアかよ」

ふいを突かれ、言葉に詰まった。こめかみがかっと熱くなったが、一瞬のことだった。貴子は表情を変えずに相手を見つめ返した。

「嘘、嘘。いや、ババアなのは嘘じゃないけど、俺、ババアが嫌いってわけじゃないから。ババアでも全然いけるから」

そう言って小野宮は、あはっ、と笑い、「センセー、俺の弁護よろしくね」と続けた。

心のきれいな人。無邪気。天真爛漫。悪い人じゃない。貴子は救う会の女たちの言葉を思い出し、マスコミが報じる「クズ男」とはちがう小野宮を感じたいと思った。

「惚れた？」

「え？」

「そんな目で見て俺に惚れたんじゃねえの？」

「タイプじゃない」

とっさに出た声は冷たく切り捨てる音になった。

小野宮からすっと笑みが消え、少し遅れて視線が貴子からはずれた。腹を立てたのか、しらけたのか、感情を閉ざした顔からは内面をうかがうことはできない。

しかし、小野宮はすぐに貴子に目を戻し、薄ら笑いを浮かべた。

「調子にのるなよ、ババア。俺だって、どんなババアでもいけるわけじゃねえんだよ。ぶさいくなババアはさすがに無理なんだよ」

「小野宮さん」と呼びかけた声がきつくなったが、小野宮は頓着《とんちゃく》せず、「はいはーい」と軽く返した。

「本題に入りましょう。あなたは起訴後に、亀田礼子さんの殺害を否認したそうですね」

「ああ、掃除のババアのことね。うん、そうだよ」

「でも、起訴されるまでは犯行を認めていましたよね。どうしてですか？」

「だから、何回も言ってるだろ。やけになった、って。ほら、俺、前の日に女を殺しちゃっただろ。どっちみち人殺しになったんだから、どうでもいいやと思って、つい俺がやったなんて嘘ついちゃったんだよ」

元交際相手の殺害については、一貫して罪を認めていることに変わりはないようだ。

「どうしてあとになって無実を主張したんですか？」

「世の中のためだよ」

小野宮は足を組んで胸を張った。

「世の中のため？　どういうこと？」

「だからさ、俺がこのまま嘘ついたら、真犯人が野放しになるだろ。そうしたら、また誰か殺すかもしれないじゃん。正義感からほんとのことを言おうと思ったってわけ。つまり、俺は殺されるかもしれない人間を助けてやろうとしてるんだよ。これでプラマイゼロで、ひとり殺したの帳消しにならねえかな」

そう言って、あはっ、と笑う。

「ほんとうに亀田礼子さんを殺していないんですね？」

「しつこいなあ」

「そのときのことを改めて説明してもらえますか？」

「えー。またかよ。もう飽きたよ」

文句を言いながらも小野宮は事件について話しはじめた。

事件当日、小野宮はラーメンを食べるために池袋に行った。西口を歩いていると尿意を覚え、用を足そうと通りかかった雑居ビルに入った。外階段で二階に上がり、男子トイレに入ろうとしたところ、手前の女子トイレのドアが開いていて人が倒れているのが見えた。なかに入り、落ちていた灰皿を拾い上げたとき、背後で女の悲鳴がした。犯人にまちがわれたと思ってパニックになった、と小野宮は言った。

「よく覚えてないけど、逃げなきゃって焦ったんだよな。で、気がついたら捕まってたってわけ」

小野宮は両手を広げておどけた。

「トイレに入る前、不審な人物を見かけませんでしたか？」

「見たらとっくに言ってるって」

「小野宮さんが通りかかったときは、すでに女性が倒れていたんですね？」

「そうだって言ってるだろ」

「でも、目撃者がいます」

「だからさー、ほんとに俺が殺したところを見たのかよ。その目撃者ってどこのどいつ？ババアだってことは覚えてんだよ。あ、センセーよりもっとババアのクソババアね。クソババアのくせに大げさな悲鳴なんかあげやがってよ」

目撃者は、同じ階にある小料理屋の女将だ。トイレに行こうとしたところ、なにかがぶつかる鈍い音と、人が倒れる音がしたという。そのとき目撃者はトイレのすぐ近くまで来ていた。音を聞いてから目撃するまでわずか三、四秒で、そのあいだにトイレから逃げ出した人物はいなかった。女子トイレをのぞくと女が倒れており、灰皿を持った男が立っていたと証言している。

「あなたは、悲鳴をあげた目撃者に灰皿で殴りかかろうとしましたね」

目撃者によると、小野宮は、うひょー、とふざけた雄叫《おたけ》びをあげながら灰皿をふりかざしたという。灰皿がドア上の壁にぶつかって落ちたせいで助かった、と言っている。小野宮は灰皿を拾い上げ、目撃者を突き飛ばして逃走した。

「そんなことしてねえよ。俺はただパニックになってその場から逃げようとしただけだよ。そのクソババアが犯人なんじゃねえの？　俺に罪かぶせようとして嘘ついてんだよ」

言葉の深刻さとは対照的に、にやついた顔に緊迫感はない。

「あなたは目撃者が真犯人だと考えているんですか？」

「そうなんじゃねえの？　じゃなきゃ、そんな嘘つかねえだろ。ババア同士のトラブルでもあったんだろ。だいたい、なんで俺が知らないババアを殺さなきゃいけないんだよ。動機がないだろ」

「カッとなって」

貴子は、逮捕時の小野宮の供述を諳《そら》んじた。資料には、客でもないのにトイレを使うなと文句を言われ、カッとなって犯行に及んだとあった。凶器の灰皿は、数ヵ月前から外階段の踊り場に置かれていたもので、客やテナントの人が自由に使っていたという。

「センセーはさ、俺のこと信じてくれないの？」

　急に舌足らずなあまえた声になる。

　この男はこんなふうに相手の懐に入ったふりをし、あまえ、媚《こ》びることで女たちを手玉に取るのかもしれない。

「信じたいとは思います」

「ほんとに？」

　小野宮はぱっと笑う。テレビで見たカメラ目線の笑顔がすぐ目の前で再現され、貴子の心臓が一瞬、存在を強く主張した。

　貴子はひと呼吸分の沈黙を挟み、視線を新しくした。

「もう一度確認しますが、ほんとうに亀田礼子さんを殺していないんですね？」

「ないない。俺、やってないって」

「わかりました」

「とにかくなんかうまいことやって、早くここから出してよ」

「小野宮さん」

「あ？」

「あなた、人を殺したんですよ」

「だから、ババアは殺してないって言ってるだろ」

「しかし、元交際相手の女性を殺しましたね？」

「だからなに？」

平然と問われ、とっさに返事ができなかった。

弁護士になって二十三年になるが、人を殺しておきながら、だからなに？　と言い放つ人間を弁護するのははじめてだった。

目の前の男をつかみ切れなかった。もしも誰かに「どんな男？」と聞かれたら、「クズ男」と答えるのが手っ取り早いだろう。しかし、小野宮からはどこかバランスの悪さが感じられた。

人なつこく笑いかけたり、無表情になったり、急にあまえたかと思うと一転して突き放す口調になったり、表情と態度に一貫性がなく、次にどう出るのか予想がつかない。彼と向かい合っていると、自分があやうい場所に立っている気になってくる。救う会の女たちは、こうしたバランスの悪さを無邪気や天真爛漫といった言葉に置き換えているのだろうか。

「ところで、なにか必要なものはありませんか？」

今日はこのへんにしておこうと、口調を変えて締めの質問をした。

「特にないよ。みんないろいろ持ってきてくれるんだよ。この服も、えーっと誰だっけ、誰か忘れたけど、女が買ってきてくれたし、昨日はひとみちゃんがお金を差し入れてくれたし。みんな、俺のことが好きみたいなんだよな。センセーのタイプじゃないみたいだけど、それはお互い様だよな」

あはっ、と弾けるように笑ってから、「センセー」と小野宮は吐息でささやいた。アクリル板越しに顔を近づけ、上目づかいになる。大切な話だろうか、と貴子も顔を近づけた。

「ねえ、貴子ちゃん」

そうささやいた声は、水分は多いのにあまく掠《かす》れていた。瞳が濡れたように輝き、安心し切ったほほえみを浮かべている。貴子にすべてをゆだね、心を差し出すような顔つきなのに、逆にこちらがすべてをゆだね、差し出している感覚になる。天真爛漫、無邪気、子供みたい、と救う会の女たちの言葉が脳裏を横切り、この表情がそれかもしれない、と警戒心が起きる。

「早くここから出してよ」

貴子の目を見つめたまま、息を吹きかけるようにささやく。

左目の下にほくろがある。貴子の視界のなかでほくろの存在感が強くなっていく。

「貴子ちゃんしか頼る人がいないんだよ」

左目の下のほくろを意識すると、あまえたほほえみの下から幼い泣き顔が浮かび上がってきた。少年が泣きながら助けを求めているように見えてくる。

「ねえ、助けてよ」

その声が頭のなかで響いた。耳から入ってきたのではなく、自分のなかにはじめからあった声のように感じられた。へその奥から、なつかしさといとおしさと悲しみがごちゃ混ぜになった感情が染み出した。わずかなきっかけで泣き出してしまいそうで、貴子はそんな自分にうろたえ、反射的にアクリル板から顔を離した。

「わかりました」

小野宮と距離を取るためきっぱりと告げた。

「わかってくれた?」

小野宮が笑いかける。

「できる限りのことはします。ただ、貴子ちゃんと呼ばないでください」

「じゃあ、貴子?」

「ふざけるのはやめましょう」

ちぇっ、と小野宮はおどけた。

さっきまでの泣き顔は消えていた。

東京拘置所を出た貴子は、深いところから息を吐き出した。小野宮楠生との接見中、ずっと息を止めていたような感覚があった。

腕時計を見ると、午後二時になるところだ。貴子は視線を上げ、小島のような雲が点々と浮かぶ青空を瞳に映した。接見前には不吉な前兆に見えたさわやかな空は、接見を終えたいま、巨大な作り物のようにまがまがしく感じられた。

胸がざわついている。

自分が小野宮を信じているのか信じていないのかつかめない。いや、つかめないのではなく、決めあぐねているだけだろう。信じられない。しかし、信じたい。小野宮は心のきれいな人だと、悪い人じゃないと、救う会の女たちのように断言し、彼は亀田礼子を殺していないという確信を得たかった。

貴子は、二、三秒のあいだ目を閉じた。

脳裏に浮かび上がったのは、たったいま会ったばかりの小野宮ではなく、テレビ画面をとおして見た送検時の彼だった。

カメラに向けた満面の笑みとピースサイン。イエーイ、と浮かれた声が聞こえそうなほど調子にのった顔だった。

貴子は小野宮の笑顔に悠《ゆう》を見た。十歳下の弟は生きていれば三十九歳だ。

貴子が最後に悠を見たのは、テレビ画面をとおしてだった。

ニュース番組が日本各地の成人式の様子を紹介していた。荒れた成人式として報じられたのが貴子の実家のある町だった。出席者が撮影したらしい映像はぶれていたが、挨拶をする市長めがけてペットボトルや空き缶が飛び、やがて羽織袴を着た十人前後の男たちが壇上になだれ込み、市長からマイクを取り上げてがなり声で歌ったり、踊ったり、出席者をあおったりする様子が見て取れた。顔は見えないように処理されていたが、彼らが酔っ払っていることはわかった。映像が切り替わり、リポーターが市民にインタビューする様子が流れた。「恥知らず」「みっともない」「迷惑」といった声が紹介され、リポーターがカメラに向かって締めの言葉を話しはじめた。その背後で、五、六人の男たちが騒いでいた。羽織袴の彼らは、成人式の壇上で暴れた男たちのように思えた。彼らは「イエーイ」「サイコー」「かあちゃん、見てるー？」などと叫びながら、ぴょんぴょん飛び跳ねたり、変顔をしたり、手を振ったりしていた。そこに悠がいた。すぐにはわからなかった。貴子はそのとき三十歳で、すでに実家を出ていた。最後に悠に会ったのは、彼が高校生になったときだった。記憶のなかの悠はつやつやした黒髪で、頰はにきびで赤く、はにかむようなあどけない笑みを浮かべていた。

テレビに映る悠は目を見開き、歯を剝き出すように笑いながらカメラに向かって両手でピースサインをしていた。イエーイ、イエーイ、イエーイとくちびるが動いていた。金髪を立たせ、眉を細く整え、鼻にピアスをしていた。調子にのっている軽薄な若者そのものだった。

その数時間後、悠は自ら命を絶った。自室のドアノブにタオルをかけて首を吊っているところを母が見つけたのは翌朝のことだった。遺書はなかったらしい。

悠になにがあったのか、なぜ自ら死ななければならなかったのか、いまでも貴子はわからない。たぶん、悠以外に知る者はいないのだろう。時間とともに彼の死を受け入れるようにはなったが、彼が自殺したということは信じることができないでいる。当初は、事故だったのではないか、誰かに殺されたのではないか、と疑念を抱いていたが、年月がたつにつれ、曖昧模糊《あいまいもこ》とした違和感だけが心に刷り込まれた。

　悠と小野宮の顔はまったく似ていない。それなのに、満面の笑みでピースサインをする小野宮に悠が重なった。

　貴子は深く息を吸い、吐いた。

　小野宮が言ったことは真実だろうかと考える。

　彼はほんとうに亀田礼子を殺していないのか。彼は目撃者の女将が真犯人だと考えているのか。


　一時間後、貴子は池袋のおかめビルに着いた。

　大地震が起きたらあっけなく崩れてしまいそうな三階建てに入っているのはほとんどがスナックで、小料理屋が数軒交じっている。

　一階から二階までは外階段で、二階から三階へ続く階段は建物のなかにあり、エレベータはついていない。午後三時まであと数分の時刻だ。人の気配はなく、アルコールのすえたにおいがこもっている。

　貴子は犯行現場である二階の女子トイレの前に立った。顔の高さの位置にはめ殺しの窓があるドアを開ける。洗面台と個室がふたつ、個室の奥に清掃道具を収納する「ＳＫ室」と書かれたスペースがある。高い位置に小さな窓がひとつ。無意識のうちに床に血痕を探したが、灰皿で殴られた際、被害者の皮膚は裂けず、出血はなかったらしい。死因はくも膜下出血だ。トイレを出ると、通路の両側に店が並んでいる。右側に四軒、左側は三軒。右側のいちばん手前にある〈花のれん〉という小料理屋のシャッターが半分ほど開いている。目撃者の女将の店だ。

「いやだ、もう。びっくりするじゃない」

電話で訪ねることを伝えておいたにもかかわらず、開店準備をしていた女将は文句を言った。

「あんなことがあったから、ドアが開くとびくっとしちゃうのよ」

カウンターだけの小さな店に、しょうゆとだしのにおいが立ち込めている。まだ三時になったばかりなのに、カウンターの上には肉じゃがとイカ大根の大皿があり、コンロの上の鍋のなかでマカロニが踊っている。

「ずいぶん早くから準備をしているんですね」

「うちは年配のお客さんが多いから、早く開けて早く閉めるのよ。開店は五時だって言ってるのに、早い常連さんだと四時過ぎに来ちゃうのよ。二階の店子《たなこ》でこんなに早く開けるのはうちだけよ。ほかはスナックが多いから七時か八時オープンだものね。あんなことがあったから怖くて、しばらくシャッター下ろして鍵かけて準備してたんだけど、配達が来るからそうもいかなくて」

きゅうりを切る手を止め、女将は顔を上げた。

「犯人、無実だって言い出したんでしょう？」

不機嫌そうに尋《たず》ねる。目撃者の女将は中村信江《なかむらのぶえ》、六十八歳だ。

「無実のわけないじゃない。私、ちゃんと見たんだから。弁護士先生、まさかあの男の言ってること信じてるわけじゃないでしょうね」

「実際に殴ったところを見たわけではないんですよね？」

「ちょっと。疑ってるわけ？」

「犯行時の状況を把握しておきたいだけです」

女将はコンロから鍋を下ろし、マカロニを勢いよくざるにあけた。

「絶対にあの男が殺したの、絶対に。殴りつける音も、掃除のおばちゃんが倒れる音も、全部聞いたんだから。そのとき私、トイレまで五歩くらいのところにいたのよ。なんだろう、って見たら、灰皿を持った男が立ってて……」

そこで言葉を切り、女将は身震いするように首を小刻みに振った。

女将の説明は、資料の記述どおりだった。犯行そのものを目撃していなくても、状況的に真犯人がいるとは考えられない。

小野宮楠生が無実だとしたら、女将が嘘を言っていることになる。

もし女将が嘘の目撃証言をしたのだとしたら、どんな理由が考えられるだろう。

女将が犯行にかかわっている。真犯人をかばっている。小野宮に恨みがあり、罪をなすりつけようとしている。この三つだろうか。

「ところで、被害者の亀田礼子さんとはおつきあいがありましたか？」

「私？」と女将は自分を指さす。「ないわよ」

「お話ししたことはありましたか？」

「そりゃ挨拶くらいはしたけど……」

けど、のあとの沈黙になにか意味が含まれているのを感じた。

「けど、なんでしょう。言いにくいことでしょうか？」

「言いにくいってわけでもないけど」

「被害者のことですよね。もちろん口外はしませんので」

「別にたいしたことじゃないわよ。ただ、殺された掃除のおばちゃんって感じが悪かったからあんまり話さなかったってだけ」

「感じが悪かった、ですか」

「まあね。話しかけてもふんって感じで不愛想だったわね。トイレで化粧してたら舌打ちされたこともあったわよ。だから、犯人にきつい言い方をして怒らせちゃったんじゃない？逆ギレってやつよ」

もし女将が犯行に関与していたとしたら、わざわざ被害者を悪く言うことはないのではないだろうか。

女将に疑惑を持とうとするほど違和感が強まり、真実からそれていく感覚があった。

だいたい、小野宮が女将に殴りかかろうとしたときの、うひょー、という奇声は配達に来た酒屋の男も聞いているし、階段を駆け下りる小野宮とすれちがってもいる。さらに、複数の人がビルから走り出る小野宮を目にしている。凶器の灰皿を持ったままだったから目立ったのだろう。

女将が濡れた手を拭き、改まったように口を開く。

「私ね、まだ夢に見るのよ。あの男に殺されそうになる夢。いきなり振り返って襲いかかってくるの。手に灰皿を持っているときもあれば、包丁を持っているときもある。夢のなかだと声が出ないのね。いつも殺される寸前で目が覚めるの。もう心臓はばくばくよ。いちばん怖いのはね、あの男の顔。弁護士先生、見た？　あの男がワゴン車に乗せられるところ。ニュースでもワイドショーでも流れたでしょ」

思い出そうと意識しなくても、あのときの小野宮の笑みは胸の軋《きし》みとともに瞬時に再現される。

「私に気づいて振り返ったとき、あのときと同じ顔してたの。信じられる？　笑ってたのよ。ものすごく楽しそうに。子供が遊んでるみたいな顔だった」

「小野宮は笑ってたんですか？」

女将の言葉に、貴子は衝撃を受けた。

「そうよ、笑ってたの。あの男、私に向かって灰皿をふりかざしたって言ったでしょう。でも、時間がたつほどそうじゃなくて、やったーって手を突き上げて喜んでいたんじゃないかって思えてきたの。ねえ、そっちのほうが怖くない？」

脳裏に手を突き上げた男が浮かぶ。小野宮を思い描いたはずなのに、いつのまにか悠にすり替わっていた。リポーターの後ろでピースサインをしていたときの突き抜けた笑顔だ。うひょー、と聞いたはずのない悠の声が耳奥で聞こえた気がした。

「人を殺してあんなふうに笑えるなんて信じられないわ。きっと掃除のおばちゃんも笑いながら殺されたんじゃないかしら。そう思うと、感じが悪いおばちゃんだったけど、さすがに気の毒になるわ」

おかめビルを出た貴子は打ちひしがれていた。小野宮の主張を信用したわけではないのに、手ひどく裏切られた気がした。

女将の証言がくつがえらない限り、小野宮の無実はあり得ない。実際に犯行現場を訪れたいま、その方程式は絶対的なものになった。

女将がなにかを叩きつけるような音と人が倒れる音を聞いたのは、トイレまで五歩くらいの位置だった。ということは、〈花のれん〉を出て二、三歩だ。そこから女子トイレはわずかに左斜めではあるが向き合う位置にあり、障害物がないためドアが完全に視界に収まる。トイレから出てきた人がいれば、女将の目に入らないわけがない。また、トイレの窓は小さく、全開しないタイプのため脱出口にはならない。可能性として残るのは、個室やSK室に真犯人が隠れていたことだ。しかし、腰を抜かした女将がドアの前で尻もちをついたままだったし、小野宮の奇声と女将の悲鳴を聞きつけた酒屋の男がすぐに犯行現場に駆けつけ、一一〇番通報をしている。まもなく警察と救急隊員がやってきたため、現実的な仮説ではないだろう。

亀田礼子を殺していない、と小野宮は言った。俺のこと信じてくれないの？　とあまえた声を出した。

小野宮を信じたい。しかし、このまま弁護を続けるほど彼を信じられなくなっていく予感がした。

日曜日、貴子は千葉《ちば》市郊外の駅に降り立った。

小雨が降っていた。母に会いに行く日はかなりの確率で雨が降る。

閑散とした駅前ロータリーからタクシーに乗り込み、老人ホームの名前を告げた。ドライバーに話しかけられないように、ミラー越しに目が合わないように、携帯を操作するふりをする。自意識過剰という自覚はある。それでも、かつて実家があった千葉市に足を踏み入れると十九年前がよみがえり、体も心も身構えてしまう。

悠の葬儀の日も朝から雨が降っていた。

――死んでくれてよかったよね。

耳奥で響く声は、実際のものとはちがう。貴子の脳がつくりあげたものだ。

悠の死を貴子が知ったのは、彼の遺体が発見されてから丸一日たった朝だった。電話をかけてきたのは継父だった。悠が成人式の夜に命を絶ったと聞き、貴子の脳裏にリポーターの背後ではしゃぐ笑顔が浮かんだ。あんなふうにひとりよがりなエネルギーをまき散らしていた悠が、自ら命を絶つなんてあり得ない。なにかのまちがいだ。一刻も早く実家に行かなければ。そう思うのに、実家に近づくほど、足もとから麻痺《まひ》が広がるように体が自由にならなくなった。意思に逆らうように貴子の体は目についたスーパーマーケットへ入った。大売出しののぼり、特売品のポップ、積み上げられた大根、キャベツの重さを確かめる買い物客、走りまわる子供と叱りつける母親。そこには昨日から変わることのない日常があった。親しい人の死などあり得ない、圧倒的ないつもどおりの暮らし。

悠がこの世から消えたのにこれまでどおりの世界が続くはずがない。絶対になにかのまちがいだ。そう強く念じれば現実が変わるのではないか、とわずかな望みにすがりついた。

「でもここだけの話、なにか事件を起こす前にこうなってよかったのかもね」

貴子の耳に、まるで周波数がぴたっと合ったようにその声が飛び込んできた。が、そのときはまだ自分に関係のあることだとは思わなかった。

「暴走族だったんでしょう。いつか人を撥《は》ねるんじゃないかってみんな不安がってたもの。一日中ブンブンブンブンうるさくてさ、こないだなんて商店街をものすごいスピードで走ってたらしいよ。自分の家族が撥ねられでもしたらたまったもんじゃないわよねえ。ほら、イシイさんちの塀に落書きしたのもあの子だって噂だよ。あっ。そうそう、成人式でも大暴れしたそうじゃない。あんた、テレビ見た？」

貴子ははっとして声の主を探した。

鮮魚売場の前にいる七十歳前後の女が、四十代に見える女にまくしたてていた。

「私だって別に死んでよかったなんて言ってるわけじゃないよ。でも、みんな迷惑してたのはほんとだからさ」

「でも、お気の毒ですよねえ」

四十代がおずおずと言う。

「そうは言っても、殺されたわけじゃないからね。自分で死んだんだからね」

その声は、貴子の耳には唾《つば》を吐く音に聞こえた。

気がつくと、彼女たちから逃げ出していた。頭のなかには、なにかのまちがいだ、と叫ぶ自分の声が繰り返し流れていた。

悠が暴走族のはずがない。他人に迷惑をかけるわけがない。悠はちょっと気が弱くて、真面目でやさしい子だ。そう主張する自分に、じゃあ一昨日の夜、テレビで見た悠は？　と問いかける自分がいた。

貴子が実家を出たのは司法修習がはじまる二十四歳のときだった。悠は中学二年生だった。実家を出てから悠に会ったのは三度しかない。最後に会ったのは、悠が高校一年生になった春だ。貴子が実家に帰らなくなったのは、母が嫌がるようになったからだ。年末年始は温泉に行く。お盆は予定が入っている。あんたの寝る場所がない。布団を用意できない。母はさまざまな理由をつけて貴子を実家から遠ざけようとした。

私が邪魔なのだろう。前々から知ってはいたが、傷ついたし、さびしくもあった。

実父が脳溢血《いっけつ》で死んだのは、貴子が小学三年生のときだった。その一年後、母はパート先の人の紹介で再婚した。貴子の継父となった人は、母よりひとまわり上で、「真面目なだけが取り柄」と評される人だった。長年、運送会社の経理を務め、仕事一筋だったため婚期を逃してしまったらしい。外見は平均以下で、高給取りでもないが、家族三人食べていくくらいの稼ぎはある。頭上で交わされる大人たちの話を聞きながら、母が再婚したのは生活のためだろうと貴子は思った。

実父は経営していた会社を潰して以来、まともに働いていなかった。裕福だった時期もあったらしいが、貴子が物心がついた頃には古い木造アパートの一室で暮らしていた。実父はパチンコ屋か雀荘、飲み屋のいずれかに入り浸り、あまり家にいなかった。貴子にとって実父の存在は薄く、死の知らせを受けたときも悲しみは感じられなかった。

貴子の新しい父となった人はやさしかった。ねだってもいないのに自転車を買ってくれた。休日にはバドミントンをしてくれたり、海水浴やキャンプに連れていってくれたりもした。誕生日やクリスマスにはプレゼントを、お正月にはお年玉をくれた。

それは継父と母のあいだに子供ができても変わらなかった。だから、貴子は十歳離れた弟の悠を本心からかわいがることができた。

継父は教育熱心な人だった。自分は学歴がなく惨《みじ》めな思いをしたから、子供には同じ思いをさせたくないと言った。貴子がいい成績を取ると、「頭がいい」「秀才だ」「できがちがう」と大げさに褒めた。継父は、医者と弁護士が最高の職業だと思い込んでいた。貴子はそのどちらかになろうと考え、医大はお金がかかるという消去法で弁護士の道に進むことを決めたのだった。

貴子が勉強に打ち込むと継父は喜んだ。継父が喜ぶことで、母は満足した。父を喜ばせ、母を満足させることで、自分はこの新しい家族の一員でいられ続けるのだと貴子は考えた。

しかし、貴子が大学生になった頃から母は変わっていった。

「あんたが大学に行ったせいで生活が大変になった」「とっとと就職して家にお金入れてくれたほうがよかった」「自分のことしか考えていない」「勉強ばかりしてかわいくない」

そんな言葉を投げつけられ、貴子は母を避けるようになった。

あの頃の貴子は自分のことで精いっぱいで、母の悠に向けた愛情と焦燥に気づかなかった。悠は勉強が得意ではなかった。おそらく平均以下だった。悠に頼まれて勉強を教えようとすると、昔といまの学習スタイルはちがうという理由で母に止められた。小学四、五年生から悠は学習塾に通うようになったが、成績は母が期待するほど上がらなかったようだ。「お姉ちゃんは勉強ができていいなあ」「どうやったら頭が良くなるのかなあ」などと言われ、「そのうちできるようになるよ」と貴子は軽く返した。

中学生になっても相変わらず勉強は苦手なようだったが、取るに足りないことだと思えたし、悠自身もそれほど気にしているようには見えなかった。悠は素直でやさしく、家族思いの穏やかな子だったから、それで十分だと思った。

いつから悠は変わったのだろう。

高校を退学したことも、バイクを乗りまわしていたことも、何度か補導されたことも、貴子は知らなかった。おそらく近所から迷惑がられ、陰口を叩かれていたはずだ。母が貴子の帰省を拒否し続けたのは、そんな悠を、そんな家族の姿を見せたくなかったからかもしれない。

——あんたさえ……。

悠の遺体と対面した貴子に、母はそう口走った。

続く言葉を見つけられなかったのか、それとも口にするのをかろうじて抑えたのか、母の言葉はぷつりと切れたままだった。

あんたさえいなければ悠は死ななかった――。

貴子は、母の短い言葉をそう解釈した。


「さっき温泉に入ったのよ」

貴子を見るなり母は言った。

三階建ての老人ホームはリゾートホテルのような外観で、居室はゆったりとした造りだ。ベッドはセミダブルで、四十インチのテレビとソファ、窓際にはロッキングチェアがあり、トイレとシャワールーム、小さなキッチンと冷蔵庫がついている。

ワイン色のガウンを着た母は、ロッキングチェアに座りゆらゆらしている。貴子に視線を合わせたのはほんの一、二秒のことで、しゃべりはじめたときには灰色の空と濡れた庭が見える窓へと目を向けていた。

「でもだめね。お湯がぬるいし、汚れが浮いてたのよ。あんなお風呂に入ったら、風邪をひいちゃうし、かえって体が汚れそうだわ。高いお金を払ってるんだから、ちゃんとしてくれないと困っちゃうじゃないねえ」

母が入居するこの老人ホームには温泉付きの大浴場のほか、カラオケルームやジム、ラウンジルーム、カフェテリア、理美容室などがある。入居一時金は三年前に死んだ継父の死亡保険金で支払った。月額費用は年金で足りない分を貴子が支払っている。

「ねえ、お昼ごはんまだよね？」

母が窓の外を眺めたまま尋ねる。

「いま十一時半だからもうすぐじゃない？　おなかすいたの？」

「すいたとかすいてないとかの問題じゃないでしょ！　私はお昼ごはんがまだかどうか聞いてるのよ！」

貴子を睨みつけた母の目はつり上がっているのに、怒りの感情が抜け落ちているようにぽっかりとして見えた。

「あと三十分くらいだと思うわ」

「私、お寿司が食べたい」

貴子から目をそらし、母は子供のように言った。「マグロが食べたいのよ」と駄々をこねる口調になる。

貴子はコンシェルジュに電話をかけ、昼食のキャンセルと寿司の出前を頼んだ。

二週間ぶりに会う母は一見変わっていない。それでも、中身がどんどん薄くなっていっている気配がした。会話をしている相手が娘だと認識しているのかどうかつかめない。前回来たときは「お母さん」と呼びかけたら、「あら、お母さんはどこに行ったのかしらね」と返ってきた。最後まで貴子を他人の子供だと思っていたようだった。

「お母さん」

呼びかけてみた。

「なによ」

あっさり返ってきたが、窓に向けた顔はさばさばしすぎて、娘だと認識されているのかどうか自信がなかった。この一年で、母の認知力と記憶力のふり幅が激しくなった。普通に会話できる日もあれば、貴子が誰かわからない日もあるし、自分の世界に閉じこもる日もあった。

出前の寿司はいちばん高い桶《おけ》を頼んだにもかかわらず、数の子はぺらぺらで、ウニは黒ずんでいた。けっしておいしそうには見えないその寿司を目にし、貴子は不意打ちをくらったようになつかしさを覚えた。

家族四人で暮らしていたとき、子供たちの誕生日や、入学や卒業などの祝い事があると寿司の出前を頼むことが多かった。貴子はかっぱ巻きと玉子が入った桶がよかったが、母が頼むのはきまっていちばん高い桶だった。

「あら。なに、このウニの色。ずいぶん汚い色ね。安いお寿司頼んだんじゃないの？」

寿司をのぞき込んで母が言う。

昔からこうだった。母は出前の寿司にいつも文句を言っていた。おいしくない、外食したかった、飽きた、ちがうものがよかった。自分で選んだくせに、まるで嫌なものを押しつけられたような言い方だった。

「ウニの時期は過ぎちゃったからね。大丈夫よ、いちばん高いお寿司だから」

それならいいけど、と母はもごもごとつぶやき、マグロの寿司を口に入れた。

「やだ。このマグロ、水っぽいわ」

そう言って、貴子をうかがうように上目づかいになった。

「マグロ、もうひとつ食べる？」

「そうね」

母は、貴子の寿司を大急ぎで口に入れた。

「このマグロは水っぽくない。そっちのお寿司のほうが高いんじゃない？」

上目づかいが不審げになる。

「取り換える？」

「そうね」

貴子が寿司桶を交換すると、母は満足した顔になった。

三年前に致死性不整脈で継父があっけなく逝《い》き、認知症の症状が出ていた母はこの老人ホームに入った。きっかけは夫の死か、それとも環境が変わったせいか、母の文句はエスカレートした。もともと上流意識の強い人だった。最初の結婚の数年間、贅沢な暮らしをしたせいだろうか。

「貴子、おなかすいてないんでしょう」

　半分以上残っている貴子の桶を見て母が言った。

　貴子、と呼ばれたことに胸を突かれ、喜びなのか悲しみなのか成分のわからない涙がこみ上げかけた。

「じゃあ、悠のために取っておきましょうか。あの子、ひとり分じゃ足りないでしょうから」

　瞳を覆《おお》いかけた涙が一瞬で乾くのを感じた。

　母は貴子の桶を取り上げキッチンへと運んでいく。「そういえば悠の分は？」と振り返った瞳は薄い色をしていた。

「悠のお寿司も頼んだのよね？　もちろん特上よ。まさか頼んでないわけないわよね。あの子に、残り物だけ食べさせるなんてあり得ないわよ」

「……悠は」

　自分の声が掠れていることに貴子は焦った。こういうことはいままで何度もあったのにいつまでたっても慣れず、対処法を見つけられずにいる。

「悠はいま出かけてるわ」

「何時に帰ってくるの？」

「遅くなるかもしれないって」

「じゃあ、帰ってきたらお寿司取ってあげてね。いい？　特上よ。いちばん高いやつよ」

「わかった」

悠が死んで十九年がたった。いまもまだ、悠の死について母と話すことができずにいる。おそらく話せる日が来ないまま、母と別離することになるのだろう。

寿司を食べ終えた母は窓際のロッキングチェアに座り、小雨が降り続く外を眺めている。悠の葬儀を思い出す。小雨が降る寒い日だった。成人式の日に大勢の友達と一緒にいた悠なのに、葬儀の参列者は驚くほど少なく、彼らの姿はなかった。

悠になにがあったのだろう。なぜ死ななくてはならなかったのだろう。

何百回、何千回と考え、答えが出ないとわかっている問いから、いまだ逃れることができずにいた。

昼寝をする母を見届け、貴子は老人ホームをあとにした。

無意識のうちに明日からの一週間のことを考えていた。脳裏に浮かんだのは小野宮楠生の顔ではなく、吉永ひとみが言った「ファミリー」という言葉だった。

小野宮を愛し、小野宮に愛された女たち。小野宮のファミリー。なぜ彼は殺人を犯してもなお愛されているのだろう。もし彼が死んだらどれほどの人間が悲しむのだろう。

救う会のメンバーは七人いる。早急に全員から話を聞こうと決めた。

吉永ひとみ　49歳

彼をはじめて見たとき、犬を思い出した。子供の頃に飼っていた白い雑種。名前はシロだった。

いままでシロを思い出したことなどほとんどないのに、彼を見た途端、まるで家に帰ればシロが待っているみたいに、その姿も、生臭い息も、ありありとよみがえった。

小野宮楠生と出会ったのはバルだった。

「ねえねえ、かわいいお姉さん、ちょっと聞いてよー」

ひとりで飲んでいた私の前に、まるでカウンターの上をずさーっと滑ってきたように楠生はいきなり現れた。片手で頬《ほお》づえをついて、至近距離から私に笑いかけた。

口角がきゅっと上がった口からアルコールのにおいがし、黒い瞳がなにかを期待するように輝いていた。

「なになに？　どうしたの？」と軽いノリで返したのは、ちょうどいい具合に酔っ払っていたのと、「かわいいお姉さん」というフレーズに心躍ったからだ。

「俺、さっき振られちゃったのよー。あんた軽すぎて信用できない、って。俺、そんなに軽そうに見える？」

「見える見える」

このときにはもう私の頭のなかにシロがいた。

拾ってきた犬だった。子犬だったのに、あっというまに大きくなった。外で飼っていたから、白い毛の先が汚れて薄茶色がかっていた。

シロの小屋は玄関から離れた場所にあり、銀色の鎖がピンと伸びてもドアには届かなかった。それでもシロはちぎれそうなほど尻尾を振りながら後ろ足で立ち上がり、キューンキューンと薄汚れた体には不似合いな愛らしい声を出し、家に出入りする人に全力で飛びつこうとした。

バカな犬だった。いつも桃色の舌を出し、はっはっはっ、と荒い呼吸で笑っていた。家の者はもちろん、宅配便や集金、訪問販売にまで、ぶんぶんと尻尾を振って愛嬌《あいきょう》を振りまいた。餌を持っていくとぴょんぴょん飛び跳ねて歓喜のダンスをし、食べ終わってもなお余韻を楽しむかのように尻尾を振っていた。

子犬のときは毎日散歩に連れていったが、やがて三、四日に一度になり、そのうち週に一度行けばいいほうになった。それでもシロは不満げな態度を見せることなく、私の手に散歩用リードがあるのを認めると、まるで神が舞い降りたかのように狂喜乱舞した。

玄関から家族が出てきただけで喜び、「シロ」と呼びかけると舞い上がり、軽く撫《な》でると身悶《みもだ》えしながら興奮した息を吐いた。生きているだけで幸せだと全身で言っていた。ほんとうにバカな犬だった。

楠生と出会った日は、私の三十九歳の誕生日だった。人生最悪の誕生日だと、彼に会うまでは思っていた。半年前に離婚し、三ヵ月前に母を亡くしたばかりだった。この先いいことなどなにひとつなく、ずっとひとりで生きていくのだろうというゆるやかな絶望に支配されていた。その日が誕生日であることは誰にも言わなかったし、誰にも祝ってもらっていなかった。自分から誕生日だと告げる行為は、私はさびしい、私はひとりだ、と惨めさを公言することに思えた。

それなのに私は初対面の彼にあっさりと告げた。

「私、今日、誕生日なの」

「えー。まじで？　おめでとう！」

楠生はぱっと笑った。まばゆい光が生まれたような笑顔に私は息をのんだ。目の前で笑いかける彼が私のために現れた存在に見えた。

「おめでたくないわよ、全然。だって三十九よ」

言葉とは裏腹に、私の頬はゆるんでいた。彼が私を肯定する言葉で包み込んでくれるのを予想していた。

「三十九？　見えない見えない。俺と同じくらいかと思ったよ」

「そんなわけないじゃない。あなたは何歳なの？」

「二十三」

「十六もちがうじゃない」

「ねえ、名前なんていうの？」

「ひとみ。吉永ひとみ」

「俺、楠生。特別に、楠生って呼び捨てにしていいよ」

彼との会話は魔法にかかったように楽しかった。しおれていた心が明るいほうに向かってぐんぐん伸びていくのを感じた。

気がつくと、私は自分のことを一方的にしゃべっていた。半年前に離婚したこと、元夫が偏執的な性格だったこと、離婚してすぐ元夫が再婚したこと、三ヵ月前に母が死んだこと、母が遺してくれた保険金を兄夫婦が取り上げようとしたこと。

言葉にするとますます惨めになりそうで、それまで誰にも弱音を吐いたことはなかった。それを口にできたのは、楠生といたその時間が満ちたりていたからだ。

「最近いいことがひとつもなくて、このままひとりでさびしく死んでいくのかなあ、なーんて思っちゃう。ふふっ」

そんなことも冗談めかして言えた。

彼は新しい笑みを刻み、私を見つめるまなざしを深くした。

「ひとみちゃんはがんばってるよ。えらいなあ」

そう言って、私の頭をやさしく撫でた。「いい子、いい子」

その瞬間、自分がシロになり、大好きな家族にかわいがられている感覚に陥った。瞳がうるみ、鼻の奥がつんとした。甘酸っぱい感情があふれ出し、この男を手放したくない、と強く思った。

飲み代もタクシー代も私が払い、帰る場所がないという楠生をマンションに連れていった。

離婚したときに引っ越した１ＬＤＫのマンションは暮らしはじめて半年たっていたが、必要最低限のものしかなく、まだ開けていない段ボール箱もあった。

ベッドに腰かけた楠生は缶ビールを飲みながら、「する？」と単刀直入に聞いてきた。

「ううん、いい」と私は反射的に答えた。本心と理性が半々だった。

三年に及ぶ結婚生活のストレスは私を暴飲暴食に走らせ、離婚しても食欲は収まらなかった。体重は六〇キロ台手前ぎりぎりでなんとかとどまっていたが、たるんだ贅肉が腰まわりにたっぷりついた。見苦しい体をさらけ出したらがっかりされる気がしたし、その日は飾り気のないベージュの下着をつけていた。強引に押し倒されるなら仕方ないが、合意の上で十六歳も下の男とセックスする資格はないように思えた。

「照れてんの？　かーわいー」

私の気持ちを汲むことなく楠生は笑った。

「じゃあ、チューだけしようか」

彼は私に猶予《ゆうよ》を与えずくちびるを吸った。その途端、腹の奥から甘美な痺れが広がり、あっというまに全身を貫いた。頭がくらくらし、もうどうなってもいい、とはっきり思った。自分のなかにこれほどまでに激しく淫《みだ》らな衝動があることに私はたじろいだ。贅肉のことも下着のことも頭から消えた。

「やっぱりする？」

耳もとで楠生が笑い、私はめまいにのみ込まれた。


法律事務所のドアを開けると、奥から弁護士の宮原が現れた。髪をひとつに結び、ベージュのジャケットをはおっている。弁護士でなければ、なんの取り柄もないおばさんにしか見えない。その冴えない姿は私を満足させた。

夜の八時を過ぎ、ほかのスタッフは帰宅したのか事務所のなかは静まり返っている。

「温かいお茶でいいですか？」

会議室を出ていこうとする宮原を、「けっこうですから」と止めた。おいしくもないお茶など飲みたくもない。

「冷たいお茶のほうがいいですか？」

「ほんとうにいりません」

棘《とげ》のある言い方ではなかったかと気になり、「会社でコーヒーを飲みすぎたので」と急いで笑みをつくった。

「救う会の皆さんから個別にお話を聞きました」

前置きなしに話を切り出され、とっさに理解できなかった。

「え？」

「吉永さんからも改めてお聞きしたいと思います」

事前の電話で、楠生について話を聞きたいとは言われていたが、ほかのメンバーに会ったことは知らされていなかった。

「私以外の六人から話を聞いたということですか？」

「ええ」

「ひとりずつ？」

「ええ」

「楠生のことを？」

「そうです」

「どうしてですか？」

「どうして、とは？」

そう問われ、口ごもった。が、正直に言うことにした。

「意味あります？」

「はい？」

「別に聞くのはいいですけど、私以上に楠生のことを知っている人はいないので」

私は十年も楠生とつきあっているのだ。つまり、十年も金を与え続けていることになる。

最初の数ヵ月は私のマンションに住まわせ、その後はせがまれるがままに部屋を借りてやったし、引っ越したいと言えば叶えてやった。そんなことを私以外の誰ができるというのだろう。

傍《はた》から見れば、私はいいようにやられていた女だろう。独り者のさびしい女が年下の男に夢中になっていると嘲笑《ちょうしょう》されていただろう。

けれど、逆だ。楠生は私が幸せになるために必要な男だった。

楠生と出会ったことで、私はフィットネスクラブとエステティックサロンに通うようになった。それまで見えないところには手を抜いていたが、化粧品と下着に金をかけるようになったし、食事にも気をつかうようになった。四十五歳からは定期的にヒアルロン酸とボトックスを打っている。

仕事だって楠生の存在が背中を押してくれた。もともとは東京郊外のファッションビルの一角を借りてひとりでネイルサロンをやっていたが、母が遺してくれた保険金を元手に念願だった会社を興すことにした。楠生を飼い続けるためには十分なお金が継続的に必要だと考えたからだ。

十年前の私よりいまの私のほうが若く美しく見えるだろう。楠生と出会ったことで、私は外見も社会的地位もワンランク、いや、軽くツーランクは上のステージに行ったのだ。

「吉永さんと小野宮さんのおつきあいは十年でしたよね？」

宮原の質問に私はうなずいた。肩にかかる髪を両手で後ろに流してから余裕のあるほほえみを意識した。

「ええ。ほかの女たちはみんな数ヵ月、長くても一年くらいでしょう？」

「そのようですね」

「普通の女じゃ、楠生の相手は無理ですよ。彼、お金がかかるし、やんちゃだから」

「吉永さんは無理じゃないんですね？」

「そうね。私、普通じゃないのかも」

そう言って、ふふっ、と笑った。

「小野宮さんは一度も働いたことがなかったんですか？」

「私と知り合ってからはなかったですね」

「じゃあ、ずっと女性たちからお金をもらって生活していたということですね？」

「まあ、ほかの女がどのくらいあげていたのかは知りませんけど」

「吉永さんはいくらあげていたんですか？」

「生活費として月に二十万ほどかしら。そのほかにも必要なときにいくらか」

大金をせびられたこともあったが、一度にまとまった金額を渡したら、そのまま楠生がいなくなってしまう気がして小出しにしていたことは黙っていた。

「小野宮さんが複数の女性と関係していたことは知っていたわけですよね？」

「ええ、もちろん」

私はわずかに胸を張った。

「それでもよかったんですか？」

「些細なことです。彼、子供みたいな人ですから。子供はお菓子が好きでしょう？」

短期間で入れ替わるほかの女たちは、楠生にとってはつまみ食いするお菓子みたいなものだ。お菓子を食べるなと口うるさく言えば、彼が私から離れていってしまうことは知っていた。

楠生がまだ私のマンションにいた頃のことだ。三、四日ぶりに帰ってきた彼は女のにおいをさせていた。それまでにも何度かあったことだが、私は気づかないふりをしていた。けれど、その日はちがった。新しい店舗の賃貸契約でトラブルが発生し、いらいらしていた。

「どこに行ってたの？　どうして電話に出ないの？」

日付が変わる頃、「ひとみちゃん、ただいまー」と上機嫌で帰ってきた楠生に私は言った。彼には私名義の携帯を持たせていた。

「ひとみちゃん、会いたかったよ」

楠生はへらへらと笑いながら私に抱きつこうとした。

「女のところにいたんでしょ！」

私は彼の腕を払いのけた。思ったよりも力が入った。

「私のことバカにしてるの？　なにも知らないとでも思ってるの？　ふざけないでよ！」

感情のまま叫び、はっとした。

幼い子供が私を見つめていた。黒い瞳が頼りなく揺らぎ、傷つき、怯《おび》え、すがるような顔だった。まるで私に捨てられたのに、私に助けを求めるようだった。私の胸に罪悪感の痛みと苦みが広がった。

彼がそんな顔をしたのは一瞬のことだった。すぐにふざけた笑みを浮かべ、「ひとみちゃん、そんなに怒らないでよ。ひとみちゃんがいなかったら、俺、死んじゃうから」と抱きついてきた。そのとき私は確信した。楠生を責めたり縛《しば》りつけたりしようとすると私のもとから消えてしまう、と。

「ファミリー、ですか」

宮原がつぶやいた。

「え?」

「以前、吉永さんがおっしゃったんですよ。救う会のメンバーはファミリーだ、って」

「ああ」

そういえば、そんなことを口走った記憶がある。私が本気で言ったのだと、まさかこの弁護士は思っているのだろうか。

楠生のことは誰よりも私が知っている、楠生といちばん深くつながっているのは私だ、楠生がほんとうに必要としているのは私だけだ。年月がたつほど、そう思う気持ちが強くなっていった。

救う会を結成したのは、いま考えると自尊心を満足させたかったからかもしれない。実際、私は満足した。救う会のメンバーのなかには、私より長く、深く、楠生とかかわった女はいなかった。長くてもせいぜい一年程度。しょせんは味見されて飽きられるお菓子にすぎない女たちだ。

「あの」と宮原の声が改まった。

一度視線をはずし、迷うような表情をしてから口を開いた。

「小野宮さんの魅力はなんですか?」

「え?」

「なぜ小野宮さんは、皆さんにこれほど好かれるのでしょう。複数の女性と関係していてもなぜ受け入れられるのでしょう」

「ほかの女たちはなんて言ってます？」

反射的に聞いてしまい、舌打ちをしたくなる。

「そうですね。一緒にいると楽しいとか、私のことをわかってくれるとか、やさしいとか、でしょうか」

宮原の返答に私は自然とほほえんでいた。

「じゃあ、私もそういうことにしておきます」

私と楠生は運命でつながっている。そう答えてもこの愚鈍そうな女には理解できないだろう。

「ところで、小野宮さんはキレやすい性格でしたか？」

宮原は、今度は迷いなく聞いてきた。

「いいえ」

私も迷いなく答えた。

宮原は私の返答を咀嚼《そしやく》するようにくちびるを軽く巻き込み、小さく何度かうなずいた。

「吉永さんは、小野宮さんがキレるところを見たことがありますか？」

「ありません」

「十年おつきあいして一度もですか？」

「事件のことですよね？」

私が聞き返すと、宮原はまなざしで続きを促した。

「だから、楠生は犯人じゃないと言っているんです。だって、掃除のおばさんに注意されてカッとなって殺したことになってますよね。そんなことで彼が腹を立てるわけありません。私、楠生とつきあって十年になりますけど、彼が怒ったりキレたりするところを一度も見たことがないんですから」

彼はいつも笑っていた。ご機嫌に尻尾を振っていた。

「でも、元交際相手の女性をカッとなって殺したことは認めていますよ」

「だから！」と思いがけず苛立《いらだ》った声が出て、私はひと呼吸を挟んだ。「ですから」とトーンを抑えて再び口を開く。

「よっぽどひどいことを言われたんだと思います。彼はショックでなにがなんだかわからなくなったんじゃないでしょうか」

殺された女に非があったのではないか。そう言いたい衝動を押しとどめた。

楠生が逮捕されたことは、朝の情報番組で知った。

朝食の支度をしていた私の耳に、「小野宮楠生」という名前が飛び込んできた。彼はふたりの女を殺し、三十三歳の女のほうは元交際相手と報じられていた。殺すくらいだからこの女は楠生にとって特別な存在だったのだろうか。呆然《ぼうぜん》としながらもそんな考えが頭をよぎり、胸に苦いものが広がった。いや、殺すくらいだから不要な女だったのだ。私は無理やりそう結論づけた。

「先生、心神喪失なら無罪になりますよね？」

「精神鑑定の結果、責任能力はあるとなっています。それに、小野宮さんは断片的ではありますが、事件を覚えています。元交際相手の女性を気がついたら灰皿で殴っていたと供述していますから」

「それを覚えていないことにできないんですか？」

「小野宮さん自身が覚えていると言っています」

他人事《ひとごと》のように淡々と告げる宮原に腹が立った。けれど、前任の国選弁護人に比べれば信用できるし、一生懸命やってくれている。前の弁護人はひどかった。威圧的で、楠生の主張に耳を貸さないうえに、彼を軽蔑し嫌悪していた。私の話も聞き流していた印象だ。

ふと、目の前の女弁護士が私と同じ年齢なのを思い出した。

「先生には楠生がどう見えますか？」

気がついたときにはそう聞いていた。

「はい？」と、宮原は不思議そうな顔になる。

「先生は私と同じ四十九歳ですよね？」

「何月生まれですか？」

「三月です」

「あっ、じゃあ学年は私のほうがひとつ下ですね。でも、先生も楠生と十六歳離れてますよね。先生は楠生のことをどう思いますか？」

どう思う、と宮原は口のなかでつぶやいたようだった。眉間《みけん》にひっそりとしわを刻み、視線を斜め下に向けた。考えるときの癖なのだろうか、くちびるをとがらせている。たっぷりと沈黙を挟み、目を上げた。

「小野宮さんを信じたいと思っています。でも、まだわかりません」

言葉の意味を確認しながら声にするような丁寧な発音だった。

私が聞いたのは、楠生を男としてどう思うか、だった。恋愛の対象になるのか、ときめくのか、それとも異性として感じるところはないのか。

けれど、見当違いの答えが返ってきたことが答えになっていた。

マンションに帰ると、床とベッドに洋服が積み上げられていた。

昨晩眠れず、夜が明けないうちから、いる服といらない服をより分けたことを思い出した。判断できなくなって途中で放り出したのだった。

洋服の山を見下ろし、私はため息をついた。いまは楠生のことだけ考えたいのに、そうできないのが忌々しい。

私にとって楠生はやはり運命の人であり、幸運をもたらす男だった。その証拠に楠生が逮捕されてから、目の前を暗い影がちらつくようになった。まるで私のもとから楠生がいなくなるときを待っていたかのように、不運と不幸が顔をのぞかせる。

先月、吉祥寺《きちじょうじ》店の売上ががくんと落ちた。競合店が増えたため半年ほどゆるやかな下降線を辿っていたが、一気にここまで落ちるのは想定外だった。振り返ってみるとここ数ヵ月、都内に三店舗あるネイルサロンの家賃も、二十人いるスタッフの給料も、業者への支払いもぎりぎりでなんとかしのいでいた。そのうち持ち直すだろうと悠長に構えているうちに、会社の経営が危険水域に達してしまった。先日、銀行に融資を申し込んだが、まだ返事はない。

私はベッドの上の洋服を拾い上げた。モスグリーンのオケージョンワンピース。必要なのか不必要なのかわからない。洋服をすべて売ったとしても焼け石に水なのはわかっている。


翌日、楠生に会いに東京拘置所に行った。

彼が東京拘置所に移送されてまもない頃、面会に行っても会えないことがあった。収監されている被告人が弁護士以外に面会できるのは一日一回だけで、私の前に誰かが面会していると会えないのだった。私に断りもなく、とはらわたが煮えくり返った。お菓子のくせに生意気だと思った。楠生にとって十把一絡《じっぱひとから》げの女が、この私から貴重な面会時間を奪うのが許せなかった。

だから、できるだけ早い時間に行くようにしている。それでも同じことを考える女がいるらしく、出遅れる日もあった。

この日は私がいちばん乗りだったらしく、面会することができた。

指定された面会室に入ると、ドアが開いて楠生が現れた。いつもどおりの人なつこい笑み。ほっとして泣きたくなった。

神様、と唐突に思う。神様、早く楠生を私のもとに返してください。

「ひとみちゃーん。会いたかったよ」

アクリル板越しに楠生はあまえた。

「私もよ」

「ひとみちゃんに捨てられたのかと思ったよ」

昨日と一昨日は朝いちばんで銀行に行き、その後はネイルサロンの予約がいっぱいだったため会いにくることができなかった。

「私が楠生を捨てるわけないじゃない」

「うん。信じるよ」

赤ん坊のような邪気のない笑顔に、私の魂は震えた。彼の笑顔は何度見ても慣れることがない。

「新しい弁護士とはうまくやってる?」

「どうかなあ。俺、ババア苦手だし」

「もうっ。そんな言い方して」

媚びるような声音になった。

「だってほんとにババアだもん」

「ねえ。あの弁護士、何歳だと思う?」

「うーん。六十歳くらい?」

やだーっ、と私から高らかな笑いが飛び出した。

「あの人、私と同い年なのよ」

「まじで?」

「学年は私のほうがひとつ下だけどね」

「ひとみちゃんは奇跡の美しさだね」

楠生は満ちたりた表情で笑いかけ、「ひとみちゃんは俺の自慢」と、アクリル板越しに私の頭を撫でる仕草をした。

あまく弾ける感情が涙腺を刺激し、涙がこぼれないように息を止めたら体が震えた。

「こんなところに閉じ込められてつらくない?　大丈夫?」

「ひとみちゃんが来てくれるから大丈夫」

そう言って、お楽しみを目の前にしたような笑顔になった。

ああ、よかった。楠生はこんなことになっても楽しくやっている。そう思ったら、カッとなって、というフレーズを思い出した。

たかが注意されたくらいで楠生がカッとなるはずがない。だから、彼は清掃スタッフの女を殺してなんかいない。元交際相手といわれる女だって、ひどい言葉で楠生を罵倒《ばとう》したにちがいない。楠生は一時的に我を忘れてしまっただけだ。彼は怒りや憎しみといった、ある意味真摯《しんし》な感情を持ち合わせていない。楽しいことだけを見て、尻尾を振りながら生きている。

シロもそうだった。

何日も散歩に行かなくても、皮膚病にかかっても、鎖が巻きついて動けなくなっても、誰にも撫でられなくても、世界には楽しいことしか存在しないようにいつでもご機嫌だった。ご機嫌なバカ犬だった。

シロを飼ったのは二年にも満たなかった。

父が事業に失敗し、家を手放すことになった。当時、私は小学五年生だった。

町外れの古いアパートに引っ越してから、シロがいないことに気づいた。母に聞くと、もらわれていったと答えた。私は母の言葉を信じるふりをしたが、ほんとうは気づいていた。シロは保健所に連れていかれたのだと。生きているだけで幸せだったシロは、まだまだ続くはずだったささやかで尊い最低限のラッキーを奪われてしまったのだ。

「ねえ、ほんとうは覚えてないんじゃない？」

私はアクリル板に顔を近づけ、ささやくように聞いた。

「なにを？」

私の気持ちを察することなく、彼はへらへら笑っている。

「あの女よ、元交際相手って言われている女。楠生、あの女にひどいこと言われたんでしょう？」

「うん。バカとかクズとか死ねとか言われた」

そう言って、あはっ、と笑った。

私は写真でしか知らないその女に激しい怒りを覚えた。おそらく十五年以上前のものだろう、テレビや週刊誌で見た写真の彼女は学生服を着ていた。ピントが合っていなくても、どんよりと陰気くさい目をしているのがわかった。

ブスのくせに楠生を罵倒するなんて図々しい。殺されたのは自業自得だ。その女のせいで楠生は自由を奪われたのだ。

「楠生、そのときのことなにも覚えてないんじゃない？　ほんとうは灰皿で殴ったことも覚えてないんじゃない？　それなら心神喪失でその事件も無罪になって、すぐに出られるんじゃないかしら」

「残念ながら、殴ったことは覚えてるんだよなあ」

人の気も知らず、楠生はいたずらっぽく笑った。

でも、と言いかけた私を制すように、楠生は人差し指の先をアクリル板につけた。口角をきゅっと上げ、幸福そうに細めた目を私に向けている。

私は口をつぐみ、人差し指を合わせた。ぬくもりを感じられないのがもどかしい。

「俺、決めたんだ。ここを出たら、ひとみちゃんと暮らそうって。ひとみちゃんがいればほかにはなにもいらないって。ひとみちゃんを守ることに命をかけようって」

甘美な毒を盛られたように頭も体も痺れた。返事をしようとしたが、勢いよく押し寄せる歓喜の波に巻かれ言葉を失った。

「だから、これからもよろしくね」

私が何度も深くうなずくと、楠生は「やったー」と子供のように喜んだ。

透明な尻尾がぶんぶん揺れているのが見えた。それは私の尻に生えた尻尾だった。

「なにか欲しいものはない？」

「金」楠生は即答した。「お金がいちばん便利だから」

「わかったわ。またお金を差し入れしとくわね」

職員が面会時間の終了を告げた。

「また来るから」

引き止めるように言うと、楠生は歩きながら顔をひねった。

「うん。待ってる」と無邪気に返した彼に、私の尻尾の振りが激しくなった。

＊

吉永ひとみを見送った貴子は、冷蔵庫から麦茶を出して一気に飲み干した。ふう、と息が漏れた。

これで救う会のメンバー七人全員から話を聞いたことになる。

小野宮楠生をキレやすいと評した女はひとりもいなかった。彼が本気で腹を立てたり、声を荒らげたりするのを見たことがある女もいなかった。「いつも笑っていた」「へらへらしていた」「子供みたいだった」という声が多かった。だから、一緒にいるとこっちまで楽しくなるのだと彼女たちは言った。

吉永から話を聞くまでは、交際期間が短いせいで小野宮の本性が見えなかったのだろうと考えた。彼女たちは長くても一年、ほとんどが数ヵ月のつきあいだ。しかし、十年つきあった吉永でさえ、小野宮がキレるところを一度も見たことがないと言った。

元交際相手をカッとなって殺したことはまだ理解できる。一度は男女の仲になったのだから、強い憎しみや怒りを抱くことはあるだろう。しかも犯行直前、小野宮は被害者に激しい言葉で罵倒されている。しかし、初対面の清掃スタッフを、トイレを使うことを咎《とが》められたくらいで殺すだろうか。

——笑ってたのよ。

女将の声が、頭のなかで再生された。

——ものすごく楽しそうに。子供が遊んでるみたいな顔だった。

女将に向かって灰皿を振り上げたとき小野宮は笑っていた。やったー、と片手を突き上げて喜んでいるようにも見えた。同じように笑いながら亀田礼子を殺したのではないか。そう女将は言っていた。キレた男がそんなふうに笑うだろうか。

大はしゃぎした数時間後に命を絶つ人間がいるように、笑いながら人を殺す人間もいるのかもしれない。そんなことを考え、私は小野宮の無実の訴えをまったく信じていないのではないだろうか、とはっとした。

事務所の電話が鳴り、貴子は思考を停止させた。案の定、国友修一からだった。彼は顧問弁護士を務める会社の会合に出席していた。

「残念。いま、帰ったわよ」

聞かれる前に言うと、意外にも「やっぱり」と弾むような声が返ってきた。

「じゃあ、いますれちがったのはやっぱりクズ女だな。香水のにおいで、そうかなと思ったんだ」

「ちょっと、言い方。クズ女はやめなさいって何回言ったらわかるのよ」

「はいはい。すんません」

「いま外にいるんでしょ？　誰が聞いてるかわからないのよ」

そう言ったところで人感センサーのチャイムが鳴り、「ただいまー」と国友の声が受話器を当てていない耳からも入ってきた。

「二次会に行かないで帰ってきたよ」

国友はネクタイをゆるめながら空気中のにおいを嗅ぎ、「うん、このにおいだ。まちがいない。やっぱりビルの入口ですれちがったのはクズ女だ」と自信たっぷりに言った。

「なんだか腑《ふ》に落ちないのよね」

前置きを省き、貴子は心中を吐き出した。国友に聞いてもらうことで、自分の考えを整理したかった。

「なにが？」

冷蔵庫を開けながら国友が聞く。缶ビールを取り出し、「宮原先生も飲む？」と振り返った。

「うん。飲もうかな」

それぞれのデスクにつき、缶ビールに口をつけてから貴子は口を再び開いた。

「小野宮の資料、国友先生も読んだでしょう？　率直なところどう思う？」

「宮原先生と同じですよ」

国友はあっさり答えた。

「同じというと?」

「宮原先生、最初に言ったじゃない。むずかしそうな印象だなあ、って。俺もまったく同じですね。正直、これがどうなれば無実になるのかわからない。唯一の可能性があるとしたら、目撃者の女将が嘘をついているってことですよね」

「うーん。やっぱりそうよね」

「当然、警察は女将のことを調べてますよね。で、なにも出てこなかった」

「私も女将が嘘をついているとは思えないのよね」

「念のため、女将のこと調べてみましょうか?」

「うん、助かる」

「でも、かなりむずかしいんじゃないかなあ。前任の国選弁護人も、小野宮の主張をまったく信じなかったわけですからね」

「私がいまいちばん気になっているのは、救う会のメンバー全員が、小野宮はキレやすい性格ではなかったと言ってることなの。本気で腹を立てたところを見たことがない、って。そんな人間がトイレを使うのを注意されたくらいで殺したりするのかな、って。そこが腑に落ちないところなのよ」

「つまり、動機がないってこと？」

国友は指を鳴らすような仕草で人差し指を貴子に向けた。

「まあ、それで無実の主張ができるわけじゃないんだけどね」

国友に突っ込まれる前に苦笑しながら言い訳をした。

「宮原先生の言うように、仮に動機がないにしても、女将の証言がある限り小野宮の犯行であることはくつがえらないですよね」

「そうなのよねえ。それともうひとつ気になるのが、これは些細《ささい》なことなんだけど、小野宮はお金をなにに使っていたのかということなの」

救う会のメンバー全員から話を聞いて新たに浮かんだ疑問だった。

小野宮は毎月、彼女たちからかなりの金額を受け取っていた。吉永は毎月二十万円のほか、ねだられるたびにお金を渡していたらしいし、小野宮が住むマンションの家賃と光熱費を負担している。ほかの女たちも三万円から五万円を渡していたと答えた。となると、小野宮は毎月、四十万円以上は手にしていたはずだ。それなのに派手に遊んでいたという情報がなかった。

「金なんて、けっこうあっというまに使っちゃうもんじゃないですか」

「うーん……まあ、そうか。気にしすぎかもしれないわね」

貴子は頭の後ろで手を組み、のけぞった。両方の肩甲骨《けんこうこつ》が時間差でパキッと音をたてた。

「宮原先生は率直なところどう感じてるんですか？」

国友の問いに、貴子は天井に目を向けたまま、うーん、とうなった。

「うーん、が多いね」と国友が笑う。

「信じたいけどむずかしい、っていうのが率直なところかな」

「でも、女たちに見せていた姿が、小野宮の本質とは限らないですからね。どうしてあんなにいい人がって言われる人間が犯罪に手を染めるケースは多いじゃないですか。小野宮も、実は意外とキレやすい人間なのかもしれないし」

女たちに見せていた姿が、小野宮の本質とは限らない——。

貴子は、国友の言葉を丁寧に胸でなぞった。

そのとおりだ、と思う。小野宮にとって女たちは金づるだった。だからこそ、機嫌を損ねないために女たちの前では本性を隠し、おおらかにふるまっていたのかもしれない。

「なんか俺たち、小野宮が犯人だって前提で話してるね」

国友が苦笑混じりに言う。

「ほんとね」と貴子も苦笑を返す。

当初の供述どおり、小野宮はトイレを使うことを咎められ、カッとなって犯行に及んだのだろうか。やはり小野宮が犯人なのだろうか。ちょっと注意されたくらいで理性を失い、衝動的に暴力をふるう。そんな短絡的な人間は想像以上に大勢いる。小野宮もそのひとりということだろうか。

しかし、小野宮は笑っていた、と女将は言った。

女将の証言が真実だとしたら、小野宮はカッとなって被害者を殺した直後、笑いながら女将に灰皿を振り上げたことになる。

小野宮はいったいどんな人間なのだろう。


被害者の亀田礼子は、埼玉の賃貸アパートでひとり暮らしをしていた。離婚歴が二度あり、三度目に結婚した夫とは七年前に死別している。わずかばかりの年金と清掃のパートでぎりぎりの生活をしていたようだ。

彼女のパート先の清掃会社を訪ねると、総務部人事課長という男が貴子を応接セットに案内した。

亀田礼子がトラブルを抱えていなかったか、念のために確認しておきたかった。しかし、仮にトラブルがあったとしても、目撃者がいる限り小野宮の犯行であることはくつがえらない。事件直後、女将だけではなく、階段を駆け下りる小野宮を酒屋が目撃しているし、ビルから走り出るところを複数の人が見ている。身柄確保されたとき、彼は凶器の灰皿を持っており、灰皿からは亀田礼子のＤＮＡが検出されている。どう組み立て直そうとしても、小野宮が犯人になる。

ただ、どうしても引っかかることがある。

小野宮がキレたところを見たことがないという救う会の女たちの言葉だ。

「亀田さんはどのような方でしたか？」

貴子の質問に、人事課長は「どのような方、というと？」と困惑の表情で聞き返した。

「聞いたところによると、亀田さんは不愛想なタイプのようでしたね」

ああ、と人事課長は苦笑する。

「そうですね。いつも不機嫌そうでした」

「亀田さんにトラブルのようなものはありませんでしたか？」

「トラブル？　私の知る限り特には」

「たとえば、あのビルに入っている店の誰かと揉《も》めていたというようなことは聞いていませんか？」

「いやあ。なかったと思いますけど。もうすぐ亀田さんと同じチームだったパートさんが帰ってくるので、詳しいことは彼女たちに聞いてみてください」

「チーム？　あのビルの清掃はチームでしているんですか？」

「いつもじゃありません。あそこは、基本的に亀田さんが毎日通って清掃してたんですが、週に二度は三名のチームで拭き掃除をしたり、ゴミ捨て場を片付けたりしていました」

「亀田さんはいつも同じ時間帯にあのビルを清掃していたんですか？」

「ええ。だいたい午後二時から五時くらいでしたね」

「事件があった日は亀田さんがひとりの日だったんですね？」

「そうです。運が悪かったんでしょうね」

人事課長は貴子の背後に目を向け、「あ、戻ってきました」と言った。

振り返ると、作業服を着た男に続いて、六十代に見える女がふたり入ってきたところだった。

「山根《やまね》さん、大川《おおかわ》さん」と人事課長が手招きをする。あらかじめ聞いていたのだろう、女たちは不審がることなく貴子の向かいに腰かけた。

「このふたりが、亀田さんと一緒にあのビルを担当していました。なにか聞きたいことがあればどうぞ」

「どうぞどうぞー」と山根がおどけ、場が一気になごんだ。

「亀田さんがあのビルのお店の人とトラブルになったというお話は聞いていませんか？」

貴子が聞くと、ふたりは顔を見合わせ、「聞いてないですね」と声をそろえた。

「誰かに憎まれたり恨まれたりといったことは？」

ふたりはまた顔を見合わせた。どちらも含みのある顔つきだ。

「亀田さん、あまり好かれないタイプみたいでしたよね」

貴子が話を振ると、「あら。やっぱりみんなそう言ってる？」と山根が嬉しそうに反応した。

「正直、嫌われてたよね」

大川も続いた。

「いつも不機嫌そうで、話しかけても無視したりして」

「なんだか変にお高くとまっちゃって、人のこと見下してるところもあったよね」

「じゃあ、誰かとけんかをしたり言い争ったりといったこともあったんじゃないですか？」

貴子が尋ねると、「そういうタイプじゃないのよ」と山根が迷いなく否定した。

「いつも、ふんって感じでほとんど口を利かないのよ。だから、嫌われるだけで、けんかにもならないんじゃないかな」

「そうそう。だから、殺されたのは、トイレを使うなって注意したからだって聞いてびっくりしたのよ。あの人が注意なんかするんだ、って」

ねえ、とふたりはうなずき合った。

カッとしないはずの小野宮と、注意しないはずの亀田礼子。釈然としない思いが強くなっていく。

「じゃあ、亀田さんにトラブルのようなものはなかったんですね」

「亀田さんとは必要なこと以外しゃべったことがないからよくわかんないわ」

「あの人、いつも口をへの字にしてたよね。笑ったところ見たことないわ」

「一度だけあるじゃない。ほら、帰りの車のなかで。私が秋保《あきう》温泉に行ったたって言ったら、M町って知ってるか？　ってあの人珍しく話しかけてきたじゃない」

「ああ、そういえばあったたね。あのときはびっくりしたわあ」

「M町、ですか？」

貴子は口を挟んだ。頭のなかでなにかがつながった感覚があったが、それがなんなのかすぐにはわからなかった。

「そう。宮城県のM町ってところ。知らなかったから、知らないって答えたわ」

宮城県のM町——。

あ、と声が出そうになった。体中の細胞が一気に膨らむ感覚がし、鼓動が速くなる。

宮城県のM町は、小野宮が中学生まで暮らしていた町だ。M町で生まれた彼は小学四年生のときに同町の児童養護施設に入所し、中学卒業まで暮らしている。

「亀田さんとM町はどんな関係があるんですか？　M町についてなんと言っていましたか？」

亀田礼子に関する資料にはM町の文字はなかったはずだ。

「あの人、変なこと言ってなかった？　M町にはいい思い出がないけど、なつかしいとかなんとか……」

「ちがうちがう。嫌な思いをした分これからいい思いをさせてもらう、みたいなことよ。そして、あの人笑ったのよ。なんて言ったらいいのかしら、ひひ、みたいな感じで。意地悪な人は笑っても意地悪に見えるもんなんだって、私感心したもの」

「嫌な思いをした分これからいい思いをさせてもらう。亀田さんはそう言ったんですね？」

貴子は念を押した。

「正確じゃないかもしれないけど、そんな意味のことを言ってたわ」

宮城県M町は、小野宮が子供の頃に暮らしていた町だ。そう思い至ってもまだ脳がざわざわしている。なにか大切なものを見落としている。貴子は自分自身にじれったさを覚えた。

貴子が見落としていたものを突き止めたのは三時間後だった。

事務所に戻り、資料を読んでいると、まるで向こう側から転がってきたように紙の上にあっけなく現れた。

どうしていままで気にとめなかったのか。貴子は自分の迂闊《うかつ》さに心底情けなくなった。

二章

小野宮楠生は、くちびるに笑みを溜めて現れた。貴子と目が合うと、待ち焦がれた人を見つけたようにぱっと笑いかけた。

「貴子ちゃん、来てくれてありがとう」

アクリル板の前に座り、貴子をまっすぐ見つめる。

「貴子ちゃんと呼ぶのはやめてください」

「あれ？　貴子ちゃん、なんかあった？　元気ない顔してるけど、大丈夫？」

これがこの男のやり方なのだ。いともたやすく相手の懐《ふところ》に入り込み、無邪気な笑顔とやさしい言葉を駆使して女たちを魔法にかける。

「惚れた？」と、いたずらっぽい顔になる。

「こないだはタイプじゃないって言ったくせに、うっとりした目で俺を見てるじゃん。いいよ、好きになっても。よく見ると、貴子ちゃん、かわいい顔してるね」

そう言って、あはっ、と笑う。

前回の接見からちょうど一週間、二度目の接見になる。

小野宮がどんな人間なのかつかめないままだ。見た目のとおり、なにも考えずに生きているバカで軽薄な女たらしなのか。それとも、その奥に誰にも見せない別の人格を隠しているのか。

貴子は表情を引き締め、「小野宮さん」と呼びかけた。

「貴子ちゃんなら特別に、楠生って呼び捨てにしていいよ」

小野宮は、貴子の真剣な顔つきを無視しておどけた。

「あなたは、ほんとうに亀田礼子さんを殺していないんですか?」

「まさか貴子ちゃん、俺のこと疑ってるの? 信じてくれないの?」

小野宮はくちびるをとがらせ、あまえるようにすねた顔をつくる。

「あなたと亀田さんは知り合いだったんじゃないですか?」

貴子の言葉に、小野宮は真顔になった。左目の下のほくろのせいであどけなさが滲み出す。これが救う会の女たちが言った、迷子になった子供のような顔なのかもしれない。無防備で頼りなく、まるで貴子がひどい言葉を投げかけたように戸惑いと傷心が一瞬のうちに現れ、すっと消える。

貴子の目に、小野宮の表情はつぎはぎに映った。いくつもの人格が次々に顔を現すようでもある。

「あなたは、宮城県のM町で生まれ育ったんですよね」

小野宮は返事の代わりにくちびるの端をつり上げ、挑発的な笑みをつくった。

「亀田さんもM町と関係があったようです」

貴子は言葉を切り、小野宮をじっと見つめた。が、彼の表情に変化は現れない。

「山本若菜《やまもとわかな》さんも中学時代にM町にいました」

貴子がぶつけた名前は、もうひとつの事件の被害者だ。

山本若菜、三十三歳、ファミリーレストランのアルバイト従業員。結婚歴はなく、下板橋のアパートでひとり暮らしをしていた。

小野宮は、亀田礼子の殺害容疑で逮捕されてから、山本若菜の殺害を自供した。犯行は、亀田礼子殺害の前日、九月三日の午後十一時前後のことだ。彼の自供どおり、山本若菜はアパートの自室で死んでいるのが見つかった。死因は、亀田礼子と同じく後頭部を殴られたことによるくも膜下出血。凶器は彼女の部屋にあったとみられる硝子《ガラス》の灰皿で、底部で殴られたことが判明している。大理石と硝子というちがいはあってもどちらの事件も凶器は灰皿で、底部で殴りつけるという殺害方法も一致している。

小野宮は、山本若菜の殺害については当初から全面的に犯行を認めている。そのため、ひととおりの資料に目を通しはしたが、細部まで頭に叩き込めてはいなかったようだ。それでも海馬《かいば》のどこかに刻まれていたのだろう、宮城県M町という言葉に脳が反応した。

自白調書によると、ふたりは半年ほど前にファミリーレストランのウェイトレスと客として知り合い、そのときお互いがM町に住んでいたことがあると知った。男女の関係になったのは一度きり。小野宮に金を盗まれた山本若菜が激怒して関係を絶った。事件当日、小野宮は金の無心に彼女のアパートに行った。

「あなたとふたりの被害者には、M町という共通点があります。これ、偶然ですか？」

小野宮から一瞬、表情が消えた。くちびるが小さく動く。

「え？」

貴子はアクリル板に顔を近づけた。

「クソババア」

そう聞こえた。

貴子が見つめ直すと、小野宮は顔をそむけ、はあーっ、とわざとらしくため息をついた。

「貴子ちゃんにはがっかりしたよ」

吐き捨てるように言ってから貴子に顔を戻す。

「俺は、掃除のババアのことなんか知らないし、殺してもいないの。貴子ちゃんならわかってくれると信じてたのに」

「山本さんを殺したことは認めますね？」

「ああ」

「罵倒されて、カッとなって？」

貴子は自白調書に記されている内容を口にした。

「そうだよ」

「でも、あなたはカッとなるタイプではないと、救う会の皆さんは証言しています。あなたがキレるところを見たことがないそうです」

「だからなに？」

「ほかに動機があったのではないですか？」

「どんな？」

「それを聞いています」

小野宮は、あはっ、と笑い、「俺に聞かれてもなー」と頭をかいておどけた。

「ほんとうに亀田礼子さんを殺していませんか？」

「しつこいなあ」

「でもね、あなたの無実の可能性が見いだせないんですよ」

そう告げると、前髪からのぞく黒い瞳がすっと冷めるのが見えた。

「無能だからじゃね？」

小野宮は吐き捨て、「あのさ」とアクリル板に顔を近づけ、凄んだ。

「あんたの仕事は、俺の無実を証明することだよな？　関係ないことをうだうだ言ってねえで、俺をここから出すことだけ考えろよ」

「出てどうするの？」

率直な疑問が口をついた。

「ここを出て、なにかしたいことがあるの？　ねえ、どうして働かないの？　仕事もしないで毎日だらだら暮らして、それで楽しい？　生きている感じがする？　小野宮さん、三十三でしょう。いままで将来について考えたことはないんですか？」

小野宮は、十五歳で児童養護施設を出てから、一度も定職についたことがなかった。居場所を転々とし、「女の世話になりながら生きてきた」と供述している。おそらく、男妾《だんしょう》まがいのことをやって生き延びてきたのだろう。小野宮が児童養護施設を出たのは十八年前だ。十八年ものあいだ、彼はなにを生きがいに、なにを目的に生きてきたのだろう。

送検時、小野宮は両手でピースサインをつくり、カメラに向かって愉快げに笑ってみせた。あのときの笑顔は本心からのものだったのだろうか。小野宮はほんとうに楽しんでいたのだろうか。

「俺の将来なんてどうでもいいよ」

異物を吐き出すような声だった。吐き出した言葉は搾《しぼ》りかすのようにぱさぱさで、どんな感情も宿っていなかった。

「将来なんてどうでもいいって、どういうこと？」

貴子が前傾した分、小野宮はアクリル板から顔を遠ざけた。

「早くここから出たいんでしょう？　それなのに、将来なんてどうでもいいと思ってるんですか？」

貴子には小野宮の言動が矛盾しているように感じられた。なにかしたいことがあるから早く出たいのではないか。それとも、単に不自由な暮らしが嫌なだけだろうか。どちらにしても、一刻も早く自由の身になりたがっている人間が「俺の将来なんてどうでもいい」と吐き出すことに違和感を覚えた。

送検されるとき、小野宮は満面の笑みだった。あのときも、将来なんてどうでもいいと思っていたのだろうか。だからこそ、あんなふうに笑えたのだろうか。

イエーイ。耳奥で聞こえた声が小野宮のものなのか悠のものなのか、貴子は混乱した。

東京拘置所を出ると、最初の接見のときに感じたことを思い出した。弁護を続けるほど小野宮を信じられなくなりそうだ――あのとき、そう予感した。

ほんとうにそのとおりだ、と貴子はため息をのみ込む。小野宮のなにもかもが信用できない。彼は真実をなにひとつ口にしていないのではないかと思えてくる。

亀田礼子を殺したのは小野宮だ――。

頭のなかで言葉にすると、そんなことはとうに知っていた気がした。

小野宮とふたりの被害者の唯一の接点はM町だ。

小野宮は宮城県M町で生まれ、中学を卒業するまでM町で暮らした。

山本若菜は岩手県花巻《はなまき》市で生まれ、中学二、三年生のときにM町で暮らしていた。

ふたりとも三十三歳、学年が一緒だ。ふたりは半年前にウェイトレスと客として知り合ったのではなく、中学時代からの知り合いではないだろうか。通っていた中学校はちがうが狭い町だ、知り合う機会は多分にあるだろう。

M町との関係が不明なのが亀田礼子だ。戸籍の附票を見る限り、彼女がM町に住んでいた過去はない。

——嫌な思いをした分これからいい思いをさせてもらう。

しかし、彼女はM町についてそう言ったという。

小野宮は衝動的にふたりを殺したのではなく、明確な動機があったのではないだろうか。

そう考えると、小野宮がカッとしたところを見たことがないという女たちの言葉も腑に落ちるし、亀田礼子は人に注意するタイプではなかったという証言にも違和感がなくなる。

「最悪だ」

無意識のうちにひとりごとが漏《も》れた。

貴子の推測が合っていれば、計画的連続殺人になってしまう。

事務所に戻った貴子は、山本若菜殺害事件の資料を読み込み、ふたつの事件を時系列に整理した。

九月三日の午後十一時頃、小野宮楠生は金の無心をするために山本若菜のアパートに行き、罵倒されたことでカッとなり、部屋にあった硝子の灰皿で後頭部を殴りつけて殺害。財布を盗んで逃走した。

翌日の昼過ぎ、被害者がどうなったか気になり、再び彼女のアパートを訪れている。被害者が死亡しているのを確かめてから池袋に向かった。腹が減り、ラーメンを食べるつもりだったと供述している。適当な店を探しながら池袋の西口を歩いていると尿意を覚え、目についた雑居ビルに入った。

ここまでの供述は、起訴前も起訴後も一致している。ちがうのはここからだ。

起訴前の供述では、トイレを使おうとしたところ亀田礼子に注意され、カッとなって殺したとある。殺意はなく衝動的な犯行で、とっさに洗面台に置いてあった灰皿をつかんだという。外階段の踊り場の灰皿が女子トイレにあったのは、被害者が洗おうとしたためだと見られている。

一方、起訴後の小野宮は、女子トイレに人が倒れていたため、気になって入ったと主張。落ちていた灰皿を拾い上げたところ、背後で女の悲鳴がしてパニックになった。それ以降のことはよく覚えていないという。

ただし、山本若菜の殺害については起訴前同様、全面的に犯行を認めている。被害者の部屋に落ちていた灰皿からは小野宮の指紋が検出され、また小野宮の部屋から被害者の財布が見つかった。

小野宮の罪状はどちらも傷害致死罪で、山本若菜の事件には窃盗罪がついている。もし、小野宮の計画的犯行だったとすると、ふたつの事件とも明確な殺意があったとみなされ、殺人罪が適用される。そうなると、死刑の可能性もゼロではないし、判例的には無期懲役になると考えられる。

——俺の将来なんてどうでもいいよ。

さっきの小野宮の言葉を思い出す。

彼は真実が露見する可能性を考え、死刑や無期懲役なら将来なんて関係ないという捨て鉢な気持ちであんなことを言ったのだろうか。

「宮原先生、いる？」

人感センサーのチャイムとともに、入口から国友修一の大声が響いた。どすどすと大股で執務スペースに入ってきた彼は、「これ読んでよ」と、貴子に雑誌を差し出した。スクープを売りにした週刊誌だ。

手に取り、あっと声が出た。

表紙には〈本誌独占スクープ〉とあり、〈スマイル＆ピース殺人犯の凄絶過去！〉と続いている。ページをめくり、表紙と同じタイトルを見つけた。

〈鬼父〉〈監禁〉〈餓死〉とショッキングな単語が貴子の目に飛び込んできた。

本誌独占スクープ　スマイル&ピース殺人犯の凄絶過去！

鬼父！　監禁！　餓死！　連続殺人犯・小野宮楠生はこうして作られた！

「クズ男」と聞いて、皆さんが思い浮かべるのは誰だろう。いまならほとんどの人が、小野宮楠生容疑者を連想するのではないだろうか。名前に覚えがなくても、ふたりの女性を殺し、「誰を殺そうと俺の自由だろ」と言い放ち、カメラに向かってスマイル&ピースをした、悔しいがイケメン……といえばおわかりになるだろう。

今回、本誌の独占スクープとしてお届けするのは小野宮容疑者の過去である。小野宮容疑者の出生地は宮城県M町だ。周囲を山に囲まれたM町は、かつては陸の孤島と呼ばれた豪雪地帯である。実は、過去にM町では悲惨な事件があった。町営団地の四階の一室で、餓死寸前の少年が見つかったのだ。少年は骨がくっきり浮き上がるほど痩《や》せ細り、全裸に近い状態で倒れていたという。部屋は電気もガスも水道も料金未納のため止まっており、窓が段ボールでふさがれていた。

この部屋には、父親と少年がふたりで暮らしていた。母親は少年が幼い頃に離婚し、出ていった。トラック運転手の父親は何日も家を空けることが多く、少年はそのあいだ満足に食事を摂《と》っていなかったと推測される。

少年が発見されたのは、父親が町内を流れる用水路で溺死体《できしたい》となって見つかったことがきっかけだった。酒に酔い、転落したらしい。

餓死寸前で発見されたとき、少年は10歳だった。本来であれば小学四年生である。しかし、少年は小学校に通っておらず、また、団地の住人は少年が住んでいることを知らなかったという。当時、同じ団地に住んでいたA子さんは少年について「離婚した母親が連れていったと思っていた」と語った。また、以前に町の担当者が聴き取りを行った際にも、父親は同じように答えていたらしい。

A子さんによると、父親はなかなかのイケメンで女出入りが激しかったそうだ。一方の母親は地味で目立たないタイプだったという。どちらも子供の養育を放棄した鬼親であったことはまちがいない。

現在、住民票に名前はあるのに自治体が居住実態をつかめていない「所在不明児」が問題になっているが、この少年も所在不明児だったのである。

もうおわかりかと思うが、この少年こそが殺人鬼・小野宮容疑者である。

小野宮容疑者はいまから遡《さかのぼ》ること23年前、世の中から隔離され、団地の一室でひっそりと生きていたのである。

10歳の息子を電気もガスも水道も止まった部屋に放置し、餓死させようとした父親。小野宮容疑者は、父親に監禁、虐待されていたと考えられる。ちなみに、母親の居所は不明で、事件発覚後も息子を迎えにくることはなかった。

その後、小野宮容疑者はM町の児童養護施設に引き取られ、義務教育を受けられるようになった。しかし、意外なことに小・中学校の同級生に聞いても、彼のことを覚えている者はほとんどいない。いまの小野宮容疑者からは想像もできないが、彼はおとなしく、目立たない生徒だったらしい。団地の一室で誰にも知られることなく幽霊のように過ごした少年は、外の世界に出てもしばらくは幽霊のままだったのだ。

なお、児童養護施設を出た後の彼の足取りを知る者を見つけることはできなかった。

いったいいつどのようにして、ふたりの人間を殺しておきながら、スマイル＆ピースで「誰を殺そうと俺の自由だろ」と言える人格が完成したのだろう。

小野宮容疑者のゆがんだ人格は、凄絶な過去に起因していることはまちがいないだろう。だからといって、彼の悪行が許されるわけではない。いまさら無実を主張し、悪あがきすることなく、潔く犯行を認め、刑に服してもらいたいものである。

（上嶋千沙里）

「宮原先生、知ってた？」

貴子が記事を読み終えたタイミングで国友が聞いてきた。

「知らなかった」

貴子は呆然と答えた。

小野宮の経歴は資料にあるが、父親が死亡したため児童養護施設に入所したとしか書かれていない。

「ネットを見ても、この記事を読んだ人の書き込みがいくつかあるだけで、当時の詳しい状況が載ってるサイトはないですね」

キーボードをカチカチ叩きながら土生京香が言う。

貴子は、もう一度丁寧に記事を読み返した。

この記事のどこかに亀田礼子や山本若菜が隠れていないだろうかと考えたが、小野宮の悲惨な少年期が迫ってくるばかりだった。貴子の脳裏に刻まれている送検時の小野宮の笑顔とピースサイン。満面の笑みに暗い影が差し、心が抜け落ちた仮面へと変容していく。

——俺の将来なんてどうでもいいよ。

小野宮の声がよみがえる。

「うーん」

頭を押さえたら、無意識のうちに声が出た。

「また、うーん、だ」

国友が突っ込む。

「ほんとにまいってるのよ」

貴子から本音がこぼれた。

「宮原先生、珍しくやられてるね。今日、二度目の接見だったんだろ。どうだった？」

「最悪かもしれない」

そう答えてから、貴子は自分の推察を国友に説明した。

亀田礼子を殺したのは小野宮としか考えられないこと。小野宮とふたりの被害者の共通点がM町にあること。どちらの事件も衝動的な犯行だとは考えられないこと。動機がほかにあるかもしれないこと。

「あくまでも私の想像にすぎないんだけど」とつけ加える。

「たしかに、宮原先生の推理が全部当たってたとしたら最悪だな。傷害致死から殺人になって量刑がぐっと重くなる。無期ってところか」

「かといって、このまま亀田礼子殺しの無実を主張しても、裁判で勝てる可能性はほぼゼロだしね」

「精神鑑定の結果も問題ないですしねえ」

「多重人格」

貴子はつぶやいた。

「多重人格？　小野宮が？」

国友が怪訝《けげん》な顔になる。

「あ、ううん。そうじゃないんだけど、言動に一貫性がないというか、性格が定まっていないように感じられることがあるのよ。変な言い方だけど、つぎはぎの人格っていうのかしら」

「病的な感じ？」

そこまでじゃない、と答えようとしたのに思いがけない言葉が転がり出た。

「彼、自殺したりしないかな」

自分の言葉に、貴子の心臓が跳ねた。


翌日の夜、貴子は小野宮楠生の記事を書いた上嶋千沙里《かみしまちさり》に会いに行った。

彼女は「週刊スクープ」を刊行している出版社の社員ではなく、出版社から徒歩十分のビルにある編集プロダクションに所属していた。

ドアを開けた途端、煙草のにおいが鼻についた。薄い雲がかかっているように天井下を紫煙がたゆたっている。いまどき珍しく禁煙ではないらしい。

事務所はいくつものパーテーションで仕切られ、人の頭だけがかろうじて見える。書棚からは本や雑誌があふれ、床にも雑誌が積み上げられている。雑然とした空間に、カタカタカタと高速でキーボードを叩く複数の音が響いている。

土曜日の夜にもかかわらず、五、六名のスタッフがいるようだが、貴子の来訪に気づく者はいない。

受付カウンターのベルを押すと、奥のパーテーションから女が顔をのぞかせた。貴子が会釈をすると、会釈を返し「宮原さんですか？」と聞いてきた。

事務所のすみにある応接セットに通された。年季の入った茶色のソファは数ヵ所に破れがあり、黄色いクッション材がのぞいている。

「すみません。煮詰まったコーヒーしかないので、水のほうがいいですよね」

上嶋はそう言い、ペットボトルのミネラルウォーターを貴子の前に置いた。

「どうぞおかまいなく。お仕事中にすみません」

「いえ、大丈夫です。メールの返事を待ってるだけなので」

上嶋は、貴子が想像していたイメージとはちがった。おそらく三十代半ばだろう。スクープ記事を書くくらいだから、できるオーラを全面に出した勝気な女ではないかと思っていたが、化粧っけがなく、やさしい保育士といった印象だ。

「週刊スクープの記事、拝見しました」

貴子が言うと、彼女は細い目をさらに細めた。

「おかげさまで売れ行きがいいみたいです」

「記事の内容は事実なんですよね？」

「それはもちろん。警察だって知ってるはずですよ。ただ発表していないだけで」

「上嶋さんは、どのようにして小野宮さんの過去に行きついたんですか？」

「興味を持ったから調べただけです。そうしたら、けっこう壮絶な過去が見つかってラッキーでした」

「どうしてM町にいた頃の小野宮さんに興味を持ったんですか？」

小野宮楠生、亀田礼子、山本若菜。この三人がM町でつながっている可能性に、彼女が気づいているのかどうか気になった。

「小野宮の昔の話が全然出てこないので変だなと思ったんです」

「昔の話が出てこない？」

上嶋はうなずいた。

「テレビとか週刊誌で報じられるのは、最近の小野宮とクズ女のことばかりじゃないですか。ネットでもそうなんですよ。普通は、学生のときの写真とか文集とか元同級生の話とかが出てくるのに、小野宮の場合そういうのが全然ないんですよね。なんだか過去がないみたいだなあ、と思ったのがきっかけです。そうしたら、ほんとうに過去がないっていうか……。所在不明児だったし、発見されたあとも誰の記憶にも残らない少年だったみたいです。いまのイメージとあまりにもちがうので驚きました」

「上嶋さんはM町に行ったんですよね？」

「もちろんです。でも、やっぱり変なんですよね」

上嶋は握りこぶしをあごに当て、思案する顔つきになる。

「なにがでしょう？」

「養護施設を出てから七、八年間の暮らしぶりが空白のままなんです。宮原さんはご存じないですか？」

「いえ」と答えた貴子に、上嶋は「ほんとうですか？」と疑わしそうな目を向けた。

小野宮の住民票の住所は宮城県M町のままだ。彼がいた児童養護施設は十年以上前に閉所したのに、書類上ではいまもそこに住んでいることになっている。児童養護施設を出て以来、彼は住所不定のまま、おそらく十代からずっと男妾まがいのことをして暮らしてきたのだろう。

「詳しいことはほんとうに知らないんです。小野宮さんが父親に監禁されていたことも、上嶋さんの記事を読んではじめて知ったので」

「そうですか」上嶋の目から力が抜けた。「小野宮は、自分の過去を誰にも話してないのかもしれませんね」

「上嶋さんが取材した方を紹介していただくことはできますか？　私も直接お話を聞いてみたいんです」

「先方に確認してみます」

「よろしくお願いします」

貴子は頭を下げた。

「私からも聞いていいですか？」

さりげない口調だったが、上嶋の目つきははっきりと鋭くなった。

「どうぞ」

貴子はにこやかに答えた。

「小野宮は、亀田礼子さんの殺害についていまも無実を主張しているんですか？」

「そうです。無実を主張しています」

バーターとしてある程度の情報を差し出さなければならない。これくらいなら問題ない。

「拘置所での様子はどうですか？」

「体調を崩すことなく、変わりなく過ごしています」

「あいかわらずクズ男のままですか？」

笑いながら上嶋が尋ねる。

「そう見えるでしょうね」

答えた貴子も笑った。

「私、何度か小野宮に会いに行ったんですけど、いつも先に面会した人がいてまだ会えてないんです」

東京拘置所に収監されている被告人は、弁護人を除いて一日一回、十分程度しか面会できない。

「先に面会してるのって、きっとクズ女ですよね」

うらめしそうな上嶋に、「たぶん」と貴子は苦笑を返した。

「クズ女たちは、まだ小野宮のことを盲目的に信じてるんですか？　恨んでないんですか？　クズ女同士で第一夫人は誰だみたいな諍《いさか》いはないんですか？　私、クズ女を取材したいんですけど、セッティングしてもらえませんか？」

貴子は腕時計に目をやるふりをした。

「もし彼女たちがその気になったらご連絡させていただきますね」

感じのいい笑顔で返し、腰を上げた。

週が明けた月曜日は、朝九時から相談の予約が入っていた。

阿佐谷《あさがや》に四棟のアパートを持っている潮田《しおた》という七十代の男だ。四年前、リフォームトラブルの相談を受け、貴子が代理となって交渉業務を行ったことがある。今回もアパート経営に関する相談かと思ったがちがった。

「息子と親子の縁を切りたいんです」

ソファに座るなりそう切り出した潮田は、四年前と比べてかなり痩せ、白い髪は薄くなり、一気に老け込んだ印象だった。

「息子さんとなにかあったんですか？」

「あんなやつ息子じゃないっ」潮田は唾を吐くようにつぶやいた。「親を親とも思わない罰当たりなやつですよ」

四年前にも息子の愚痴を聞かされたことを思い出した。潮田の妻はすでに亡くなり、ひとり息子は九州にいるはずだ。

「息子と親子の縁を切って、息子を訴えたいんです」

潮田は怒りの滲んだ声できっぱりと言った。

「法的には親子の縁を切ることはできないんです。なにがあったのか説明してもらえますか？」

「あいつ、俺を監禁して金を盗みやがった」

そう吐き捨てた語尾が震えた。

潮田は二ヵ月前、駅のホームで倒れ、病院に救急搬送されたという。倒れた原因は熱中症だったが、肺炎を起こしていたため入院することになった。九州から駆けつけた息子は、潮田が入院しているあいだ、代わりにアパートの管理をすると申し出た。

「騙されたんですよ。息子に言われるがまま、通帳も印鑑もアパートの権利書も渡してしまった。まさか、自分の息子がそんな犯罪まがいのことをするとは思いませんからね」

退院後、潮田は老人ホームに入れられた。息子が勝手に契約したという。外出は許されず、郵便物は息子に転送された。

「それも息子の仕業です。俺を監禁するために、老人ホームとそういう契約を結んだんですよ」

「潮田さんはいまも老人ホームにいるんですか？」

「そうです。しかも、埼玉ですよ。今日はなんとか職員の目を盗んで抜け出してきました」

「息子さんは九州に戻られたんですか？」

「俺を老人ホームにぶち込んだら、とっとと九州に帰りましたよ。あいつら、みんなグルになって俺の金を盗もうとしてるんだ」

潮田は白い唾がこびりついたくちびるをわななかせた。

「あいつら、って誰ですか？」

「息子の嫁と、その家族たちですよ」

「九州の？」

潮田はうなずいた。

「息子さんに連絡はしてみましたか？」

「電話をしても出ません。あいつは、俺を監禁して認知症にさせようとしてるんだ。そうすれば俺の財産を好き勝手にできると思ってるんだ。人でなしの息子ですよ」

貴子は自分のことを言われている気がした。

三年前、継父が亡くなり母を老人ホームに入れるとき、母から同じようなことを言われた。母は自宅で暮らしたがった。ここで悠の帰りを待っている、悠が帰ってきたとき誰もいないとびっくりする、と。

認知症が進んでいる母をひとり暮らしさせるわけにはいかなかった。かといって、実家に戻って母と暮らすことも、母をマンションに呼び寄せることも考えられなかった。母を老人ホームに入所させることにわずかばかりの迷いもなかった。

母は貴子を「鬼」「親不孝」となじった。そう言われても仕方がないと思った。貴子は自分の行いを、母を手際よく整理したと捉《とら》えていた。

「先生、金ならあるんです」

潮田はそう言い、上着の内ポケットから紙幣を取り出しテーブルに置いた。三十万円くらいはありそうだ。

「あいつが持っていった通帳は家賃の振込口座で、幸いなことに個人の通帳は無事なんです。金ならありますからお願いします」

「潮田さん、とりあえずそのお金をしまってもらえませんか？」

「でも」と潮田は不安そうな顔になる。

「お力になりますから」

貴子がそう言うと、やっと紙幣を内ポケットに戻した。

「まず息子さんが持っていった通帳ですが、銀行に連絡をして紛失届を出したほうがいいでしょう。解約をすると家賃が振り込まれなくなってしまうので注意してくださいね。銀行に事情を説明してお金を引き出せないように手続きしてください。本人じゃないと手続きはできないので、まずは電話をかけて、それから銀行窓口に行ってください」

貴子は土生京香に内線電話をかけ、紛失センターの電話番号と、ここからいちばん近い支店を調べるように頼んだ。

「その後のことですが、息子さん宛てに通帳と印鑑、アパートの権利書の返還を求める内容証明を送ることができます」

そこで言葉を切り、「でも」と貴子は背筋を伸ばした。つられて潮田の背筋も伸びた。

「法は家庭に入らずという考え方があります。端的に言うと、家族間のトラブルは家族が話し合いで解決するように、ということです」

「でも、あいつは俺の財産を取り上げたんだ」

潮田は声を荒らげた。

「法的には、息子さんを窃盗罪や詐欺罪で罰することはできないんです」

「そんなバカなことがあるか！」

「潮田さん、息子さんと話し合われてはいかがでしょう」

「あいつは電話に出ないんですよ」

「私から話してみましょうか？」

潮田が真実を語っているとは限らない。息子の言い分も聞かなければ、全体像をつかむことはできない。家族間のトラブル、特に親子間と夫婦間のトラブルは法の介入がむずかしいため厄介《やっかい》だ。

潮田は長い沈黙ののち、「……無駄だと思うけど」とつぶやき、

「先生が、そのほうがいいって言うならお願いしてもいいけど」

ぶっきらぼうな口調で言った。

「わかりました。私からお話をしてみます」

「息子には、俺のものを返せ、老人ホームには入らん、と伝えてください」

「潮田さん、自宅に戻られるんですか？」

「もちろんです。あんなところに閉じ込められたら、ほんとうに認知症になってしまいますよ」

もし、入居者を部屋に閉じ込めていたとしたら虐待にあたる可能性もある。貴子は、息子

の連絡先とともに老人ホームの名前を書きとめた。

母は継父が死に、老人ホームに入所してから明らかに認知症が進んだ。娘のことを忘れつつあるように、やがて悠のことさえ忘れるのだろうか。そうなったとき母はこの世界から完全に消滅する気がした。

夕方、貴子は山本若菜が働いていたファミリーレストランへ行った。

小野宮楠生とふたりの被害者の共通点は宮城県M町にあるのではないか。そう思いついたら、そうとしか考えられなくなった。M町は知名度のない小さな町だ。三人がたまたま関係していたと考えるのは無理がある。

特に小野宮と山本若菜だ。ふたりは同い年で、同じ時期にM町に住んでいた。重なっている時期は中学二、三年生の二年間だ。通っていた中学校はちがうが、その頃に知り合ったのかもしれない。

しかし、小野宮の証言によると、ふたりは半年前にウェイトレスと客として偶然知り合ったという。もし、小野宮が嘘をついているのだとしたら、そこに事件の真相が隠されている気がした。

休憩室に通され、店長とアルバイトスタッフのふたりから話を聞くことができた。

「うわっ、怖っ、と思いました」

山本若菜の同僚だったというアルバイトの佐藤《さとう》は、テレビで見た小野宮の印象をそう語った。

「だって、ふたりも殺して逮捕されたのにあんなふうに笑えます？　ああいうときって普通、フードかぶったりうつむいたりして顔隠しますよね。それに、誰を殺そうと俺の自由、って頭おかしいですよね」

「じゃあ、犯人の顔に見覚えはないんですね？」

貴子が聞くと、「半年前に来たお客さんのことなんか覚えてないですよ」と佐藤は答え、ねえ、と隣の店長を見た。店長は「ええ」とうなずいた。

店長は三十代の女性で、佐藤は四十代だろう。

「山本さんから、小野宮という名前を聞いたことはありませんか？」

ふたりは「ない」と口をそろえた。

「じゃあ、M町についてはどうですか？」

「さあ」と店長は首をかしげ、「私はプライベートな話をしたことはないですから」と言い訳するように言った。

「私もシフトが重なることが多かっただけで、プライベートなつきあいはなかったですよ。M町のことも聞いたことないです」

ふたりが山本若菜と親しくなかったことと、あまり好感を持っていないことがうかがい知れた。

「山本さんはお金目当てで殺されたんですよね？」

そう聞いてきた佐藤はなにか言いたげだった。

「犯人は、山本さんに金の無心をしています」

罵倒された小野宮は山本若菜を殺害後、財布を盗んで逃走した。小野宮の部屋のゴミ箱から被害者の財布が見つかっている。

「あの、山本さんってそんなにお金があったんですか？」

「どういうことですか？」

「だって」と店長にちらっと視線を向けてから、佐藤は思い切ったように話しはじめた。

「山本さん、私のシフトとあまり変わらないのに、高そうな服とかバッグをけっこう買ってたんです。手取り十四万円くらいで、よくそんなに買い物できるなあ、って。ほかにバイトをかけもちしてるのか聞いたんですけど、してないって言うし。お金持ちの男の人とつきあってるのかとも思ったんですけど、男の人がいるようには見えなかったし」

「見えなかったというのは、どうしてですか？」

「普通、なんとなくわかるじゃないですか。こんな言い方したら悪いけど、山本さん、暗いっていうか不幸そうっていうか。高そうな服を着ていても、なんかこう満たされていない感が出ていて。つきあっている人がいるっていうより、男に捨てられたっていう雰囲気でした。

だから私、山本さんがクズ男とつきあってたってニュースで見てびっくりしました。なんかイメージじゃないから」

山本若菜は収入に不釣り合いな買い物をしていた。暗くて不幸そうだった。男に捨てられた雰囲気だった。小野宮とつきあうイメージじゃなかった。

貴子は声には出さずに復唱し、山本若菜の人物像に肉づけをしていく。

「山本さんは、そんなにお金がありそうに見えたんですか？」

「すごくってわけじゃないですけど……」

佐藤は一度言葉を切り、上半身をのり出した。

「山本さん、絶対に夜の仕事もしてたと思うんですよね。だって、別人みたいに濃いメイクをして帰ってたし、香水のにおいもすごかったし。ロッカーのなかにメイク道具とかドライヤーを置きっぱなしにしてたんですよ。店長も知ってますよね？」

店長はうなずいた。

「それなのに、ほかにバイトはしてないって言い張っちゃって。なんだったんだろう、あの人。見栄っ張りだったのかな」

「山本さんは、ロッカーに荷物を置きっぱなしにしていたんですね？」

「はい。勤務時間が長い人には専用のロッカーを使ってもらっているので」

店長が答えた。

「置きっぱなしの化粧品も高そうなブランドばかりで、私のロッカーの隣なんですけど、香水のにおいがうつるんじゃないかと思いました」

しだいに佐藤の言葉からは遠慮が抜け落ち、彼女が山本若菜を快く思っていなかったことがはっきりと察せられた。

「山本さんの荷物はどうしたんですか？」

山本若菜は独身で、両親ともすでに他界している。

「お姉さんのところに送りました」

事件から数日後、山本若菜の姉から電話があり、着払いで送ったという。念のため送り状をコピーしてもらい、貴子はファミリーレストランをあとにした。

ふたりの被害者はどちらもあまり人に好かれていなかったようだ。周囲から孤立していたようでもある。

山本若菜も亀田礼子も、小野宮の恨みを買っていたのではないか。その恨みがM町に関係しているとは考えられないだろうか。

小野宮のすべてを疑うことが真実に近づく道に思えた。

事務所に戻ると、土生京香はすでに帰宅し、国友修一は直帰する旨がホワイトボードに書かれていた。

貴子は七時になるのを待ってから潮田の息子の携帯に電話をかけた。「はい」と聞こえた声は訝《いぶか》しげだった。

貴子が名乗り、潮田から相談を受けたことを告げると、「はあ？」と裏返った声が返ってきた。

「親父がそんなこと言ってるんですか？　私が親父を騙して財産を取り上げようとしてる、と？　ああ、それでさっき老人ホームから、親父が外出したきり戻らないという電話があったのか」

「潮田さんは自宅に戻るそうです。老人ホームでは外出させてもらえず、郵便物も息子さんのところに転送されて、まるで監禁されているみたいだとおっしゃっていました。老人ホームでの生活はかなりおつらいようでしたよ」

息子は軽く笑ったようだった。「監禁って大げさな」と鼻から息を吐き出すように言った。

「ちがうんですか？」

「退院したばかりで体力が戻ってないから、親父の体を心配したんですよ。外出先で倒れたら大変じゃないですか。郵便物だって、大事な書類は私のほうでチェックしてあげようと思っただけです。それなのに被害妄想がすごいですね。親父、とうとう認知症になっちゃったんじゃないかな」

終始、冷笑を含んだ声だった。

「お父様はもとどおりの生活を望んでいます」

「というと？」

「通帳や印鑑、権利書などを返してほしいそうです。老人ホームに入ることも拒んでいます」

「親父がそう言うならいいですよ」と、息子はあっさり承諾した。

「私は親父のためにやっただけです。別に親父の金になんて興味ないですから」

貴子には息子の言葉を信じることができなかった。

「それでは期限を設けさせてください。一週間以内に、お父様から預かったものをすべてお戻しいただけますか？　それまでにお戻しいただけなければ、またご連絡させていただきます」

「訴えようとでも言うんですか？」

息子の声音が変わった。冷笑が消え、怒気がこもる。

「お戻しいただければそういうことはありません」

「戻さなかったら？」

「お父様と改めて相談することになります」

長い沈黙が挟まった。

相手が口を開くのを待つあいだ、貴子はなにげなく窓に目を向け、ぎくりとする。夜の窓に、中年女の疲れた顔が映っている。目の下が黒く、頬はたるみ、口角は不満げに下がっている。これがいまの私なのか、と愕然《がくぜん》とした。こんなに歳を取り、こんな顔になってしまったことに、なぜか罰を受けている気持ちになった。

私はひとりで死んでいくのだろうな、と唐突に思う。

「親父なんて自分のことしか考えてないんだ」

絞り出すような声に、貴子は我に返った。

「小さい頃からそうですよ。親父に親らしいことをしてもらった覚えは一度もないですからね。親父の趣味、知ってますか？　社交ダンスですよ。あんなくだらないことに、あの人、いくら使ったと思います？　あの人はね、昔から自分のためにしかお金と時間を使わないんですよ。おふくろが早く死んだのもあの人のせいですよ。あの人には、家族を思いやる気持ちなんかないんだ。いつだって自分のことしか考えてないんだ」

怒濤《どとう》の勢いであふれ出る言葉を貴子は黙って受け止めた。

潮田の息子は貴子と同世代、五十歳前後だろう。それなのに、父親への不満をのせたその声は幼児のものに聞こえた。

「正直、あの人のことなんかどうでもいいですよ。あの人がどこで野垂《のた》れ死のうと関係ありませんよ」

そこで通話が切れた。

あの人のことなんかどうでもいい。どこで野垂れ死のうと関係ない。

その言葉を自分以外の声で聞けたことに、貴子は救われる気持ちになった。

しかしその直後、自分が失敗したことに気づき、はっとなる。

親子の縁を切りたい――そう潮田は言ったが、本音ではないだろう。潮田のほんとうの望みは通帳や印鑑を取り戻すことではなく、親子関係の修復ではないだろうか。息子に電話に出てほしい、父親の自分を気づかってほしい。そう願っているのではないだろうか。

だとしたら、私のしたことは完全に裏目に出た。

通帳や印鑑の返却を第一に求めてしまったが、そうではなく潮田の本心をもっと伝えればよかった。息子の言い分に耳を傾け、ふたりの話し合いの場を設けることを優先すればよかった。

そこまで考えたところで、自分が世間一般のいわゆる親子神話に囚《とら》われていることに気づいた。親子だから話し合えばわかり合える、親子だから心の底では互いを思いやっている。そんな思い込みが脳のどこかに刷り込まれているらしい。

貴子はくちびるをゆがめ、そっと自嘲《じちよう》した。自分と母の関係を俯瞰《ふかん》すれば、親子神話などつくりごとだとわかるのに、他人のことになるとつい思い込みで判断してしまう。

貴子は窓に映る自分と目を合わせる。

見覚えはあるのに、よく知らない女に感じた。

——先生は、本気で人を愛したことがありますか？

吉永ひとみの声が頭のなかで響いた。


朝の七時過ぎに家を出て、新幹線から在来線に乗り換え、宮城県M町に着いたのは正午前だった。

平屋建ての駅舎を出ると、雑貨店と電気店、飲食店のほかにタクシーの営業所があった。人通りは少ないが、交番や郵便局、公民館があることから、ここがM町のメインストリートなのかもしれないと貴子は考えた。

片側一車線の通りがまっすぐ続き、空には薄灰色の雲がかかっている。

M町で会うべき人物にアポイントメントは取ってあった。小野宮楠生と同じ団地に住んでいた夫婦と、小野宮と同じ中学校に通っていた女性だ。どちらもライターの上嶋千沙里が取材をした人物で、承諾を取ってくれたのも彼女だった。

冷たい風が吹き、貴子はぶるっと震えた。

風が吹きつけた方向を見やると、低い建物が並ぶその遠くに陰気な空を背負った苔《こけ》色の山並みが見えた。

風から逃げるために急ぎ足でタクシーの営業所に入った。

最初に会うのは、小野宮と同じ団地に住んでいた田中《たなか》夫婦だ。ふたりがいま暮らしているのは山に近い町営住宅で、駅からは一日三便のバスがあるだけだという。

「運転手さんはずっとM町なんですか？」

タクシーの後部座席から貴子は尋ねた。

「いや。私はM町じゃなくて隣町に住んでます。雪が降るまでこっちの営業所に通ってるんですよ」

「二十三年前に、M町で餓死寸前の少年が見つかったことは知ってますか？」

「そりゃあ知ってますよ。って言っても、私が知ったのはついこのあいだですけどね。週刊誌に載ってましたよね。その少年っていうのがクズ男だったんでしょ。私がこっちに来たのは十年くらい前だから、当時のことは知らないけど」

運転手はそう言い、「お客さんも記者さんかなんか？」と聞いてきた。

「記者を乗せたことがあるんですか？」

「ついこのあいだも同じことを聞かれて、同じ場所まで行ったんですよ。三十代くらいの女の人でしたね」

おそらく上嶋のことだろう。

駅から南方向に走ってまもなく、両側に収穫後の畑が広がりだした。

昼を過ぎたばかりなのに夕暮れを思わせる閑散とした風景だ。道路だけが近代的で、歩く人も自転車も見えないのに、歩道とサイクリングロードが整備されている。両側に広がる畑を取り囲むように山影が連なり、その手前に針葉樹の林が点在している。

大きな川を渡ると、畑のあいだにまた民家がぽつぽつと現れ、両側の山が迫ってくるように感じた。左側に広大な公園とドーム型の銀色の建物が見えた。

「ここが昔、団地があった場所ですよ」運転手が左側を指さした。「クズ男が子供のときに住んでた団地ですよ」

貴子を記者だと思い込んでいるらしく、運転手はガイドのように言ってスピードを落とした。

案内板を読むと、ドーム型の建物は一階が道の駅で、上が町の博物館と展望台になっているらしい。傾斜のある広大な公園は体験型自然公園とあったが、駐車場には四、五台の車が停まっているだけだ。

二十三年前、小野宮は誰にも知られずここで生きていた。

貴子は、痩せっぽっちの少年を思い浮かべた。想像のなかの少年と現実の小野宮をうまく結びつけることができなかった。

道路の両側に飲食店や食料品店が現れ、わずかなにぎわいが感じられたが、二、三百メートルほどで店はなくなった。

田中夫婦の暮らす住宅は、小高い山に近い地域にあった。二階建てのテラスハウスが八棟並んでいる。

タクシーを降りた貴子は、A棟の二号室のインターホンを押した。すぐにドアが開き、七十歳前後の女が顔を出した。「弁護士の宮原さんでしょ?」と気さくに招き入れてくれた。

「なんか私の話が週刊誌に載っちゃって」

貴子の前にお茶を置きながら、田中の妻がにこやかに言う。

「嬉しそうに話すことじゃないだろう」

夫がたしなめ、妻はいたずらっぽく舌を出してみせた。

「以前は、道の駅のところに団地があったそうですね。どうして移転したんですか?」

老朽化に加え、居住者が激減したのだと夫は説明した。団地が取り壊される数年前まで、あの近くに自動車の部品工場があった。二十四時間体制で稼働していた時期もあり、人口もいまの三倍以上あったが、工場の撤退とともに住人は町を出ていった。

「もともと急ごしらえの団地だったから、いまでいう欠陥工事だったと思うんだ。水が漏れたり詰まったり、壁が剥《は》がれ落ちたり、手すりが壊れたり、あちこちガタがきてたよ。それに、団地の敷地から温泉が出るかもしれないなんて噂があって、いっそのこと団地を移転するって話になったみたいだよ。団地に住んでたのはほとんどが工場で働いてるやつだったから、工場がなくなったら空き部屋ばかりになってさ。俺は工場じゃなくて、食品加工会社で働いてたけど」

「小野宮さんの父親はトラックの運転手だったそうですね」

「団地の駐車場によくトラックを停めてたよ。そんなに大きいのじゃなかったな」

「けっこう大きかったじゃない。はみ出てたもの」

妻が口を挟み、「いいから黙ってろ」と夫が叱る。

「でも、まさか子供を監禁してたとはね。びっくりしたよ。用水路に落ちて死ななかったら、あの子が死んでたかもしれないんだよね」

「子供がいることを誰も知らなかったそうですね」

「そうなのよ」と妻が答える。今度は、夫は黙って妻が言うのに任せた。

「小さい頃はよく見かけたんだけどね。かわいい顔してたけど、おとなしくて、人見知りする子だったね。こんにちはって声かけても、恥ずかしがって母親の後ろに隠れてもじもじしてたわ。気がついたら見かけなくなって、誰かから小野宮さんが離婚したって聞いたから、奥さんが連れてったとばかり思ってたんだけどね」

幼い頃の小野宮はおとなしくて人見知りする子だった、と貴子は心のなかで自分の言葉に置き換える。

「小野宮さんを最後に見たのは何歳くらいのときでしたか？」

「そうねえ。四、五歳だったんじゃないかなあ。小学校に上がる前くらいの歳だったと思うけど」

「奥さんはどんな方だったんですか？」

「派手ではない、というか地味だったね。あまり人づきあいもしないタイプ。顔はきれいなほうだったけど、ちょっと陰気くさかったわ。でもねえ、まさか、子供を置いて出ていっちゃうなんてね。普通は、母親が子供を連れていくものでしょう。置き去りにするなんて考えられないわ。あのとき旦那ばかり責められたけど、私は奥さんのせいだと思ったよ。旦那はトラック運転手で、家を何日も空けることがあったんだから、小さい子を育てられるわけないじゃない。ああなることがわかって子供を置いてったんじゃないの？　あの事件のあとも子供を迎えにこなかったっていうじゃない」

貴子に質問する間を与えず、妻はしゃべり続けた。その内容は、週刊スクープの記事と上嶋の話からすでに知っていることばかりだった。

「奥さんが出ていってからは女の人が出入りしていたそうですね」

「そうそう。何ヵ月もいた人もいるし、一度見かけただけの人もいたよ。旦那さん、人当たりがいいからもてたのかもね」

「そのなかに礼子という人はいませんでしたか？」

「は？」

「礼子です」

「やだー」と妻は笑う。「よそ様のお宅に出入りしてる女の人にいちいち名前なんか聞かないよ。反対に見て見ぬふりしたって」

貴子は亀田礼子の旧姓を筆頭に、最初の結婚のときの姓、二度目の結婚のときの姓を組み合わせて挙げていったが、田中夫婦はどれにも心当たりはないという。

「それでは、亀田礼子という名前は?」

ふたりは、被害者の名前を記憶していないらしい。写真を見せても思い至らないようだった。

「では、山本若菜という名前に心当たりはありませんか?」

田中夫婦は顔を見合わせ、同時に首をひねった。写真を見せても同じだった。

「あ、もしかして」と夫のほうが気づいた。「このふたり、殺された人たち?」

妻がぎょっとし、「やだっ」と持っていた写真から手を離した。

貴子が床に落ちた山本若菜の写真を拾い上げると、「ごめんなさいね。ちょっとびっくりしちゃって」と妻が取り繕《つくろ》うように言った。

「山本若菜さんは、小野宮さんと同じ歳の女性で、中学二、三年生のときにこの町に住んでいました。団地が移転してからのことですが、見覚えはありませんか?」

「あの子と同じ歳の女の子? だったら、マミちゃんとキョウコちゃんがいたけど。若菜って名前は聞いたことがないし、顔にも見覚えはないわねえ」

「ああ、マミちゃんか。かわいかったなあ」

「ねえ。うちにもあんな孫がいたらよかったわよねえ」

　妻が貴子に目を戻して説明をする。

「団地のアイドルだったの。かわいくて賢くて、ほんとにいい子だったんだから。うちは一号棟で、マミちゃんとこは二号棟。キョウコちゃんはうちの下の階の子。マミちゃんはよくキョウコちゃんのところに遊びに来てたんだよね」

　小野宮とふたりの被害者のつながりが見つからない。覚悟はしていたが、落としたものが見つからないような焦りを感じた。

　ほんとうはつながりなんて見つからないほうがいいことは十分理解している。明確な殺意がある計画的殺人であれば小野宮の罪は重くなる。それでも、あの満面の笑みでなにを隠しているのか、つぎはぎの人格の裏にどんな過去があるのか、将来なんてどうでもいいという言葉がなにを意味するのか、小野宮の見えない部分を探ってみたかった。裁判で不利になる真実が見つかったとしても、自分の胸にしまっておくつもりだ。

「そうそう、マミちゃんといえばね……」

　妻が嬉々として口を開いた。

　このまま思い出話を延々と聞かされる気配を察知し、貴子は話題を戻す。

「では、おふたりはどちらの被害者についても覚えがないんですね？」

「ええ。知らないけど」

「でも、あの子は無実だって言ってるんじゃなかったかい？」

夫に聞かれた。

「はい。一件の事件に関しては無実を主張しています」

「でも、あの子がやったんだよな？　テレビでもそんなこと言ってたよ」

「やっぱり母親が悪いんだよ」

妻が憤慨《ふんがい》したように口を挟む。

「あの子が平気で人を殺すようになったのも母親のせいだよ。あの子を置き去りにしなければ……いや、せめて父親が死んだあとに引き取ってたら、あの子だってもう少しまともな人間になってたかもしれないのに。私から言わせれば、あの子の母親は血も涙もない人間だね」

子供を置いて出ていった母親。子供を虐待し、監禁した父親。小野宮は父親だけではなく、母親からも愛されなかったのだろうか。

小野宮の母親は事件後も息子を迎えにくることはなく、現在も行方は知れない。彼女はいまどこでどんな暮らしをしているのだろう。すでに亡くなっているのか、それとも息子を産み育てたことも、M町で暮らしたことも捨て、別人となって生きているのだろうか。人を殺し、「クズ男」と揶揄《やゆ》されている息子にどんな思いを抱いているのだろう。

貴子は田中家を辞去し、待っていてもらったタクシーに乗った。

来た道を戻り、昔、団地があったという道の駅を右に折れると、三角屋根の二階建ての小学校があった。小野宮が小学四年生の途中から通った小学校だ。玄関の上に取りつけられた丸い時計は一時三十五分をさしている。鉄棒しかない校庭に子供の姿はなく、風が砂を巻き上げている。

タクシーの窓越しに校舎を見つめると、二階の窓に子供の姿を見つけた。表情は見えないが、おそらく黒板を見ているのだろう、顔をまっすぐ前に向けている。餓死寸前で発見された小野宮も、ああやって授業を受けていたのだろう。小学四年生の途中から小学校に通いはじめて、授業にはついていけたのだろうか。いじめられはしなかったのだろうか。当時の担任はすでに亡くなったようだと上嶋から聞いている。

「降りなくていいんですか？」

運転手が声をかけてきた。

「はい。もう少し先まで行ってもらえますか？」

この道をさらに山のほうへ進んだ場所に、小野宮が中学三年生まで暮らしていた児童養護施設があったらしい。しかし、小学校の隣に小さな文具店があるほかは、民家と畑が混在するばかりで、かつての児童養護施設がどこにあったのかわからないまま道は行き止まりになった。

「どうしますか？」

腕時計を見ると一時五十分だ。

「Uターンして逆方向に行ってください」

小野宮の中学校の同級生と二時に会う約束をしていた。野分《のわけ》という女性で、数年前に離婚したのをきっかけに実家に戻ってきたという。小野宮とは三年間同じクラスだったらしいが、おそらく実のある話は聞けないだろうと上嶋から聞かされていた。実際、上嶋は彼女から話は聞いたものの、記事にするほどの情報は得られなかったという。

「ほとんど記憶にないんですよ」

中学時代の小野宮について尋ねると、野分は申し訳なさそうに答えた。予想どおりの返答だった。

野分の実家は花卉《かき》農家で、居間の窓から何棟ものビニールハウスが並んでいるのが見える。ビニールハウスの向こうには、太陽光パネルが曇り空に向かって斜めに設置されている。

「記者さんにもお話ししたんですけど、クズ男と同級生だったことにもしばらく気づかなかったくらいなんです」

同級生といっても一学年一クラスしかなかったんですけど、と彼女はつけ加えた。

きっかけは、押し入れの天井から雨漏りがし、荷物を出したついでになにげなく中学校の卒業アルバムを開いたことだ、と彼女は説明した。そこに、ワイドショーで「クズ男」と呼ばれている殺人犯と同姓同名があるのを見つけた。しかし、野分には同級生としての小野宮の記憶はなく、その覚えのないことで逆に思い出したという。

「そういえば、幽霊みたいな子がいたなあ、って。遠足とか文化祭とか修学旅行とか、そういう行事をいつも休んでいた男の子がいたんです。いるのかいないのかわからない、というよりあまり学校に来なかったのかもしれないですね」

野分は卒業アルバムを開き、「この子です」と指さした。彼女の人差し指の下には、幽霊という表現がぴったりの陰鬱とした表情の少年がいた。前髪がかかった目はどんよりと沈み、カメラを向いてはいるものの、その瞳にはなにも映っていないように見える。中学生らしいエネルギーどころか、生気がまるで感じられない。すべてをあきらめたようなからっぽの表情。

貴子のうなじに鳥肌が立った。

テレビで繰り返し見た送検時の光景を思い出す。

小野宮は光を放つような笑顔の奥にこんな表情を隠しているのだろうか。

あの、と絞り出した声が掠れた。

「小野宮さんと親しい人はいませんでしたか？」

野分は首をかしげ、「わかりません」と答えた。

「じゃあ、中学卒業後の小野宮さんのことは？」

なにか情報があれば上嶋が記事に書いたはずだ。案の定、野分は「ほんとうに記憶になくて」と言った。

「この卒業アルバムをお借りすることはできませんか？」

野分は躊躇したのち、「それはちょっと……」と答え、卒業アルバムを自分のほうに引き寄せた。

「内緒にしてほしいんですけど、実はこのあいだの記者さんには卒業アルバムは失くしたって答えたんです」

そういえば、週刊スクープの記事に中学時代の小野宮の写真は載っていなかった。

「記者さんにアルバムを渡したら、絶対にクズ男の写真を載せますよね。狭い町だから出所がすぐにわかって、町の人からいろいろ言われるんです。それに個人情報とかそういうの、いまうるさいじゃないですか。うち、兄が厳しいんです」

しつこくするとこれ以上の質問がむずかしくなりそうだった。まだ肝心なことを聞いていない。

「ところで、山本若菜という人をご存じありませんか？」

「知ってます」

野分はあっさり答えた。が、「クズ男に殺された人ですよね。彼女もこの町に住んでたことがあるそうですね」と続けた。

「直接知っているわけではない？」

「テレビを観て知りました」

「野分さんと同い年で、中学二、三年のときにこの町にいたんです。別の中学校に通っていたんですが、噂を聞いたことなどありませんでしたか？」

野分は首を横に振った。

以前は町の北側と南側に二校の中学校があったらしいが、かなり前に一校に併合されたそうだ。田中夫婦が言ったとおり、工場の撤退はこの町に大きな影を落としたのだろう。

「では、もうひとりの被害者の亀田礼子さんについてなにか知っていることはありませんか？」

辞去する間際に聞いてみたが、やはりなにも知らないと返ってきた。

野分の家を出て、待っていたタクシーに乗り込んだ。

「今度は町の北側までお願いします」

山本若菜は、M町の北側にある建設会社の社宅に住んでいた。いまは建設会社も社宅もなくなっているが、彼女がいた場所をこの目で見ておきたかった。

タクシーが線路を渡った。北側も、南側と同じような風景だった。山に挟まれた畑が広がり、古い民家がぽつぽつと建っている。

タクシーが進むにつれ、貴子は自分の推測に不安を覚えだした。

四方を山に囲まれたM町は地図で見る限り、手のひらにのりそうなほどの小さな町だった。

こんな小さな町で暮らす同い年のふたりが知り合いでないはずがないとさえ思えた。

しかし、実際に訪れてみるとM町は予想外に広かった。

山本若菜が暮らしていた住所にはホームセンターがあった。サッカー場ほどの広さの駐車場には十数台の車が停まっている。彼女が住んでいた社宅も父親が働いていた建設会社も、ホームセンターの敷地にあったのだろう。

タクシーを待たせて、近くの民家を数軒まわった。しかし、わずか二年しかいなかった山本家を覚えている人は見つからなかった。

自分の見通しの甘さにうんざりする。

せめて小野宮と山本若菜の接点だけは見つけたかった。ふたりの接点が見つかれば、そこから亀田礼子へとつながる道が浮かび上がるような気がしていた。

「ふりだしだ」

駅前でタクシーを降り、貴子はつぶやいた。

M町に行った翌日、これといった成果を得られなかったことを国友修一に報告した。

「でもまあ、考えようによっては、成果がなくてよかったじゃないですか」

国友の感想はもっともだ。小野宮楠生とふたりの被害者が以前からの知り合いとなると、計画的殺人である可能性が高くなってしまう。

「そういえば、母親が悪い、って言ってたなあ」

田中の妻を思い出し、貴子からぽろっと言葉がこぼれた。

「ん？　なにが？」

「小野宮と同じ団地に住んでた人が、小野宮が餓死寸前で見つかったのも彼が殺人を犯すような人間になったのも母親のせいだ、って言ってたのよ」

「なんでそうなるんだ？」

不思議そうな国友に、田中の妻が言ったことを伝えた。

「いちばん悪いのは、子供を置いて出ていった母親だって言い方だったわ」

「まあなあ」と国友がため息を漏らすように言う。「言いたいことはわかるけどな」

「わかりませんよっ」

コーヒーを持ってきた土生京香がいきなり口を挟んだ。国友のデスクにマグカップをどんっと乱暴に置き、少し勢いを弱めて貴子のデスクにも置いた。

「わわっ。京香、なに怒ってんだよ」

「冗談じゃないですよ」

国友を睨みつける京香は芝居がかった表情だが、怒っているのはまちがいない。

「なんでも母親のせいにされちゃたまんないですよ」

「俺が言ったわけじゃないよ」

「言いたいことはわかる、って言ったでしょ」

「それは言葉のあやというか弾みで……」

「餓死寸前だったのは父親のせいじゃないですか。父親がネグレクトしたからでしょう。それがどうして母親のせいにされなきゃならないんですか。母親はただ離婚して出ていっただけでしょう。だいたい、どうして離婚したら母親が子供を引き取るのが当然だと思うんですか。たしかに私は離婚するとき息子たちを引き取りましたよ。でもそれは私が息子たちと離れたくなかったからで、母親の義務うんぬんを考えたわけじゃありません。子供を引き取らない母親は非難されるのに、どうして父親だと非難されないんですか。それに小野宮は三十三ですよね。三十三の大人がしたことをまだ母親のせいにするんですか。不幸な子供時代を送ったせいで人格がゆがんだとしたら、それは母親だけのせいですか。父親のせいでもあるんじゃないですか。母親のほうが親としての責任が大きいとでも言いたいんですか。なんでもかんでも母親に押しつけないでください」

まくしたてると、京香はふんっと顔をそむけ自分のデスクへ戻った。

「でも、迎えにこなかったのよ」

貴子は言っていた。

「自分の子供が餓死寸前で発見されたのに、母親は無視したの。引き取れない事情があったのかもしれないけど、会いにくることも、名乗り出ることもしなかったのよ」

小野宮が人生でもっとも母親を欲したのはそのときだったのではないか、と貴子は思う。たとえ事情があって引き取れなかったとしても、いつも幸せを願っていると、大切に思っていると、息子に伝えるべきだったのではないか。母親の愛情をどうしようもなく感じたい瞬間が子供にはあるのだ。

京香は数秒沈黙したが、引っ込みがつかなくなったのだろう、「ニュースを知らなかったのかもしれないじゃないですかっ」と言い捨て、キーボードを乱暴に叩きはじめた。

この三人のなかで子供がいるのは京香だけで、親子の話になると貴子も国友も頭が上がらない。

国友は叱られた子供のように貴子に向かって鼻の下を伸ばしてみせた。コーヒーを飲んでから仕切り直すように、「ところで俺のほうは」と声のトーンを落として話しはじめた。

「目撃者の女将だけど、やっぱりなにも出てきませんでしたよ。ほかの目撃者にもあたってみたけど、ほら、配達に来てた酒屋が階段で小野宮とすれちがってるし、小野宮の奇声も聞いてますよね。証言は一貫してるし、嘘をついているとは思えないんですよね。酒屋が二階に行くと、女子トイレの前で女将が尻もちついて泡吹きそうになってたって。酒屋は女将の店とは取引してないし、ふたりのあいだに利害関係はないようだ。よって、女将が嘘をついている可能性はないと俺は判断しました」

予想どおりだった。貴子のなかから女将への疑念はとっくに消えていた。

「まあ、俺はもう少しあのビルを調べてみますわ」

「ありがとう。助かる」

「宮原先生、これからどうすんの？」

「山本若菜さんのお姉さんと会う約束をしてるの。M町にいたときのことを聞きたいし、被害者から小野宮のことを聞いたことがないか確認もしたいし。それからアルバイト先のロッカーにあった荷物をお姉さんが引き取ったそうだから、念のために見せてもらおうと思って」

「じゃなくて」

「ん？」

「裁判のことですよ」

「ああ」

それは貴子も考えていることだった。

「小野宮は無実を主張してるけど、十分な目撃証言があるし、証拠もあるし、現状だと無罪判決はあり得ないですよ。かといって、明確な動機があってふたりを殺したとしたら計画的連続殺人になっちまう。八方ふさがりじゃないですか」

「腑に落ちないのよね」

貴子はつぶやいていた。

「なにがです？」

「なにもかも」

なにを信じればいいのか、なにを疑えばいいのか、貴子はわからなくなっていた。この事件を調べるほど小野宮のことが信じられなくなっていく。昨日、M町で中学校の卒業アルバムを見たことが決定打になっていた。

中学生の小野宮は幽霊のような顔をしていた。自分が存在していることにさえ気づいていないような目だった。

あの写真を見たいま、小野宮の主張や供述だけではなく、送検時の笑顔とピースサインも、あはっというふざけた笑い声も、なにもかもが嘘っぽく感じられた。

「現状を考えると、小野宮に罪を認めさせて情状酌量《じょうじょうしゃくりょう》に持っていくのがベターに思えますよね。まあ、それだと前任の国選弁護人のままでよかったってことになるけど」

「ちょっと怖いのが、訴因変更なのよ」

「まさか」

「私もまさかだと思うけど、なくもないかなって」

検察が捜査を進めるうちに新たな事実が判明した場合、起訴した当初の罪名を変更したり、罪名を追加したりするのが訴因変更だ。いまは傷害致死罪でも、検察が新事実を探り当てた場合、殺人罪に変更になる可能性がある。

「事実をつかんで、万が一のために備えておきたいのよ」

もっともらしくそう告げたが、訴因変更は言い訳だった。

満面の笑みとピースサインで小野宮がなにを隠しているのか、貴子はどうしても知りたかった。

国友にはお見通しだったらしい。にやりと笑い、「宮原先生、腑に落ちないんでしょう」と聞いてきた。

「そう。なにもかもが腑に落ちない」

「そうなった宮原先生は誰にも止められないからなあ」

国友のこんなふうにおもしろがるところが貴子は好きだったが、やはり検事には向いていなかったのだろう。

山本若菜の姉は青梅《おうめ》市に住んでいた。結婚し、ふたりの子供がいるという。東青梅駅から徒歩圏内の一戸建てに住んでいるが、貴子を自宅に上げたくないらしく市役所そばのファミリーレストランを指定された。

約束の十五分前に行き、目印として伝えておいたキャメル色のシステム手帳をテーブルに置いた。

なにもかもが嘘っぽい——。自分が感じた小野宮楠生の印象が頭のなかに居座っている。

もし小野宮のなにもかもが嘘だったとしたら？　自分自身に問いかけた。途端にわからなくなる。

なぜ私はそう考えたのだろう。

いまの小野宮と、中学生の彼のギャップのせいだろうか。人格が定まらないせいだろうか。作り物のように完成された笑顔のせいか、ふざけた態度が内心を隠していると感じられるせいなのか。

そこまで考えたとき、頭のなかにおぼろげな一本の道がすっと通るのを感じた。あっと思ったとき、「宮原さんですか？」と声がかかり道は霧散《むさん》した。

貴子は立ち上がり、頭を下げた。

「宮原です。今日はお忙しいところすみません」

「役に立つお話はできないと思いますけど」

姉は電話で口にした台詞を繰り返し、

「あの子とは七年も音信不通だったんです。もともと仲が良くなかったので、両親が亡くなってからは縁が切れてしまいました」

伏し目がちにそう言った。

山本若菜の三つ上だから三十六歳。年齢より老けて見えるのは化粧をしていないせいかもしれない。控えめで真面目そうな印象だ。

「山本さんご一家は以前、二年間だけM町で暮らしたことがありますよね。そのとき、妹さんから小野宮について聞いたことはありませんか？」

貴子はすぐに本題に入った。

「小野宮って……」

姉は眉を寄せ、気味の悪いものを目にしたような顔になる。「……犯人ですよね」

貴子はうなずいた。

「妹と犯人は半年前に知り合ったんじゃないんですか？　M町にいたときからの知り合いだったんですか？」

「その可能性がないか調べています」

「意味があるんですか？」

「え？」

「妹と犯人がいつ知り合ったかでなにか変わるんですか？　妹は殺されたし、犯人はクズみたいな男だし、姑なんかあんな男とかかわった妹にも落ち度があったんじゃないかって言ったんですよ。殺されるようなことをしたんじゃないか、自業自得なんじゃないか、って。若菜とは縁が切れてたけど、それでも姉妹なんですよ。普通にショックだし、普通に悲しいんですよ。私、頭にきて姑を怒鳴りつけました。姑に逆らったのははじめてでした。それ以来、姑とは連絡を取っていません。いずれ同居するつもりでしたけど、絶対にしません。同居するなら離婚するって夫にも伝えてあります」

姉の激しい感情に貴子は圧倒された。

電話では、妹とは縁を切ったと淡々とした口調で告げられたため、情も薄れているのだろうと思い込んでしまった。しかし、この人は妹の不幸な死に対してきちんと怒り、きちんと悲しんでいる。

「すみません。感情的になってしまいました」

「いいえ。私のほうこそおつらいときにすみません」

「妹とはもともと性格が正反対で」

静かに語りはじめた姉のくちびるは自嘲するようにゆがんでいた。

「昔からあの子は目立ちたがりだったんです。でも、根本的な性格はいじいじしてひねくれていて、妙にプライドが高いんです。子供のときから努力もしないのに、いい思いをしたい気持ちが強くて、身の程をわきまえない子でした。それでよく私とも喧嘩になりました。大人になっても変わってなかったんですね。あんなちゃらちゃらした男に相手にされるわけがないのに、調子にのっちゃったんじゃないですか」

「妹さんから小野宮の名前を聞いたことはなかったんですね？」

「ええ、ありません。昔から姉妹仲は良くなかったから、あまり話をしなかったんです」

妹との仲が決定的に決裂したのは、両親の死後だと姉は言った。

母親を病気で亡くし、その半年後に父親を交通事故で失った。姉が二十九歳、妹が二十六歳のときだった。父親が起こした交通事故は、電柱に衝突する単独自損事故だった。居眠り運転で処理されたが、妻を失ったことによる自殺だったのではないかと姉は考えているらしい。父親の死後、それまで行方知れずだった妹が訪ねてきた。

「保険金が出たんじゃないか、ってしつこく言ってきて。でも、お恥ずかしいんですけど、うちの父、自賠責にしか入ってなかったんです」

自賠責保険の場合、自損事故は補償の対象外で保険金は下りない。

「いくら説明しても聞かなくて。私が保険金を独り占めしたんじゃないかって言い出したんです。それで私も頭にきて、妹とは縁を切ったんです。あの子、父にそっくりなんですよ。父も身の程知らずの人でした。仕事も長続きしないで転々として。最後はあんな迷惑な死に方をしたんですから」

姉は紙袋をテーブルにのせ、妹のアルバイト先から送られてきたものだと言った。

「化粧品とドライヤーと雑誌しかありませんでした。見栄っ張りなところが全然変わっていなくて、化粧品はどれもブランドものでした。捨てようと思ったんですけど、なんとなく取っておいたんです」

山本若菜は収入に不釣り合いな買い物をしていた。どこからお金を得ていたのだろう。

「ほかに妹さんが遺したものはありませんか？」

彼女が住んでいたアパートはすでに引き払い、荷物はすべて業者に処分してもらったと姉は言った。

「全部処分したことに後ろめたさがあったのかもしれません。だから、アルバイト先から送られてきた荷物はなかなか捨てられなくて」

「すみません。お借りします」

貴子は頭を下げて受け取った。なかをのぞくと、姉の言ったとおり化粧ポーチとドライヤーと雑誌が確認できた。

「ところで、亀田礼子さんという方をご存じではないですか？」

「もうひとりの被害者の方ですよね」

「妹さんから亀田さんのお名前を聞いたことは？」

そう聞きはしたが、期待していなかった。姉妹は七年も音信不通だったのだ。案の定、姉は首を横に振った。

「犯人、その人のことは殺してないって言ってますよね」

姉の目がはっきりと鋭くなった。

「はい」と、貴子は姉の目を見つめ返した。

「ほんとうなんですか？」

今度は答えることができなかった。

「ほんとうに無実なんですか？ テレビでもネットでもあの男がやったって言ってますけど、弁護士さんはどう思ってるんですか？ あの男の言うことを信じてるんですか？」

信じたいけど、信じられない。そう答えたい衝動をぐっと抑える。

貴子の無言をごまかしと捉えたらしく、姉の瞳《ひとみ》が怒りでうるんだ。

「あの男が犯人なんですよね？ 妹ももうひとりの人もあの男が殺したんですよね？ それでも無実を主張するんですか？ どうして犯人の肩を持つことができるんですか？」

貴子は、自分が気を抜いていたことを思い知らされた。電話で話したとき、彼女は冷静だった。妹とは音信不通だったから役に立つ話はできない、と他人事のような口調だった。その態度と心中が同じだと思い込み、遺族に対面する準備を怠ってしまったのだ。

「あの男は……」

一度言葉を切り、彼女は貴子を見つめ直した。

「……反省してるんですか？　悪いことをしたと思ってるんですか？　謝罪の気持ちはあるんですか？」

不穏に静かな声だった。瞳はますますうるみ、冷たく燃えるような輝きをたたえている。

貴子の返事を聞かずとも、彼女はすでに答えを持っていた。

「あの男、妹を殺しておきながら笑ってピースをしたんですよ。あなたはそんな男の弁護をするんですか？　あの男の罪を少しでも軽くするのが仕事なんですよね。でも、人殺しですよ。人殺しの罪を軽くしていいんですか？　弁護士なんて結局、犯人の味方じゃないですか。被害者や遺族のことなんてどうでもいいんですよね。それで心は痛みませんか？　ああ、そうか。まともな心があったら弁護士なんかできませんよね」

姉はバッグをつかむと、目を合わせずに「すみません」と早口で告げ、小走りで去っていった。

貴子はその後ろ姿に深く頭を下げた。さっき頭のなかにできかけた一本の道は完全に消失していた。

彼女が店を出ていったのを見届けてから、紙袋のなかを改めた。

ドライヤーのロールブラシに髪の毛が二本絡まっていた。ピンク色の化粧ポーチには、乳液と下地クリーム、フェイスパウダー、チークなどが詰め込まれている。

雑誌は女性誌だ。表紙に〈マネーリテラシー〉〈通勤メイク〉〈投資入門〉といった単語が並んでいる。ファッション誌ではなく、働く女性をターゲットにしたライフスタイル重視の雑誌らしい。水色の付箋《ふせん》がついているページがある。〈今月のWOMAN〉というコーナーで、働く女性のライフスタイルを紹介する記事だった。〈毎日、幸せを感じながら暮らしています。〉という女性のコメントがあり、〈宍戸さんを磨く5つの習慣〉〈宍戸さんの24時間〉という文字がある。

紹介されている女性は、大手化粧品メーカーのプレス担当だった。マネージャーという肩書がついている。係長職くらいだろうか。いずれにしても花形の職業であることは想像できた。

仕立ての良さそうな白いシャツと、優雅なシルエットのグレーのパンツ。背筋を伸ばし、にっこりと幸せそうに笑っている。

山本若菜はなぜこのページに付箋をつけたのだろう。

〈今月のWOMAN〉は見開き二ページからなるコーナーだ。紙がよれていることから、この記事を何度も読んだことが察せられた。

山本若菜の知り合いだろうか。それとも、彼女はこの女のようになりたかったのだろうか。

そう考えたところで、脳がなにかに反応した。微弱な電気が流れている感覚だ。この記事のどこかに貴子の記憶とつながるものがある。

女は三十三歳だった。だからか？　と自問する。小野宮と山本若菜と同い年だからだろうか。

あ、と小さく声が出た。〈宍戸真美〉。誌面の女の名前に視線が捕まった。が、まだその理由が明らかにならない。しかし、それが正解だと脳の電流が主張していた。シシドマミ、と音に変換した瞬間、思い至った。

昨日のことだ。M町の田中夫婦を訪ねたとき、「マミ」という名前を耳にした。

――マミちゃんとキョウコちゃんがいたけど。

田中の妻はそう言った。マミちゃんが二号棟で、キョウコちゃんが下の階に住んでいたと話していた。

記事を読んでいくと、〈宮城県〉という文字を見つけた。彼女はストレス解消法に、〈ストレスを感じることはない〉としながらも、同じ宮城県出身のお笑いコンビのＤＶＤを観て大笑いするのが好きと答えていた。

田中夫婦が口にした「マミちゃん」が、この宍戸真美だという可能性はないだろうか。もし、彼女が「マミちゃん」だとしたら、山本若菜の知り合いかもしれない。だから山本若菜は付箋をつけ、繰り返し読んだのだ。

貴子は女性誌を紙袋に戻し、立ち上がった。

幸せそうに笑う誌面の女が脳裏にちらついている。山本若菜は同僚から、暗い、不幸そう、満たされていない、と思われていた。姉からは、目立ちたがりで身の程知らず、と思われていた。

幸せそうに笑う女と、不幸そうと陰口を言われる女。ふたりが知り合いだとしたら、山本若菜はどんな思いで宍戸真美の記事を読んだのだろう。

ファミリーレストランを出たときは、事務所に戻って顧問を務める広告代理店から頼まれた契約書類のチェックをするつもりだった。しかし、左手にさげた紙袋の重みが存在を主張し、駅に着いたときには考えが変わっていた。

小野宮は反省しているのか。悪いことをしたと思っているのか。謝罪する気持ちはあるのか。山本若菜の姉の言葉を反芻《はんすう》し、みぞおちがずっしりと重くなる。

東京拘置所で接見の手続きを済ませ、ロッカーに荷物を入れた。

遺族の怒りと悲しみを小野宮に伝えなければならない。しかし、どんな言葉を使っても伝わるとは思えなかった。最初の接見のとき、彼は山本若菜を殺したことについて「だからなに？」と言ってのけたのだ。

面会室に現れた彼は、見慣れた笑みを浮かべていた。「貴子ちゃん、来てくれてサンキュ

―」と、媚びるようにくちびるの端を上げる。

「貴子ちゃんと呼ばないで」

意識してきつい声にしたのか、無意識に出たものなのか、自分でもわからなかった。

小野宮が無防備な子供の顔になる。迷子になったことに気づいたときのような不安と戸惑いが一瞬だけ現れた。が、すぐに「貴子ちゃん、機嫌悪いね」とからかう顔になった。

「いま、山本若菜さんのお姉さんに会ってきました」

「へえ」

小野宮は軽く流し、身をのり出した。

「そんなことよりさあ、あっちのほうは俺が無実だって証明できそう？」

「そんなことより、って……。あなた、山本さんの命を奪ったのよ。それなのに、そんなことって思ってるの？」

「大事なのは俺が無実になることだろ。貴子ちゃんは俺が死んでもいいわけ？」

俺の将来なんてどうでもいい、と以前、小野宮が言ったことを思い出す。

「死ぬってどういうこと？」

「だって俺、死刑なんだろ？」

ぽつりと言う。

「え？」

「ふたり殺したら死刑になるんだよな？」

「どうしてそう思うの？」

「前の弁護士がそう言ったから」

二件の傷害致死で死刑判決が出ることはまずあり得ない。しかし、二件の殺人となると別だ。最悪、死刑の可能性も出てくる。

「前の弁護士に、そんな態度なら死刑になるかもな、ふたりも殺したんだからな、って言われたんだよ」

ああ、と安堵《あんど》の声が出そうになった。

前任の国選弁護人はおそらく反省を促したかったのだ。小野宮に謝罪の言葉を述べさせることで少しでも刑を軽くしようとしたのだろう。方法の是非は問われるだろうが、理解できなくはなかった。

「死にたくないのね？」

「死にたくない」

小野宮は即答した。

貴子の喉の奥が震えた。言葉にすることのできない熱くて痛い感情がこみ上げる。

「大丈夫よ。死刑にはならないから。あなたは死ななくてもいいの。だから、ほんとうのことを言って。亀田礼子さんを殺したの？　殺してないの？　あなたは、亀田礼子さんのことも山本若菜さんのことも昔から知ってたんじゃないの？」

そこまで聞いたとき、貴子は自分が急ぎすぎたことを悟った。

「ねえ」と、アクリル板に顔を近づけた小野宮は企むような笑みを浮かべている。

「どうやったら早くここから出られるわけ？　貴子ちゃん、助けてよ」

貴子の問いをすべて無視して言う。

「あなた、悪いことをしたと思ってないの？　反省してないの？」

「反省すればいいの？」

「反省するのがあたりまえでしょう」

「わかった。じゃあ反省する。これで早く出られる？　ねえ、いつ出られる？」

心の見えないふざけた態度が素顔を隠す。

「お父さんに監禁されていたというのはほんとう？」

貴子は話を変えた。

嫌がるだろうと思ったが、小野宮の表情はそのままだ。

「このあいだ週刊誌に記事が出ていたの。あなたがM町の団地で餓死寸前の状態で見つかった、って。お父さんに監禁されていたから、誰もあなたがいることを知らなかった、って」

「それがなに？」

「つらかっただろうなあ、って」

あはっ、と笑った小野宮は嘲《あざけ》る表情に変わっていた。

「それ、ひとみちゃんからも聞いたよ。週刊誌に載《の》った、って。ひとみちゃん、かわいそう、なんで教えてくれなかったの？　って泣いてたよ。バッカじゃねえの。貴子ちゃんもそうだけどさ、ババアってそういう話好きなの？　泣きたいの？　他人のこと憐《あわ》れみたいの？　欲求不満なんじゃね？　昔のことなんてどうでもいいじゃん」

強い拒絶を感じた。同情されたくないのか、それともM町にかかわることだからだろうか。

昨日M町を訪ねたことは言わないことにした。言えば警戒され、真実はますます深いところへ追いやられる気がした。

「ちがうわ。情状酌量の材料に使おうとしただけよ」

貴子はわざとそっけなく言い、「また来ます」と席を立った。小野宮がどんな顔をしているのか確かめたい衝動に駆られたが、振り返らず面会室をあとにした。

東京拘置所を出て携帯をチェックすると、ライターの上嶋千沙里から着信が入っていた。

貴子も連絡をしようと思っていたところだった。昨日、予定どおりM町を訪ねたことを報告し、改めて礼を述べるつもりでいた。

留守番メッセージに上嶋の伝言が吹き込まれている。

「私、クズ女に殺されかけました」

受付カウンターに現れたのは三十歳前後の男だった。彼に促《うなが》されてなかに入ると、応接セットに両手で顔を覆ってうなだれている吉永ひとみがいた。テーブルを挟《はさ》んで上嶋千沙里と眼鏡をかけた五十代らしき男がいる。

貴子に気づいた上嶋と男が立ち上がった。

「この人、ほんとうに小野宮楠生を救う会の人ですか？」

上嶋が吉永を指さして尋ね、貴子は無言でうなずいた。なぜこんな事態になったのか想像が及ばなかった。

「宮原先生ですよね。私、代表の村井《むらい》です。わざわざお越しいただいて恐縮です」

男は友好的な笑顔をつくり、仰々しく名刺を差し出した。

物々しい雰囲気を想像していた貴子は面食らった。殺されかけたというのは嘘だったのかと上嶋に目をやった。

「ほんとうですよ」

貴子の視線の意味を察し、上嶋が言う。しかし、そこに恐怖や怒りの気配はなく、むしろ浮かれて見えた。

「この人、余計なことするな、っていきなりつかみかかってきたんです。私、首を絞められたんですから」

反射的に上嶋の首を見たが、赤くなってもいなければ、傷がついてもいなかった。

「ほんとうですって。人がいなかったら、あのまま殺されていたかもしれません」

上嶋は深刻な表情を意識しているようだが、高揚感が透けて見えた。

「まあ、殺されるっていうのは大げさですけど」

村井が愉快《ゆかい》げに口を挟み、「まあ、首を絞められたっていうのも大げさですけど」といたずらがバレたようにつけたした。

「吉永さん」

貴子は、顔を覆ってうつむいたままの彼女に声をかけた。が、反応はない。浅い呼吸に合わせて肩が小さく上下している。顔を隠し、背中を丸めた彼女からは美しさも若々しさも感じられず、むしろ実年齢より上の老いた女のようだった。

吉永は電話でアポイントメントを取ったのちやってきた、と上嶋は説明した。

「週刊スクープの記事のことで話したいことがある、って。救う会の代表と名乗ったので、これは取材のチャンスだと思ったんです」

しかし、来社した吉永はいきなり激高し、上嶋につかみかかったという。

「勝手なことをするなとか、楠生を傷つけるなとか、わけのわからないことを口走って……。あ、動画見ますか？」

上嶋はデジタルカメラを差し出した。

動画は、吉永が上嶋の胸ぐらをつかんでいるところからはじまっていた。あんたなにこそこそ嗅《か》ぎまわってるのよ、私に断りもなく勝手なことしないでよ、と吉永が叫んでいる。ちょっとやめてください、と上嶋が身をよじって逃れようとするが、吉永は目をつり上げ、髪を振り乱し、手を離そうとしない。動画の撮影者が吉永を取り押さえようとし、画面が大きく流れ、天井や床が映り込む。楠生がかわいそうじゃない！　吉永が絶叫した。そのとき、別の男が現れ、彼女を羽交い絞めにした。吉永はしばらく呆然としていたが、やがて意味を持たない金切り声を発し、泣き崩れた。顔を覆って泣き続ける吉永がしばらく映り、動画は終わった。

貴子は吉永に目をやり、上嶋、村井へと視線を移した。口を開いたのは村井だった。

「上嶋の記事がこんな副作用を呼ぶとはねえ。ぶっちゃけ、うちとしてもおいしいですよ。ただ、このままこの人を帰すわけにはいかないと思って先生に来ていただいたんですよ。ただ、見ていただいたとおり暴行の証拠はしっかりありますんで」

吉永の出方次第では被害届を出すということだろう。胸ぐらをつかんだだけでも暴行罪に当たることがある。

「今日のことは記事にするんでしょうか」

「そうなりますね」と、村井はにこやかに答えた。

「その件については改めてご相談させてください」

貴子の言葉を無視し、「今日はもうお帰りいただいてけっこうですよ」と村井はにこやかなまま告げた。

「吉永さん、行きましょう」

声をかけると、彼女は嗚咽《おえつ》を漏らした。

タクシーで事務所に戻り、会議室に連れていった。

ただならぬ気配を察知した土生京香は、好奇心を剝き出しにした顔でお茶を運んできた。

国友修一は救う会の女たちとよほど縁がないらしく、打ち合わせに出かけていた。

吉永が口を開いたのは、事務所に戻って三十分が過ぎてからだった。「すみません」とつぶやいた涙声を聞いたとき、金と時間をかけた美しさの奥にこんな弱さと脆《もろ》さが隠れていたのかと貴子は痛々しい気持ちになった。

うつむき加減の彼女のまぶたと鼻の頭は赤く膨らみ、目の下にマスカラの黒い汚れが付着している。ファンデーションはよれ、涙の跡が筋になっている。

「週刊スクープの記事のせいですよね？」

貴子は聞いたが、返事はない。

「どうしてあんなことをしたのか説明してください」

吉永はふた呼吸分の無言を挟み、「先生」と顔を上げた。

「先生もあの記事を読みましたか？」

「ええ」

「ひどいと思いませんか？」

「え？」

「あの女、楠生の気持ちを考えもしないで、あんなふうに過去を暴いて楠生のことをバカにして」

たしかに小野宮を揶揄する表現は見受けられたが、それほど悪意が感じられる内容ではなかったはずだ。

「あの人は記者ですよ。ほかの人の知らないことを調べて書くのが仕事です」

「でもあの女、私はあなたよりも彼のことを知ってるのよ、ってアピールするような顔で私を見たんです」

いままでの憔悴《しょうすい》した表情は消え、充血した目はつり上がり、こめかみが脈打つように痙攣《けいれん》している。

「私、嫌なんです！　楠生のことをいちばん知ってるのは私なの！　だって十年も楠生の面倒を見てきたんですよ。お金だっていっぱいあげたし、マンションだって借りてあげた。私が知らない楠生のことを知ってる女がいるなんて耐えられない。そんなの理不尽だと思いませんか？」

しかし吉永は、小野宮とつきあっている女たちはみんなファミリーだと、小野宮と自分たちは普通では理解できない関係なのだと、余裕をあふれさせたほほえみでそう告げたではないか。

「ちょっと待ってください」

「あの女が私に喧嘩を売ったのよ！」

吉永の被害妄想に貴子は圧倒された。

「それは吉永さんの勘違いですよ。あの人は記者で、記事を書くのが仕事なんです」

「でも、楠生、怒ってました」

今日の接見で、小野宮は吉永からも週刊スクープの記事のことを聞いたと言っていた。かわいそう、なんで教えてくれなかったの？　と吉永は泣いたという。

「小野宮さんは怒ったんですか？」

「ふざけやがって、って」

ふざけやがって――。

普段、怒らないはずの小野宮が週刊スクープの記事に怒ったという。あの記事のなにが小野宮の怒りを引き出したのだろう。

「ふざけやがって、ってつぶやいたきり、口を利いてくれなくなったんです。あんな彼を見たのははじめてでした。楠生はどうしてつらい過去があったことを私に教えてくれなかったんでしょう」

「ほんとうにつらいことは口にできないものですよ」

形ばかりの慰《なぐさ》めだったが、吉永はすがることにしたらしい。「そうでしょうか」と上目づかいの瞳をうるませた。

昨日M町に行ったことを吉永に報告するつもりだったが、やめることにした。吉永から小野宮に話が行き、警戒されるかもしれない。

「それより、今日、吉永さんがしたことは記事になると思います。交渉はしてみますが」

「いいんです」

「いい？」

「ええ。むしろ記事にしてほしいくらいです。楠生に読んでもらいたいから。楠生のために私が戦ったことを知ってもらいたいから」

そう言って、泣きはらした顔でほほえみをつくった。

吉永ひとみを見送ると、頭上から疲労が勢いよく落ちてきた。

予定していた広告代理店の契約書類のチェックはとてもできそうにない。一応、ページをめくってみたものの、小さな文字は老眼がはじまりかけた目から逃げるようにちらちらとかすみ、頭は文字を意味づけできず、繰り返し同じ行を読まなければならなかった。

国友修一の帰りを待たず、六時ちょうどに事務所を出た。こんなに早い帰宅は数ヵ月ぶりだった。

戸越《とごし》で電車を降り、いつものようにマンション一階にあるコンビニに寄ろうとしたところで思いとどまった。七階にある自室の有り様が頭に浮かんだのだ。駅から徒歩三分という立地で選んだ1LDKは、寝に帰るためだけの部屋だった。必要最低限のものしかないため一見整理されているように感じるが、床や棚には埃が積もり、脱衣所のかごからは洗濯物があふれている。冷蔵庫にあるのは国友のお土産の牛タンの佃煮くらいで、あとはミネラルウォーターしかない。

玄関ドアを開けたときの静けさと闇が押し寄せてくる気配を思い出し、貴子はコンビニを通りすぎた。少し歩けば戸越銀座商店街があり、その手前に立ち飲みができるおでん屋がある。片手で足りるほどしか行ったことはないが、毎回、隣り合った客とたわいもない話をすることで気分転換になった。

今日は名前も職業も知らない人に吉永のことを話してみたかった。

私の知り合いに五十歳近い女性がいるんですけど、と出だしの言葉も決めていた。彼女、十五以上も年下の男にメロメロで……。そこまで考え、メロメロは古いか、と苦笑する。

私たちはファミリー、と言ってのけた吉永と、私、嫌なんです！と叫んだ吉永。おそらく後者が彼女の本心なのだろう。そのことに今日まで思い至らなかった自分に情けなくなる。

人を好きになったことがないからだ、と自分のなかから声がした。とうに自覚していることだった。

吉永に本気で人を愛したことがあるのかと聞かれたとき、貴子は軽くかわした。これから先も、たぶん死ぬまでかわし続けることになるのだろう。

私と吉永は永遠にわかり合えないのかもしれない、と思った。

おでん屋はシャッターが下りていた。張り紙に臨時休業とある。

「ついてないな」

つぶやきが漏れた。

商店街まで足を延ばすか、引き返してラーメン屋にでも入るか、それともいつものようにコンビニで済ませるか。考えていると携帯に着信が入った。登録していない番号からだ。

電話に出るまで彼女のことは忘れていた。今日の午後、彼女の勤め先に電話をしたが、不在だったため折り返しの電話を頼んでいたのだった。

警戒されると思ったが、貴子が会いたい旨を伝えると、あっさりと明日会う約束を取りつけることができた。

「やっぱりついてる」

意識して声にし、ラーメンを食べて帰ろうと決めた。

宍戸真美と待ち合わせたのは、横浜《よこはま》駅近くのファッションビル内のカフェだった。彼女が勤務する化粧品メーカーの研究所が横浜にあり、終日そこで打ち合わせがあるという。

彼女は、約束の一時ちょうどにやってきた。サーモンピンクのワンピースに紺色のジャケットをはおり、くちびるに笑みを浮かべて約束の相手を探している。

貴子が片手を上げて立ち上がると、視線が合った。

「お待たせしてすみません」

宍戸が頭を下げた。ぺこっという効果音がぴったりの、小学生のようなお辞儀の仕方だった。

女性誌からは隙《すき》のないキャリアウーマンといった印象を受けたが、実際の彼女は親しみやすい雰囲気だった。化粧品メーカーに勤めているだけあって、しみやしわの見当たらないつるんとした白い肌をしている。吉永ひとみを筆頭にした救う会の主要メンバーとはちがう自然体の美しさだった。

彼女がメニューを手に取ると、なかに挟んであったランチメニューが床に落ちた。あ、と声をあげて拾い上げた彼女は頭をテーブルにぶつけ、ごんっ、と音がした。「いたっ」と頭を押さえる。

「だ、大丈夫ですか？」

「すみません。いつもこうなんです」

彼女は頭をさすりながら恥ずかしそうに笑う。体に比べてふっくらとした頬のせいか、福々しさを感じさせる笑顔だった。

注文を終えると、彼女は笑みを消して切り出した。

「山本若菜さんのことをお聞きになりたいんですよね？」

「はい。ご存じですか？」

「中学二年生のとき、同じクラスでした」

当たりを引き当てた感覚に、貴子の背中がぴんとなる。

「M町の、ですよね？」

「そうです。若菜ちゃんは中学二年のときに転入してきて、反対に私は中学三年になるときに転校してしまったので、一緒だったのは一年間だけだったんですけど」

やはり、山本若菜は彼女のことを知っていたのだ。女性誌のページをめくり、かつての同級生を見つけて思わず付箋をつけたのだろう。

「だから、会ったのは二十年ぶりくらいでした」

「え。ちょ、ちょっと待ってください」

貴子は慌てた。

「宍戸さんは、最近、山本若菜さんに会ったんですか？」

「ええ」彼女はあっさり答える。「雑誌を見たって会社に電話がかかってきて、それで会いました」

「それはいつのことですか？」

彼女は数秒、言い淀み、「事件のあった日です」と答えた。

予想外の展開に一瞬、思考が遅れた。

「事件、って。山本さんが亡くなった日のことですか？」

「ご存じなかったんですか？　てっきりその件でご連絡をいただいたんだと思ってました」

山本若菜から会社に電話があったのは夕方だったと彼女は言った。代表番号ではなく、直通電話にかけてきたため、彼女自身が応対した。会社の近くまで来ていた山本若菜と六時過ぎに近くの遊歩道で会ったという。

「ほんとうは一緒に晩ごはんを食べたかったんですけど、私、時間の都合がつかなくて、今度ゆっくり会おうね、って、そのときは立ち話しかできなかったんです」

もし山本若菜が彼女と食事をしていたら、その夜、小野宮に殺されることはなかったかもしれない。そう考えるのは、彼女にとって酷《こく》なことだろう。しかし、彼女も同じことを考えていたらしい、「無理してでも行けばよかった」とひとりごとの口調でつぶやいた。

「山本さんは小野宮さんの話をしませんでしたか？　たとえば、これから小野宮さんに会う、などとは？」

彼女はうっすらと眉を寄せ、「小野宮、って」と小さな声を漏らした。

「山本さんを殺した犯人です」

「そんな話はしませんでした」

「では、中学二年生のときはどうですか？　山本さんが小野宮という名前を口にしたことはありませんか？」

彼女は記憶を探る表情になり、長い沈黙ののち「ないと思います」と答えた。

「山本さんと小野宮さんは、M町にいたときからの知り合いだったとは考えられないでしょうか？」

「ごめんなさい。私は中学三年になる前に仙台《せんだい》に転校してしまったので、そのあとのことはわからないです」

山本若菜がM町にいたのは中学二、三年生の二年間だけだ。中学二年生のときに小野宮と知り合っていなかったとしたら、中学三年生のときに出会ったのだろうか。

ランチが運ばれ、貴子は食事のあいだだけ話題を変えようとした。が、会話は盛り上がらなかった。互いの仕事についての当たり障りのない質問と返答のあいだに居心地の悪い沈黙が挟まった。

宍戸がフォークに巻きつけているパスタのソースが、貴子の皿の近くまで飛んだ。「あ、すみません」と紙ナプキンを取ろうとした彼女の腕が粉チーズを倒し、蓋がきちんとしめられていなかったらしく、ざっとテーブルにこぼれた。

「ああっ、ごめんなさい」

慌てる彼女を見ながら、こうすればよかったのか、と唐突に思った。貴子を俯瞰《ふかん》する大きなまなざしに教えられたようだった。

舌打ちするような母の声を思い出した。

——かわいげがない。

たしかに私はかわいげがなかった。そう素直に認められるようになったのは四十代になってからだからかなり遅い。

実家で暮らしていた頃の貴子は、勉強以外のことはしなかった。笑うことも、たわいのないおしゃべりをすることも、家族にやさしい言葉をかけることも。家族の一員として認めてもらうためには、いい成績を取り、弁護士になるしかないと思い込んでいた。貴子の目はいつも継父に向けられ、母と弟は見えていなかった。勉強ができる姉の存在は、悠にとっては重荷であり、プレッシャーになったのかもしれない。

宍戸はこぼれた粉チーズを紙ナプキンで拭いている。それくらいのことで真剣な顔つきになっているのがかわいらしい。大手化粧品メーカーのプレス担当なのだから、彼女もいい大学を出て、出世コースといわれる道を歩いているのだろう。

勉強ができても、彼女のように隙があったり親しみやすかったりすれば、悠にプレッシャーを与えず、母にも煙たがられなかったのかもしれない。

私は頭が固く、かわいげがなかった。

貴子は思わず笑った。自分に向けた苦笑だったが、宍戸もつられたように笑った。それで場がなごんだ。

「私、小野宮君のことも知っていました」

彼女がそう言ったのは、コーヒーが運ばれてからだった。

「小野宮さんと知り合いだったんですか？」

ふいを突かれ、驚きがそのまま声になった。

「ごめんなさい。そうじゃないんです」

彼女は申し訳なさそうに貴子の誤解を正す。

「噂やニュースで知っていたという意味です。だって、同じ団地で同じ歳の男の子が死にそうな状態で発見されたんですから。私はちがう棟に住んでいたんですけど、小野宮君がいた棟にもよく遊びに行っていました。友達がいたんです」

田中夫婦の言葉を思い出し、「キョウコちゃんですか？」と聞くと、宍戸はひどく驚いた。

「どうして知ってるんですか？」

「M町に行って、同じ団地に住んでいた方から聞いたんです」

「M町に行ったんですか？　弁護士さんってそんなことまでするんですね」

「じゃあ、宍戸さんも小野宮さんが発見されるまで、彼がそこに住んでいることを知らなかったんですね」

肯定の言葉が返ってくるとばかり思っていたが、彼女はくちびるを巻き込み、ためらう表情になった。

「知っていたんですか？」

「……いいえ」と答えた彼女の瞳がはっきりと揺らいだ。

「どんなことでもいいので話していただけませんか？」

彼女は一度目を伏せ、思い切ったように貴子に視線を戻した。

「はっきりとは言えないんですけど」と前置きし、記憶の底に手を伸ばすように話しはじめた。

「私、彼が発見される前、一度、見ているような気がするんです。小野宮君が見つかったのは小学四年生の秋だったんですけど、その春にベランダにいる男の子を見たことがあるんです。私、自転車の鍵を失くしてしまって……。その頃からおっちょこちょいで、ものをよく落としたり失くしたりしてたんです。母に知られたらまた怒られると思って、夜中こっそり探しに出たんです。月がまんまるで明るい夜でした。月に見とれてたら、ベランダに男の子がいることに気づいたんです。まだ寒いのに半袖のTシャツを着て、すごく痩せているのがわかりました。その子も、私と同じように月を見上げていたんです。なんだかとても悲しそうに見えました。知らない子だったので変だなとは思いました。でも、すぐに忘れてしまったんです」

彼女がその夜のことを思い出したのは、同じ年の秋、小野宮が餓死寸前で発見されたときだった。

「あの夜のことは誰にも言えませんでした。彼を見捨ててしまったような罪悪感があったんです。誰かに言ったら責められるような気がして……。それに、自分の記憶にも自信がなかったんです。もしかしたら夢か想像だったのかもしれない、って。でも、やっぱりあのときの男の子は彼だったんだと思います」

それきり沈黙が続いた。

貴子は、彼女が見た光景を想像しようとした。

あかりのない団地のベランダにひとり佇《たたず》み、月を見上げている少年。東北の春はまだ寒いだろう。痩せ細った体は震え、鳥肌が立っていただろう。鳥肌だけではなく、父親から受けた暴力の跡がその体に刻まれていたかもしれない。少年は見上げた月に、どんな思いを投影していたのだろう。彼が暮らしていたのは四階だ。もしかしたら飛び降りないように、地面から顔をそむけ、必死に上を見ていたのかもしれない。

目の前の宍戸がはっとしたように腕時計に目をやった。つられて時刻を確認すると、一時間が過ぎようとしていた。

「すみません。私、そろそろ仕事に戻らなくちゃ」

「お忙しいところありがとうございました」

貴子が頭を下げると、「あの」と改まった声が返ってきた。

「宮原さんは、小野宮君に会うことがあるんですよね」

宍戸はかしこまった顔をしている。

「はい。もちろんです」

「彼に差し入れすることはできますか？」

「ええ。物にもよりますが」

彼女はトートバッグから紙袋を取り出した。リボンの形のシールがついている。

「これを小野宮君に渡していただけませんか？」

「なかを検《あらた》めてもいいですか？」

「はい。たいしたものじゃないんですけど」彼女は恥ずかしそうにほほえみ、紙袋を開けた。

「ただのハンカチなんです」

彼女が取り出したのは、手のひらサイズの小さなハンカチだった。

タオルやスカーフは自傷行為の防止のため差し入れることはできないが、このサイズであれば大丈夫だろう。黄色いガーゼのハンカチで、月と星の刺繍《ししゅう》がある。ひとりよがりではあったが、彼女があの夜に思いを残していることが伝わってきた。

「宍戸さんに責任はありませんよ」

「でも」

「宍戸さんは小野宮さんを見捨てたわけでも放っておいたわけでもありません。小学四年生だったんですから仕方ありません。でも、これはお渡ししますね。自分を気にかけてくれている人がいると知ったら、小野宮さんも喜ぶかもしれません」

本心からそう思った。自分を見てくれていた人がいた。気にかけてくれていた人がいた。いまも罪悪感を抱いてくれている人がいる。そう知ることで彼の内面で揺れるものがあることを期待した。

「真美ちゃんは幸せでいいな、って言われたんです」

「え？」

宍戸は目を伏せている。

「あの日、若菜ちゃんから、真美ちゃんは幸せでいいな、って」

女性誌に取り上げられた彼女を見れば、ほとんどの女はそう思うのかもしれない。

「私だけ幸せでいいのかなって、若菜ちゃんや小野宮君のことを考えるとなんだか申し訳なく思えてきます」

そう言うと、湿っぽさを吹っ切るようにふうっと息を吐いた。

宍戸真美と別れた貴子は東京拘置所に向かった。

子供の頃の自分をいまも気にかけてくれている人がいると知れば、小野宮の心が変わるかもしれない。そう考えると、一刻も早くハンカチを渡したかった。

子供の頃の小野宮さんを知っている方から渡してほしいと頼まれました。その方は、子供のときにあなたを見かけたことがあるそうです。ずっと小野宮さんのことを気にかけ、いまも心を痛めています。

ハンカチに手紙を添えた。

接見は小野宮がこの手紙を読んでからのほうがいいだろうと判断し、差し入れだけをして東京拘置所をあとにした。

国友修一から電話があったとき、貴子は老眼と戦いながら広告代理店の契約書類をチェックしていた。夜の九時をまわっていた。

「宮原先生、いまどこ？」

国友の興奮した声でなにかあったのだとすぐに察した。

「まだ事務所よ。どうしたの？」

「すぐ来られる？」

疑問形ではあったが有無を言わさない口調で、亀田礼子が殺された池袋のおかめビルにいると告げた。

貴子がおかめビルに着いたのは十時前だった。

以前、目撃者の女将に会うためにこのビルを訪れたときは、夕方前の早い時間だったため開いている店はなかった。

貴子は外階段を上り、二階で足を止めた。左側に亀田礼子の殺害現場の女子トイレがある。廊下の両側に並ぶ小さなネオンはすべてにあかりがともり、どこからかカラオケが漏れている。目撃者の小料理屋〈花のれん〉は右側のいちばん手前で、白いネオンがともり、藍色ののれんが出ている。酔客の笑い声が聞こえたが、女将の店からかどうかは聞き分けられなかった。

貴子は三階へ続く内階段を上った。このあいだ来たときは三階には足を運ばなかった。三階は、二階と同じようにネオンが並んでいるのに人の気配が感じられず、ドアが必要以上にきつく閉じられているように見えた。よそ者を拒絶するような冷たさといかがわしさを感じた。

国友から聞いた店は、左側の奥から二軒目だった。黒いネオンに赤い文字で〈rouge〉とある。

ドアを開けると、ボルドー色の空間だった。カウンターもスツールも床も深い赤で、光量を絞った間接照明が黒い壁に暗い橙《だいだい》色を滲ませている。ソファ席が三つあり、黒い仕切りで目隠しされている。いちばん奥のソファ席が埋まっているようだが、客の姿は見えず、下着姿と変わらぬほど露出度の高いコスチュームをまとった女が見えた。

カウンターに国友の姿がなければうろたえていただろう。速いテンポのジャズが流れ、低音が腹にずんずんと響く。

貴子に気づいた国友が片手を上げた。国友の隣に座ろうとしたが、スツールが高く手間取り、「よいしょ」と声が出た。

「なに飲む?」

「ビールにしようかな」

「こちらにビール。俺もおかわり」

国友がカウンターのなかの女に声をかけた。物おじしない彼らしく、いかがわしさがあふれるこんな場所でも常連のように平然としている。

カウンターのなかには女が三人いる。国友が声をかけたのは、胸もとが大きく開いた赤いワンピースを着た三十歳前後の女だ。ほかのふたりは下着なのか水着なのか、それともコスプレなのか目のやり場に困る恰好《かっこう》だ。

「こちらのママが見たんだってさ」

国友が赤いワンピースの女を目でさす。

「まさか事件を?」

BGMが大きく、声を張りあげなければならなかった。

「ちがうちがう」

「じゃあ、なにを？」

国友は胸ポケットから写真を取り出した。

えっ、と声が出た。山本若菜の写真だった。

「どこで？」

国友は入口を指さし、「斜め向かいの店の子じゃないか、って」と言い、「ね」とママに同意を求めた。

「やばい店なんだよね」

ママは外見に似合わないさばさばとした口調で言った。

やばい店、と貴子は胸のなかで復唱し、たしかやばいには悪い意味だけじゃなくいい意味もあったはずだ、と考える。もし悪い意味のやばいであれば、この店も十分やばいのではないだろうか。

「あとで見てみなよ。カメラとインターホンがついてんの。一応、バーってことになってるみたいだけど、ネオンがついてるとこ見たことないんだよね。だから、無許可の風俗かカジノじゃないかって噂されてる。でも、あんまりじろじろ見ないほうがいいよ。組関係の店かもしれないからさ」

山本若菜が収入に不釣り合いな買い物をしていたのは、その店で働いていたからだろうか。

ママが山本若菜の写真を手に取った。

「トイレで何回か会った女だと思うんだよね。化粧が濃かったから絶対とは言えないんだけど、ほらここ」と自分のあごを人差し指でつつく。「でっかいほくろがあるでしょ。やっぱりこの人だと思うんだよね」

「彼女と話をしたことはありますか？」

貴子は聞いた。国友はすでに知っているらしく、口を挟まずにビールを飲んでいる。

「大丈夫？　って何回か聞いたことはあるよ」

「大丈夫？」

「よく吐いてたみたいだから」

「酔っ払って、ですか？」

「ちがうと思う。いい歳して拒食症だったのかもね。あの人、いつも吐いてるか化粧直ししてるかだったんだよね。この階、トイレがひとつしかないから迷惑だったよ」

「大丈夫？　と聞いて、彼女はなんて答えましたか？」

「普通に、はいとかすみませんとかだよ。あ、そうだ。一度、どんな店なの？　って聞いてみたことあったんだ。そうしたら、会員制のバーだって言ってたよ。でも、絶対ちがうと思うよ。バーだったら、あんな吐いてばかりの陰気くさい女使うわけないじゃん」

アルバイト先の同僚の言葉を思い出し、「その人、暗くて不幸そうで、男の人に捨てられたような雰囲気でしたか？」と聞いてみた。

ママは「なにそれ、ひどーい」と笑ったが、「そうそう。そのとおり」と答えた。

もし、ママの言う女が山本若菜だったとすると、彼女はもうひとりの被害者の亀田礼子とこのビルでつながっていたことになる。

「亀田礼子さんのことは知っていますか？」

貴子が聞くと、すでに国友からも同じ質問を受けていたらしく、

「殺された掃除のおばちゃんでしょ。さっき写真見せてもらったけど、見たことないと思う。うち、店のオープン遅いからさ」

「小野宮の写真も見てもらったけど、見覚えないってさ」

国友が言い添える。

「私、ニュースとか興味ないから全然知らないんだよね」

亀田礼子と山本若菜は知り合いだったのではないか。もしそうだとしたら、そこに小野宮はどうかかわっているのだろう。

ビール三杯で三万円を支払い、店を出た。

国友が右奥にある店にまっすぐ向かい、躊躇なくインターホンを押す。

応答はなく、ドアの向こうから物音は聞こえない。ネオンはついておらず、黒い文字で〈NANO〉とだけ書かれている。ドア上に取りつけられたカメラから強い視線を感じるのは

気のせいだろう。

「やっぱりだめか」

国友がつぶやいた。

「どう思う？」と聞かれ、貴子は昼に会った宍戸真美の言葉を思い出した。

「山本若菜さんは幸せじゃなかったのね」

「うん？」

国友に宍戸のことを説明した。山本若菜と中学二年生のときに同じクラスだったこと、彼女が載っている女性誌を山本若菜が持っていたこと、事件当日、山本若菜が彼女に会いに行ったこと。

「山本さん、真美ちゃんは幸せでいいな、って言ったんだって」

「殺された日にか？」

「そう、殺される数時間前にね。言われたほうもつらいわよね」

階段を下り、国友と並んで外からビルを見上げた。

「それにしてもさっきの店、気になりますよねえ」

「そうね」

もし、あのＮＡＮＯという店で山本若菜が働いていたとしたら、亀田礼子と知り合いだった可能性が高い。小野宮もＮＡＮＯに関係しているのだろうか。

三人はM町でつながっていたのか、NANOでつながっていたのか、それとも両方だろうか。

面会室に現れた小野宮楠生は貴子を見て、あはっ、と笑い声をあげ、「貴子ちゃーん、会いたかったよ」と、いつものようにあまえた声を出した。

「貴子ちゃん」と呼ばせないようにすることはあきらめた。言うほど疲れるし、どうせ小野宮は聞き入れはしないだろう。

貴子は、小野宮の第一声を思い出した。

――なんだ、ババアかよ。

ふざけた口調ではあったが、あれは本心からの言葉だったはずだ。

彼が女の弁護士を望んだのは、女ならば自分の意のままにできるかもしれないと考えたからにちがいない。しかし、貴子を見た瞬間、自分が望んでいたタイプではないと悟ったのだろう。

もし、と貴子は考える。もし、小野宮の笑顔とピースサインが悠に重ならなければ、私もこの男に惹《ひ》かれていただろうか。吉永ひとみのように、この男を自分のものにしたいと、そのためにすべてを捧げてもいいと、そう思っただろうか。いや、とすぐに否定する。我を忘れるほど人を愛する能力を自分が持ち合わせてはいないことは十分承知していた。

「差し入れのハンカチと手紙、見たわね」

「うん」

「なにか感じた？」

「グッときたよ」

小野宮は芝居がかったように言い、あはっ、と笑った。

ハンカチも手紙も、小野宮の胸に響かなかったらしい。そううまくはいかないと覚悟していたが、わずかばかりの期待がくるりと裏返り、落胆に変わった。貴子はため息をこらえた。

「あなたは子供のとき、M町で餓死寸前のところを発見されたわね。同じ団地の人たちは、あなたがいたことを知らなかったけれど、あなたの存在に気づいていた人がいたの。その人は、ベランダで月を見上げていたあなたを見たそうよ。でも、誰にも言わなかった。そのせいで、あなたがつらい思いをしたのではないかといまも気にかけているんですって。その人から、あなたに渡してほしいとハンカチを預かったの」

「泣かせるねえ」

腕で顔を覆い、涙をぬぐうふりをする。

「で、誰それ」

宍戸真美から名前は伝えないように言われていた。相手は殺人犯なのだから、警戒するのは当然だろう。

「あなたと同い年の方よ」

「ふうん。どんなやつ？」

小野宮の笑みが意地の悪いものに変わる。まるで安っぽい同情を施《ほどこ》した相手と、それにのった貴子を蔑《さげす》むように。

「やさしい人だと思うわ」

「こんなことするのは女だろう。そいつ、かわいい？　ぶさいく？」

「顔は関係ないでしょう」

「こういうことするやつってさ、自分は幸せな場所にいて、ほかのやつらを余裕たっぷりに見下してるんだよ。私は幸せでーす、恵まれてまーす、あなたは不幸でかわいそー、ってね」

そうかもしれない、と思う。

――私だけ幸せでいいのかなって。

現に、宍戸はそう言った。幸せだから、不幸だった少年を憐れむことができるのだ。小野宮のために心を痛めているのではなく、自分のちっぽけな罪悪感を消し去り、満足感を得たいがためにハンカチの差し入れを思いついたのかもしれない。そして、彼女自身、そのことに気づいていないだろう。しかし、仕方がないのではないか。ほとんどの人間がそうなのだから。たとえ自己中心的であっても、なにもしない人間より、行動に移した彼女のほうが尊いのではないだろうか。

「ねえ、そいつ、不幸そうだった？　憐れな感じだった？」

「いいえ」

「幸せそうだったろ？」

「……そうね」

「ほら」と、小野宮は勝ち誇った顔になった。「しょせん自己満足なんだよ」

宍戸のハンカチはなんの役にも立たないどころか、逆に小野宮の癇《かん》にさわったらしい。貴子は話題を変えることにした。

「ところで、ＮＡＮＯというお店を知ってる？」

「ナノ？」

小野宮は一瞬、きょとんとしたが、すぐに企むような笑みを浮かべてアクリル板に顔を近づけた。

「そんなことよりさあ、貴子ちゃん、俺の無実、証明できそう？」

「正直なところ、いまのままじゃむずかしいわね」

「だよなあ」

小野宮は脱力したように天井を仰いだ。華奢《きゃしゃ》な喉《のど》ぼとけがひくりと動くのが見えた。反動をつけるように姿勢を戻し、再び貴子に顔を近づける。

「だって俺が殺したんだもん」

そう言った小野宮は、送検時と同じ満面の笑みだった。

言葉の出ない貴子をからかうように、あはっ、と笑い、「聞いてんの?」とアクリル板を人差し指でつつく。

「ちょっと、どういうこと?」

「言ったとおりだけど」

「亀田礼子さんを殺したことを認めるの?」

声がうわずった。

「うん」

「どうして?」

すべての疑問を集約した「どうして」だった。どうして殺したのか。どうして無実だと言ったのか。どうして再び罪を認めたのか。

小野宮は動機を聞かれたと思ったらしい。

「前に言ったとおりだよ。俺がしょんべんしようと思ったら、あのババア、関係ないやつはトイレ使うなとか言いやがってよ。その言い方がむかついたからつい殺しちゃった。あはっ」

　ちがうのではないか。動機はほかにあるのではないか。亀田礼子とはM町でつながっているのではないか。衝動的ではなく、計画的な犯行だったのではないか。

　喉までこみ上げている問いを貴子は必死にこらえた。いま疑問をぶつけたら、また無実の主張に転じるのではないかと思えた。

「どうして無実だって言ったの？」

「罪を軽くするために決まってるじゃん」

「嘘をつくとさらに罪が重くなるのよ」

「そこは貴子ちゃんの腕でなんとかしてよ」

「小野宮さん」

「ほら俺、父親に監禁されてたし、児童養護施設で育ったし、かわいそうな人間だろ？　かわいそうなやつは罪が軽くなるんだよな？　どのくらいで出られる？　一年？　二年？　十年とかは勘弁してくれよ」

　小野宮は大げさな身振り手振りを加え、おどけたようにまくしたてた。

「じゃあ、どうしていまになって罪を認めたの？」

　小野宮の動きがぴたりと止まった。前髪のあいだからのぞく瞳を輝かせ、くちびるの端をいびつにつり上げる。

「あきらめたんだよ。あんたが無能だから、こりゃあ無理だなって。これで満足だろ。だからもう余計なことすんなよ、ババア」

言い終わったとき、小野宮から笑みは消えていた。


腑に落ちない。なにもかもが釈然としない。わけがわからなすぎて怒りさえ感じるが、なにに対する怒りなのかもつかめない。

「小野宮が罪を認めた」

事務所に戻るなり貴子は言った。声に出さないと、自分の内でなにかが破裂してしまいそうだった。

土生京香はすでに帰宅し、国友修一がパソコンに向かっていた。ネクタイをはずし、ワイシャツの袖をめくり上げているのは書類作成に専念するときの恰好だ。

「ほんとか？　どうやって認めさせたんだよ」

「私はなにもしてないの。いきなり、俺が殺した、って言い出したのよ」

そう言った途端、強い違和感に囚われた。

そうだろうか。ほんとうに私はなにもしなかっただろうか。

「NANOを知らないか聞いた」貴子は思いつくまま口にした。「父親に監禁されていた話をした。ハンカチの差し入れをした」

「ハンカチ？」と国友が怪訝な声を出し、貴子は宍戸真美から託されたハンカチを差し入れたことを伝えた。

「それはまたずいぶん少女趣味な……」

国友が苦笑する。

「小野宮もそんなふうに言ってた。自分が幸せだからそんなふうに人を見下すようなことができる、しょせん自己満足だ、って」

もしかすると小野宮は赤の他人の自己満足な行為に反発し、突発的に真実を口にしたのだろうか。そこまで考え、いや、彼がその程度のことで主張を変えるわけがない、と思い直した。

「宮原先生、腑に落ちないんでしょ。顔に書いてあるよ。くちびる尖《とが》ってるし」

「そうなの。どうしても腑に落ちないのよ」

なぜ小野宮は当初、亀田礼子殺しを認めたのか。なぜ起訴後に無実を主張したのか。ほんとうに衝動的な犯行なのか。ちがうとしたら、動機はなんなのか。そして、今日また新たな疑問を手渡された。なぜ小野宮は再び罪を認めたのか。

彼は、刑を軽くするために無実を主張したと言った。なにかが決定的におかしくないだろうか。

「どうして亀田礼子の事件だけ無実を主張したんだろう」

貴子は疑問を声にする。

「刑を軽くしたいなら、亀田礼子だけじゃなく、山本若菜の事件も無実を主張すればよかったのに」

「うん」と国友がうなずいた。

「起訴された途端、無実を主張したり、新たな証拠が出たわけでもないのに急に罪を認めたり、なんだか一貫性がないのよね。そもそも、ほんとうに無実が認められると思っていたのかしら」

「たしかに、刑を軽くすることが目的なら、無駄なことをしてるっていうか、余計なことをしてるっていうか、辻褄《つじつま》が合わないよな」

余計なことをしてる――。

そこだけが固まりになって貴子の耳に飛び込んできた。

――余計なことすんなよ。

小野宮の言葉を思い出した。

今日の接見の最後に彼は言った。だからもう余計なことすんなよ、と。言い終わったとき、彼は真顔だった。前髪からのぞく瞳に黒い輝きを溜め、刺すようなまなざしを貴子に向けていた。

あのとき小野宮は怒っていたのだ。普段、腹を立てない彼が怒りを露《あら》わにした。

余計なこととはなんだろう。

NANOの名前を出したことだろうか。ハンカチを差し入れたことだろうか。それとも、餓死寸前で発見された過去を蒸し返したことだろうか。あれは彼にとってふれられたくない出来事なのだろうか。そういえば、吉永ひとみが週刊スクープの記事について話したときも、ふざけやがって、と怒ったと言っていた。

真実の扉を開ける鍵は、やはりM町にあるのかもしれない。父親に監禁されていた過去と関係している気がしてならない。

貴子の思考は一周し、出発点に戻った。

余計なこととはなんだろう——。

警察署を出て時刻を確認すると、まだ九時にもなっていなかった。街路樹のあいだから差し込む陽光が、歩道に淡い影をつくっている。

貴子はあくびをし、「ったく」と吐き出した。

昨晩、仕事用の携帯の電源を切り忘れたせいで、朝早くから叩き起こされてしまった。息子が逮捕された、と泣きついてきたのは、これまで二度暴行容疑で逮捕され、二度とも示談が成立し不起訴になった男の母親だった。今回も過去同様、酔った勢いでクラブの従業員女性を殴ったという。母親が、息子を助けてくださいと懇願したのも、逮捕された息子が記憶にないと主張したのも、これまでと同じだった。幸いにも被害者に目立った外傷はなく、耳と首の痛みを訴えているだけだという。今回も、被害届を取り下げてもらい、示談交渉することになる。三度目ともなるとうんざりだが、母親は資産家だ。示談金も報酬も相場よりかなり高いものになるだろう。

「ったく」ともう一度吐き捨て、どこかでコーヒーを飲もうと思ったとき、「宮原先生？」と声がかかった。

弁護士の森《もり》だった。森は国友修一の大学の同窓で、何度か三人で食事をしたことがあった。

「早いですね。接見ですか？」

「ええ。朝早く叩き起こされました」

「僕はこれからです」

警察署に向かいかけた森は、あ、そうだ、と貴子を見た。

「宮原先生、小野宮の弁護人になったんですよね」

「ええ」

貴子が思わず苦笑したのは、苦戦していることを自覚しているからだ。

「うちの依頼人で、小野宮をよく知っているっていう男がいるそうですよ」

「えっ」と大きな声が出た。

森は、三十人前後の弁護士を抱える法律事務所に所属している。

「僕の担当じゃないので詳しいことは知らないんですが、俺が小野宮を育てた、なんて豪語してるらしいですよ。まあ、ほんとかどうかはあやしいですけどね」

「その人、俺が小野宮を育てた、って言ったんですね」

「ええ、そう聞きました」

「その依頼人ってどういう……」

「詐欺罪で起訴された男です」

「詐欺罪」

「結婚詐欺ですよ」

結婚詐欺、と胸で復唱すると、明確ではないが、なにか新たなつながりが生まれた手ごたえがあった。

その男を担当しているのは、同じ事務所に所属する川出《かわで》弁護士だという。川出と会う段取りをつけてくれるよう頼み、森と別れた。

小野宮を育てた――。それがほんとうだとすれば、その男はどの時代の小野宮を知っているのだろう。幼少期か、少年時代か、それとも成人してからだろうか。

携帯の着信音に気づき、バッグのなかを探る。私用の携帯だ。母になにかあったのだ、となぜか直感した。

案の定、母が入居する老人ホームからだった。うわずった女の声が、母が倒れ、病院に救急搬送されたことを告げた。

「意識がない状態です。すぐに来てください」

相手の声が奇妙にクリアに聞こえた。それなのに現実味がなく、通話を終えた途端、記憶から消えてしまいそうな気がした。

女は病院名を告げ、「どのくらいで来られますか?」と聞いてくる。

すぐに行きます、と答えようと貴子は口を開く。

「死ぬんですか?」

「え?」

「母は死ぬんでしょうか?」

自分からこぼれた言葉に驚いたが、その驚きもまた現実味がなかった。

相手は絶句したようだったが、母親を案じた言葉だと考え直したらしい。

「詳しいことはまだわかりません。でも、大丈夫だと信じています」

励ますような声だった。

すぐに向かうと告げて通話を終えた。

母は死ぬのだろうか、と考えたら、私は母に死んでほしいと思っているのだろうか、と心の奥から問いが湧いた。このまま死ねばいいと思っているのか、それともこのまま死なせるわけにはいかないと思っているのか。

母の死に目に立ち会うことを恐れているのだと唐突に気づく。最後に母がなにを言うのか、そして私が母になにを言うのか、対峙するのが怖いのだ。

貴子は、私用の携帯の電源を切った。

「さあて」と意識して声を出す。

まずは、暴行容疑で逮捕された男の母親と話をする必要がある。その後、被害者であるクラブの従業員女性に会わなくてはならない。

貴子は仕事用の携帯を取り出した。電話に出た土生京香に、老人ホームから電話があったら連絡が取れないと言ってほしいと頼んだ。

もし、このまま母が死んだとしても自己嫌悪を覚えはするだろうが、後悔はしないように思えた。

貴子が母の入院先に行ったのは二日後の夕方、資産家の息子が保釈されてからだった。

老人ホームから連絡が来た直後、私用の携帯の電源を切りはしたが、結局、その日のうちに電源を入れ、母の命に別状がないことを知らされた。

母が倒れたのは神経調節性失神という一時的な意識消失によるものだったが、検査で糖尿病が見つかり、血糖値が安定するまで入院するとのことだった。

母のいる個室はナースステーションのすぐ横で、認知症の一時的な悪化に加え、入院したことによるせん妄《もう》が起きていると説明された。

ベッドの上の母は天井にぼうっと目を向け、なにかつぶやいている。言葉になり切らない低く小さな声は念仏を唱えているように聞こえた。

死ねばいい。いや、死なせるわけにはいかない。その自問の答えを貴子はまだ手にしていなかった。

「遅くなってごめんね」と母をのぞき込むと、色の薄い瞳に貴子が映ったが、遠くに向けたまなざしはここには存在しないものを見ていた。

「あなたじゃだめよ！」

鋭い声に意表を突かれた。

母の瞳に力がこもったが、視線は変わらず貴子をすり抜けている。

「お母さん？」

貴子が声をかけると、母は片手で振り払うような仕草を見せた。

「あなたにお母さんなんて呼ばれる筋合いはないわ。あなた、分相応って言葉、ご存じ？うちの息子は弁護士なの。あなたとあの子が釣り合うわけないじゃない。悪いことは言わないわ、悠のことはあきらめてちがう相手を見つけなさい。これはあなたのために言ってるのよ」

母はくちびるの端に白い唾を溜めながらまくしたてた。

これまでも母は、現実と非現実を行ったり来たりしていた。しかし、存在しない人間に向かってしゃべるところを見るのははじめてだった。

せん妄のせいだ、と貴子は自分に言い聞かせる。これは一時的な混乱なのだ。

でも、と考え、背中を冷たいものがつたう。

母のなかで、悠は弁護士になっている。じゃあ、私は？　私は悠の代わりに死んだことになっているのだろうか。

「お母さん！」

母はまばたきをした。瞳に張りついていたよどんだ力が流れ落ちた。

「貴子」

母から放たれたその音に、貴子は自分でも戸惑うほど安堵した。死なないでよかった、とこのときはっきり思った。

「来てたのね」

母は無表情で言った。

「いま、誰と話してたの？」

「あなたは知らなくていいの」

くちびるの端に白い唾をこびりつかせたまま、母は面倒そうに答えた。

病院近くのホテルに一泊し、翌朝、母を見舞ってから電車に乗った。昨日とは打って変わって母は深い眠りにつき、貴子がいるあいだ目を覚まさなかった。

まっすぐ事務所に向かうつもりだったが、東京駅に降り立ったとき、小野宮楠生の住まいを見ておこうと思いつき地下鉄に乗り換えた。

東京の下町にあるマンションの契約者は吉永ひとみだ。部屋を引き払ったという話は聞いていないが、小野宮が釈放される可能性にすがっているのだろうか。

甘味処やそば屋、煎餅《せんべい》屋や手ぬぐい屋など老舗《しにせ》感のある店が並ぶ駅前通りを左に折れ、路地を行ったところに小野宮のマンションはあった。

築四十年はたっているだろうか、細長の十階建てでオートロックはない。なかに入ると、ひんやりとして黴《かび》臭かった。

小野宮の部屋には鍵がかかっていた。ドアポストからはチラシが垂れ下がっている。事務所として使われている部屋が多いようで、土曜日にもかかわらずマンション内は静かだ。どこからか洗濯機をまわす音がする。

両隣の部屋のインターホンを鳴らしたが、不在なのか居留守なのかどちらも反応はなかった。

ここで小野宮はどんな日々を送っていたのだろう。そう考えてみても、浮かぶ光景はなかった。

マンションを出た貴子は来た道を戻り、駅へと向かった。

寿司屋、精肉店、呉服店、草履屋《ぞうりや》。通り沿いの店になにげなく目をやっているうちに、胸に違和感が滲みだした。下町情緒があふれるこの町は、駅を離れるとファストフードやコンビニが少なく、地に足がついた生活感に満ちている。そのせいだろうか、この通りを歩く彼を想像できなかった。

腕時計に目をやると、正午まで数分の時刻だ。

貴子は駅そばのコーヒーショップに入り、サンドウィッチとコーヒーを注文した。

窓際のカウンター席に座り、ぼうっと外を眺める。疲労がまぶたを重くさせている。

コーヒーをおかわりしようと席を立ちかけたとき、目の前を通る女に目を奪われた。黒い髪をひとつにまとめ、手にはパン屋の袋をさげている。

宍戸真美、と名前が浮かんだ。

考えるよりも先に体が動いた。貴子は店を出て彼女を追いかけた。声をかけようと思うのに、それを押しとどめる直感的なものが働いた。

宍戸はデニムパンツにスニーカーを履き、パン屋の袋をぶらぶらさせて歩いている。その後ろ姿は休日を満喫しているように見え、女性誌で紹介された彼女のライフスタイルそのままのイメージだ。

彼女は精肉店の店主に「こんにちは」と声をかけ、その先の総菜屋《そうざいや》にも同じように挨拶《あいさつ》をした。小野宮とは正反対に、このまちに溶け込んだ生活をしていることが伝わってきた。

彼女が入っていったのは、駅から七、八分のマンションだった。

薄いグレーのタイル張りで、エントランスの両側には手入れの行き届いた生け垣があり、自動ドアの向こうにオートロックの操作盤が見えた。ファミリー世帯向けの間取りなのだろう、ゆったりとした造りなのが外観からでも見て取れた。女性誌の記事ではふれられていなかったが、結婚しているのかもしれない。

宍戸と小野宮の住まいが思いがけず近いことをどう捉えていいのかわからなかった。ただの偶然なのだろうと思う。しかし、ほんとうにそうだろうかと疑問を持つ自分もいた。

彼女がこの町に住む理由ならわかる。勤務する化粧品メーカーまで地下鉄一本、ドアトゥドアで三十分程度の距離だ。

では、小野宮がこの町を選んだ理由はなんだろう。

貴子は釈然としない気持ちで、マンションを見上げた。

午後のやわらかな陽射しが壁面に反射し、いくつかのベランダに洗濯物が干してある。宍戸の部屋がどこなのかはわからないが、きっと彼女のリビングも陽射しに満ちているのだろう。

視界に引っかかりを覚えたが、それがなんなのかはすぐにはわからなかった。貴子の目に不審なものは映っていない。ごく普通のマンションの外観。洗濯物や観葉植物が出されたベランダ。

黄色いハンカチだ、と気づく。三階のベランダの手すりに、大きめの黄色いハンカチが一枚かかっている。その鮮やかな色が、小野宮に差し入れたハンカチを連想させたのだと思い至った。

ベランダに出てきた住人を認め、はっとする。宍戸だった。彼女はじょうろで植物に水をやると、黄色いハンカチを取り込むことなく部屋に戻っていった。

しばらくベランダを見上げていたが、宍戸はもう現れなかった。

貴子はエントランスに入り、ポストを確認した。表札のあるポストは少なく、宍戸の名前は見当たらない。宍戸の部屋は三階の角だから、三〇一か三〇七だろうか。

エントランスを出た貴子は、腕時計で時刻を確かめてから小野宮のマンションへ向かって歩いた。宍戸のマンションから十分もかからなかった。

駅前通りに出て総菜屋に入った。さっき宍戸が挨拶した店だ。ガラスケースのなかに、サラダやマリネ、テリーヌ、ハンバーグといった洋風総菜が並び、価格は高めだ。店主らしい四十歳前後の女がガラスケースの向こうから「いらっしゃいませ」とにこやかに声をかけてきた。

目についた総菜をいくつか頼み、包装してもらうのを待ちながら、貴子は自然な口調を意識した。

「さっき宍戸さんが来てましたよね」

「ああ、ご近所の宍戸さんですか？　通りかかったけど、挨拶しただけですよ」

店主は警戒することなく答えた。

「ここのお総菜、とてもおいしいそうですね」

「あら。宍戸さんの紹介ですか？　ありがとうございます」

てきぱきと包みながら店主が笑顔を向ける。

「宍戸さんはこの町に長く住んでいるんですか？」

「三、四年前に越してきたはずですよ。そのときからうちのおせちをいつも注文してくださってるんです」

「ああ、そうだったんですね」

「お母さんと一緒に来てくれたこともあって、M町でも宣伝するって言ってくださったんですよ」

「M町？」

「あら、ご存じないんですか？　宍戸さんのお母さん、M町っていう町の町長をしてるんですって」

またM町だ、と頭に衝撃が走る。しかし、よく考えれば不自然なことではない。彼女はM町の出身なのだから。それでも胸に割り切れないものが漂っている。

総菜が入った袋を手に店を出た。

貴子は吉永に電話をかけ、小野宮がこの町で暮らしはじめた時期を尋ねた。

「三年前の秋だったと思います。家に帰れば正確な日にちはわかりますけど。でも、それがどうしたんですか？」

「吉永さんがそのマンションで暮らすように言ったんですか？」

「いいえ。ここに引っ越したいって、楠生が自分で見つけてきた物件です」

「小野宮さんはどうして引っ越したいと言ったんですか？」

「いまのところに飽きたから、って」

釈然としない気持ちが強まっていく。

小野宮と宍戸は、同じ時期に同じ町に引っ越している。絶対にあり得ないとは言えないが、偶然で片づけるには無理がないだろうか。ふたりは同じM町の出身で、同い年。どちらも山本若菜の知り合いだ。そして、山本若菜は殺された日に、宍戸に会っているのだ。

黄色いハンカチが、貴子の脳裏で警報を鳴らすように揺れている。

小野宮は、宍戸を知っているのではないか。小野宮、宍戸、山本若菜、この三人は見えないところでつながっているのではないか。

当初は亀田礼子の事件を調べていたのに、いつのまにか山本若菜の事件の渦中にいる。それが貴子の仮説を裏づけているように思えた。

――余計なことすんなよ、ババア。

小野宮の言葉がよみがえる。

あのとき、小野宮は明らかに怒っていた。余計なことをした、あるいはしようとしている弁護人に。

貴子がしたことは、NANOを知らないか聞いたこと、宍戸からのハンカチを差し入れたこと、彼女がベランダにいる小野宮を見かけていたのを伝えたこと。思いつくのはそのくらいだ。

けっして激高しないはずの小野宮は、なにに対し怒りを露わにしたのだろう。そう考えたとき、宍戸真美、と頭のなかで火花が散った。

思考が先走っているのを自覚し、決めつけてはいけない、と自分に言い聞かせた。

携帯に着信があり、一瞬、母の入院先からかとぎくりとする。が、鳴っているのは仕事用の携帯だった。国友修一からだ。

「宮原先生、今日の朝刊読んだ？」

「ううん、まだ」

「ナノ」

ナノがNANOに変換されるまでタイムラグがあった。山本若菜が出入りしていたかもしれない店だ、と記憶が追いつく。同じビルの二階の女子トイレで亀田礼子が殺害され、NA

NOは三階の奥にある怪しげな店だ。

「経営者が逮捕された。売春防止法違反、周旋《しゅうせん》だって」

ということは、あの店で売春の斡旋《あっせん》が行われていたということだろうか。山本若菜は売春をしていたということか。そう仮定すると、彼女が収入に見合わない買い物をしていたことにも説明がつく。

山本若菜　33歳

どんどん落ちていく、と恐怖に駆られたのは一年前だった。派遣で働いていたコールセンターを三ヵ月で切られた。その前は半年で切られ、その前は一年だった。

私の勤務態度に問題があるらしく、もう山本さんに紹介できる会社はありませんねえ、と派遣会社の社員はため息混じりに言い放った。

どうして何度言ってもわからないんですか？　前にも言いましたよね、人間関係が大切だって。トラブルばかり起こされると、うちの信用にもかかわってくるんですよ。

私はちゃんと働いていたつもりだった。遅刻や無断欠勤は一度もないし、仕事を放り投げたこともない。ただ、私を見下す人たちに我慢がならなかっただけだ。私はこんな会社で時給いくらで働く人間じゃない。ちゃんとした場所さえ与えられれば本来の能力を発揮できる。もともと私は広告会社で働きたかったのだ。コピーライターやディレクターになって華やかな時代の先端で生きたかった。二十代の頃はいくつかの広告会社でアルバイトをしたが、私に求められたのは雑用係だった。資料をまとめたり、コピーを取ったり、届け物をしたり、事務用品の手配をしたりするだけで一日が終わった。同じ一日の繰り返しで一、二年が過ぎた。同じアルバイトでも正社員になり、会議に参加したり、プレゼンや打ち合わせに出かけたりする子もいた。どうして私はそうなれないのか不満だったが、そんな会社はこっちから辞めてやった。

こんな仕打ちを受けるのは親のせいだと思った。親にお金も地位もコネもなく、大学にも行かせてもらえなかったから。その証拠に、正社員になれた人はみんなそこそこの大学を出ていた。

正社員や仕事内容にこだわらなければ次の仕事が見つかった。少しずつ会社の規模や時給が落ちていることに気づいたのは三十代になってからだった。私は派遣会社に登録した。私がいるのはここじゃない、という思いはどんどん強くなっていった。

強烈な結婚願望に襲われたのもこの頃だ。つきあった男は何人かいたが、いつもこの人じゃないと感じていた。私を幸せにしてくれるには、みんな経済力と社会的地位が足りなかった。

私に与えられる仕事と男のレベルは、同じ下降線を描いた。妥協しなければいけないと気づいたときには、妥協するものさえ持っていなかった。

どんどん落ちていく――。そうはっきり悟ったとき、私は父と同じ道を辿っているのではないかと思った。父もこんな理不尽さを抱えながら生きていたのだ。そう考えると、大嫌いだった父に対し、わずかばかりの親近感が芽生えた。

父は仕事が続かない人だった。上司が気にくわないからと役所勤めを辞めたあとは、「俺に向いていない」「もっといい仕事がある」「やってられない」と職を転々とした。

父の望みどおりの仕事など存在しなかったように、私が求める居場所も存在しないのかもしれない。そう気づいたときには遅かった。あの会社でもっとがんばればよかった、あの人と結婚しておけばよかった、人づきあいを大切にすればよかった。次々と後悔が押し寄せ、自分がなにも持っていないことを突きつけられた。仕事も資格も特技もない。両親はすでに他界し、姉とも縁が切れ、恋人も、友達と呼べる人もいない。時代の先端で生きるどころか、社会の底辺からもこぼれ落ちてしまうのではないかと思えた。

この先自分がどうなるのか、どこまで落ちるのか、想像すると心臓が早鐘《はやがね》を打ち、叫びだしたい衝動に駆られ、眠れない日が続いた。

いっそのこと、これ以上落ちることはないというところまで落ちてしまいたい。そう考えるようになった。

私は濃い化粧をし、胸の谷間が見えるカットソーとミニスカートで夜の池袋を徘徊《はいかい》するようになった。やけになった気持ちと、ちがう自分になりたい気持ちが入り混じっていた。声をかけてきた男とホテルに行き、金をもらうと、確実に落ちている実感が得られた。

NANOの経営者に拾われたのはそんなときだった。池袋の雑居ビルにあるNANOはバーの体裁を取ってはいるが、売春クラブだった。

朝七時から午後三時まではファミリーレストランでアルバイトをし、夕方からは体を売ってお金をもらう。自分でも不思議なほどそんな毎日に違和感がなかった。体を売ってもそれほどのお金にならないのは外見だけではなく、おそらく性格のせいもあるのだろう。安売りされているのも、落ちてしまった自分にふさわしいと思えた。

この世界の組織図のいちばん下の、あってもなくてもかまわない位置にピン留めされている気がした。しっかり固定されているからこれ以上落ちようがなかった。

それでもときおり、いつまで組織図のなかにいられるのかという不安が突風のように吹き荒れた。すると、みぞおちからヒステリックな笑いがこみ上げるのだった。

M町のことを久しぶりに思い出したのは、携帯でニュースサイトを見たときだった。M町で行われた祭りの行灯《あんどん》行列で怪我人が出たことを報じていた。

鬼まつりだ、と思い出した。

七月下旬に開催される鬼まつりはM町の伝統行事で、昼間はお神輿《みこし》が、夜になると鬼の行灯が町を練り歩いた。昔はみんな鬼のお面をつけてその日を過ごしたらしいが、私がいたときは子供たちが思い思いの仮装を楽しむようになっていた。

M町で暮らしたのは中学二、三年生のときだった。父がM町の建設会社に転職したためだ。最初は田舎に引っ越すのが嫌でたまらなかったが、これまでの人生で自分にいちばん価値があったのはあの頃だったと断言できる。

宍戸真美と友達になれたからだ。

真美はアイドルでありスターであり、私たち女子のお手本だった。きれいでかわいらしく、いつも笑顔で誰にでもやさしかった。体育以外は常に学年トップで、飛びぬけた人気があったから、彼女に交際を申し込む勇気ある男子はいなかった。

真美ちゃんはいいなあ、かわいいなあ、真美ちゃんみたいになりたいなあ。女子はみんなそう思っていた。

同級生のことを田舎者だと蔑んでいた私だったが、真美をひとめ見た瞬間、勝ち目はないことを悟り、すがすがしい敗北感を覚えた。よそ者の私が学校でもてはやされたのは、真美と仲良くなったことに加え、私の父が彼女の祖母の建設会社で働いていたからだ。

真美は中学三年生になる前に町外のお嬢様学校に転校してしまったから、一緒にいられたのは一年間だけだったが、いま振り返るとあのときが私の人生のピークだったのだろう。

なつかしくなった私はM町の公式サイトを開き、そこにある町長の名前を見て驚いた。宍戸律子《りつこ》。真美の母親ではないだろうか。カメラ目線でやさしげにほほえむ顔は真美に似ていた。今度は〈M町　宍戸律子〉で検索すると、略歴にM町で建設会社を経営していた過去を見つけた。真美の祖母の会社を引き継いだのだろう。まちがいない、M町の町長は真美の母親だ。

誰かに自慢したくてたまらなくなった。

「M町の鬼まつりって知ってますか?」

おかめビルの清掃をしている女に声をかけたのは、私にはなにげない会話をする相手がおらず、たまたま彼女が目についたからだった。

七十歳くらいの女は洗面台を拭く手を止め、じろっと私を睨みつけた。そうだ、この人は感じが悪いんだった、と思い出し、そのままトイレを出ようとした。

「住んでたことあるよ」

背後から声がかかり、私は振り向いた。

「ちょっとだけだけど。三、四ヵ月かな」

しわがれた声で女が言った。

「私も住んでたことがあるんです。いつですか?」

彼女がM町にいた時期は私より四、五年前で、重なってはいなかった。

女は顔をしかめ、「M町にはいい思い出がないね」と言った。

「私はいい思い出ばかりです」

「男が悪かったからさ」

「男？」

「男が住んでた団地に転がり込んだんだけど、最低の男だったね。実際、やばいことになってさ」

「どんなことですか？」

興味を引かれたが、女は「M町の話はもういいよ」と一方的に話を終わらせた。

「M町のいまの町長、私の中学時代の親友のお母さんなんですよ」

そう自慢したが、女はまったく興味がないようで相づちも返ってこなかった。

それから顔を合わせると、清掃スタッフの女に挨拶をするようになった。彼女は機嫌がいいときは挨拶に応じてくれたが、機嫌が悪いときはうるさそうな仕草をみせた。彼女の機嫌の良し悪しはトイレの汚れ方に関係しているようだった。私は彼女のことを「礼子さん」と呼んだが、彼女には「あんた」としか呼んでもらえなかった。

　思いもかけないところで真美を見たのは八月の終わりだった。

　ファミリーレストランのアルバイトを終えてコーヒーショップに寄ると、隣のテーブルに客が置いていったらしい女性誌があった。なにげなく手に取りページをめくり、あっ、と小さな声が出た。

そこに真美がいた。中学二年生のとき以来一度も会っていなかったが、すぐにわかった。誌面のなかの彼女は美しかった。華やかな世界にいる人にふさわしいほほえみを浮かべていた。そのほほえみは、M町の公式サイトに載っている町長と重なるところがあった。

真美が幸せなまま大人になったことが、内側から発光するような表情から感じられた。実際、記事には〈毎日、幸せを感じながら暮らしています。〉という彼女の言葉があった。大手化粧品メーカーのプレス担当。どんな仕事なのかは想像しかできないが、きっと毎日、高い化粧品を使い、きれいな洋服を着て、タレントと打ち合わせをしたり、撮影に立ち会ったりしているのだろう。

真美ちゃんはいいなあ、真美ちゃんみたいになりたいなあ。

頭のなかで聞こえたのは、M町にいた頃の自分の声だった。

姓が変わっていないから、まだ結婚はしていないのだろう。それでも、私が憧れているすべてのものを真美は持っているのだと知った。真美なら当然のことだった。

おかめビルに行くと、掃除を終えた礼子が帰ろうとしているところだった。

「礼子さん、これ見て！」

私はバッグから真美が載っている女性誌を出した。

「興味ないよ」

迷惑そうな礼子の前に、私は女性誌を突きつけた。

「この人、私の親友なんです。前に言ったの覚えてますか？　私の親友のお母さんがM町の町長をしてる、って。それがこの人なんです」

「だから、興味……」

彼女は言葉を止め、私の手から女性誌をひったくった。「宍戸？」とひとりごとを漏らす。

「私は真美ちゃんって呼んでたんです。真美ちゃんは若菜ちゃんって呼んでくれて」

「母親が町長？」

私は携帯でM町の公式サイトを開き、礼子の目の前にかざした。

「ほら、これが真美ちゃんのお母さん。ね、似てるでしょう」

礼子は数秒間、目を細めて携帯の画面を見つめ、やがてくちびるの端をつり上げた。はじめて目にした彼女の笑みは、厄難《やくなん》の前兆《ぜんちょう》のように感じられた。

「あんた、この女の親友だって？」

「そうです。中学生のとき同じクラスだったんです」

「連絡先教えてよ」

「いまは連絡が途絶えていて……」私はもごもごと答えた。「礼子さんも真美のことを知ってるんですか？」

「思い出したよ」

礼子は意地悪そうな笑みのままだ。

「なにをですか？」

「この子、M町の団地に住んでた子だよ」

「団地？ ちがいますよ。真美が住んでたのは立派なお屋敷でしたよ」

「いいや。小学生のときは団地に住んでたんだよ」

私は、私の知らない真美のことを得意げに話す礼子に嫉妬《しっと》を覚えた。

「この子の母親のこともよーく知ってるよ」

そう言い、ふんっ、と鼻息とともに笑う。

「あんな女が町長ねえ」

わざとらしくつぶやいた。

どういうことですか？ と聞かれるのを待っている口調が癪《しゃく》にさわったが、好奇心に負けて聞いてしまった。

「私、何回も見たんだよね。この町長様が浮気してるところ」

「え？」

「男とラブホテルにしけこんでたよ」

「まさか」

「まさかじゃないよ。あの女、私の男にも手を出したんだから」

私は声を出して笑い、ばかばかしい、と心のなかで礼子を嘲笑《あざわら》った。

「真美ちゃんのお母さんがそんなことするわけないじゃないですか。礼子さんは、真美ちゃんがどんな子か知らないからそんなことが言えるんですよ」

「女は見かけによらないもんだよ」

「それ、いつのことですか？」

「私がM町にいたときだから二十五年くらい前だね」

「もしほんとうだとしても、そんな大昔のことどうでもいいじゃないですか」

二十五年も前の話を、しかも掃除のおばちゃんが垂れ流すゴシップなど誰が本気にするものか。

しかし、礼子は不敵な笑みを崩さない。

「あんな団地に住んでたくせに、親子そろってこんなに出世するとはね。さぞかし金もあるんだろうよ。まずは娘のほうに会いに行ってみるかな。あんたがよろしく言ってた、って伝えてやってもいいよ」

そんなことをされたらこの女の仲間だと思われてしまうではないか。真美に嫌われ、軽蔑《けいべつ》されてしまう。怒りで腹の底がちりちりと焦《こ》げるようだった。

「そんなくだらない理由で、私の親友に近づかないでください」

礼子は、いひっ、と嫌な笑い方をした。

「この娘に母親を紹介してもらうかな。あのときは嫌な目に遭《あ》ったから、その分いい思いをさせてもらわないとね」

若菜ちゃんにはがっかりした――。

親友だと思っていたのに――。

若菜ちゃんなんか大嫌い――。

耳奥で真美の声が響いた。

礼子の背後にある大理石の灰皿が目にとまった。この灰皿で殴りつければ、この女の頭をかち割り、口を封じることができるだろう。

瞬間的に生まれた私の考えに気づくことなく、礼子は無防備に背中を向けた。階段を下りていく後ろ姿がいつになく浮かれているように見えた。しかし、次の瞬間、心臓が止まりそうになった。いきなり礼子が振り向き、私を睨みつけたのだ。おまえの考えていることなどお見通しだと言いたげな表情だった。

大切な親友を汚された。あの頃の私も汚された。この女、絶対に許さない。

翌週の月曜日、ファミリーレストランのアルバイトを終えた私は、真美の会社の近くまで行った。礼子よりも先に彼女に会わなければいけないと思った。

真美が勤める化粧品メーカーは、首を四十五度上げないと視界に収まり切らないビルに入っていた。

　会社の代表番号ではつないでもらえないと考え、彼女の部署の直通番号を調べた。たぶん礼子には思いつかないだろうと思うと優越感がこみ上げた。

　電話に出たのは真美本人だった。声ですぐにわかり、私の体をなつかしさが駆け抜けた。一瞬のうちに、「若菜ちゃん」と私を呼ぶ真美の笑顔、町を囲むように連なる山の緑、鬼まつりの行灯行列と祭囃子《ばやし》、雪で覆われた冬の町が鮮やかによみがえった。

　私は瞳がうるむのを感じながら、「真美ちゃん？」と震える声を出した。無音が続いた。真美は私の声を忘れてしまったのだろうか。

「私、若菜。覚えてるでしょう？　M中学校で二年生のときに同じクラスだった山本若菜よ」

　ふっと息をほどく気配が聞こえ、「お久しぶりです。お世話になっております」と笑みを滲ませた声が返ってきた。

　私用電話は禁止なのだと察し、私は早口で話しかける。

「ごめんね、急に。真美ちゃんが載ってる雑誌を見てなつかしくなって電話をしたの。ねえ、今日会えないかな？　実は私、すぐ近くまで来てるの。真美ちゃんの仕事が終わるまで待ってるから」

「申し訳ありません。今日はあいにく予定が入っておりまして」

「じゃあ、携帯の番号教えて。あとでかけ直すから」

数秒の沈黙のあと、「申し訳ありません」と返ってきた。

真美は私に会うつもりはないのだろうか、と不安に溺《おぼ》れそうになった。

彼女にとって私は会う価値のない人間なのだろうか。私は親友だと思っていたのに、彼女は私のことをその他大勢のひとりとしてしか見ていなかったのだろうか。それとも、私のことなど忘れてしまったのだろうか。

「ねえ。真美ちゃんのお母さん、M町の町長よね？　真美ちゃんのお母さんが昔、浮気してるところを見たっていう人がいるの。亀田礼子っていう人なんだけど、その人、M町に住んでたことがあって、真美ちゃんのお母さんを知ってるみたいなの。真美ちゃん、雑誌に載ったでしょう？　それで思い出した、って。その人、真美ちゃんのお母さんを脅《おど》そうとしてるみたいなの。私、そのことを真美ちゃんに伝えたくて電話をしたのよ」

必死に言葉を並べ立てる自分を、まるで真美にすがりついているようだと感じた。

長すぎる沈黙に、真美は受話器を置いて席を立ってしまったのではないかと思った。耳を澄ませると、息を止めているような気配が感じられた。

「今日、会ってくれない？」

私は改めて聞いた。

「今日はほんとうに時間が……」

「五分でも十分でもいいの。会って話したいの。このへんで待ってるから」

絶対に礼子よりも先に会わなくてはならない。私は焦っていた。

「わかりました。では、六時でいかがでしょうか」

そう言ってから、真美は声をひそめ「会社の裏に遊歩道があるの。ベンチのところで待っててくれる？」と早口で告げた。

自分がひどく傷ついていることに気づいたのは、通話を終えてからだった。胸の奥から悲しみが湧き出し、ひたひたと水位を上げていく。

私は、M町で真美と過ごした日々を思い返した。

真美とは学校ではいつも一緒に行動したし、おそろいのリボンや文房具を買ったりしたが、帰宅後や休日に遊ぶことはほとんどなかった。真美は習い事で忙しかった。学校が終わるとそのまま電車に乗り、町外の塾やピアノ教室に通っていた。

中学三年生になる前、彼女は町外のお嬢様学校へ転校した。離れ離れになっても私たちは親友のままだと思っていた。私は真美に手紙を書いたが、彼女からの手紙は二、三回で途切れてしまった。中学三年生の冬に真美の祖母が亡くなり、彼女はほぼ一年ぶりにM町に帰ってきたらしいが、インフルエンザで寝込んでいた私がそれを知ったのは数日後のことだった。

真美は私に会わずにM町を去っていた。

私は真美の親友だと思い込んでいたが、実際はどうだったのだろう。

真美と歓喜の再会を果たせると信じていた。彼女も私に会いたがってくれると、なつかしがってくれると、今日を機にまたあのときのような親友に戻れるんじゃないかと、そう思い込んでいた。

嬉々として電話をかけた自分が惨めで、まるでこれまでの人生を象徴しているように感じた。

私は彼女が指定した遊歩道のベンチでうなだれていた。

「若菜ちゃん？」

りんと響いた声に顔を上げると、目の前に真美が立っていた。白いカットソーとベージュのパンツ、水色のスカーフが胸もとを飾っている。

「若菜ちゃん、お久しぶり！　うわあ、なつかしい！　元気だった？　お待たせしちゃってごめんね！」

電話での他人行儀な態度とはちがい、真美は飛び跳ねそうなほどテンションが高かった。立ち上がった私の手を握り、「若菜ちゃーん！　会えて嬉しい！　電話ありがとね！」と笑顔を弾けさせた。

感情が一気にあふれ、私は声をあげて泣いた。

「若菜ちゃん、どうしたの？　大丈夫？」

真美の声が曇る。けれど、親密さはそのままだ。

真美は、泣きじゃくる私の背中を撫で続けてくれた。

「ほっとしたの」嗚咽の合間で私は言った。「真美ちゃん、電話で迷惑そうだったから。私のことなんか忘れちゃったのかなと思って」

「忘れるわけないでしょう。ごめんね。上司がそばにいたからそっけない口調になっちゃったの」

真美は変わっていない。中学生のときのままのやさしくて賢くてきれいな真美だ。私の自慢の親友だ。

涙が止まると、私は一方的に中学時代の思い出を話した。あの頃の話をしていると真美とつながっていると実感できた。

「ねえ、真美ちゃん。一緒にクラス委員をしたこと覚えてる？　真美ちゃんが委員長で、私が書記だったのよね。私は転校生だったのに、真美ちゃんが推薦《すいせん》してくれたから書記になれて、あのときは嬉しかったなあ。文化祭の準備、楽しかったね」

言葉が止まらない私に、真美は「うん、うん」「なつかしいね」と丁寧《ていねい》に相づちを打ってくれた。

「真美ちゃんはいまも幸せなんでしょう？」

そう聞いたが、わざわざ聞く必要のないことだった。

「うん。幸せよ」

真美は迷いなく答えた。

「真美ちゃんは幸せでいいな」

素直な言葉がこぼれた。

幸せに生まれ、幸せに育ち、幸せに生きる真美がうらやましかった。真美のようになれればどんなにいいだろう。けれど、妬《ねた》む気持ちはこれっぽっちもなかった。

なれるはずがないのだ。彼女は幸せになるべくして生まれてきた人だ。生まれつき足の速い人や絵の上手な人がいるように、彼女は幸せになる星の下に生まれてきたのだ。

真美は裕福な家の子だった。彼女の祖母は町でいちばん大きな建設会社の社長で、私たち家族はその会社の世話になっていた。それなのに真美はえらそうにすることなく、むしろ従姉妹《いとこ》に対するような親しみを込めて私に接してくれた。

そこまで思い出し、礼子の言葉がよみがえった。

「真美ちゃんって、団地に住んでたことがあるの？」

「うん。小学四年生までね」

真美はあっさりと肯定《こうてい》した。

礼子の言ったことはほんとうだったのか。私は改めて礼子に嫉妬と憎しみを覚えた。

「どうして教えてくれなかったの？」

すねた口調になった。

「だって、若菜ちゃんと会ったときはとっくに団地が取り壊されていたし、わざわざ言うことでもないでしょう？」

真美の言うとおりだ。駄々《だだ》をこねている自分が恥ずかしくなる。

「お金持ちだったのに、団地に住んでたなんて意外」

「お金持ちだったのは祖母よ」

そう言って、真美はなにかを思い出したように、ふふっ、と笑った。

「若菜ちゃん、さっき電話で、私の母が浮気してたって言ってなかった？」

「ちがうの！　そうじゃないの！」

私は慌てた。

礼子の言うことなど少しも信じなかったこと、それどころか真美を貶《おとし》められた気がして腹が立ったこと、真美を守るために今日ここにやってきたことをまくしたてた。

「その礼子っていう人、柄が悪いのよ。真美ちゃんに会いに行く、真美ちゃんのお母さんに会わせてもらう、なんて言ってるの。ごめんね、私が真美ちゃんの載ってる雑誌を見せびらかしたばっかりに」

「いいのよ。よくあることだから」

真美は私の腕を撫で、安心させるようにほほえみかけた。変わらないやさしさと私に向けられた親密な表情に心がとろけそうになる。

「私の母、町長なんかしてるでしょう。だから、あることないこと言ってくる人がたくさんいるのよ。特に来年の四月に選挙があるから、最近ますますひどいの。私も母もそういうのには慣れてるから、若菜ちゃんが気にすることはないのよ。でも、教えてくれてありがとね」

泣きやんでから何分もたっていないのに、驚くほどの勢いで新しい涙が湧き出た。私は涙をこらえることを放棄し、声をあげて泣いた。

ずっとこんなふうに泣きたかったのだと気づいた。安心できる人のそばで、感情のままに。

私は、落ちるところまで落ちたいまの暮らしを彼女に打ち明けた。ずっとひとりで暮らしていること、友達も恋人もいないこと、派遣の仕事を切られ、ファミリーレストランでアルバイトをしていること、この先が不安でたまらないこと。勢いのままＮＡＮＯで売春をしていることもしゃべってしまった。真美ならわかってくれると思った。私を否定したり軽蔑したりしないと信じられた。

「つらかったのね」

望んだとおりの言葉が私を温かく包み込んでくれた。

「若菜ちゃんなら大丈夫よ。だって」

言葉を切り、真美はくすっと笑った。

「中学生のとき、やり手の書記だったんだもの」

私からも笑みがこぼれた。涙と鼻水で濡れた顔を上げたら、真美がティッシュを差し出してくれた。

「M町、なつかしいね」

私がつぶやくと、「ね」と真美が同意してくれた。

「真美ちゃん、ほんとうにごめんね」

「なにが？」

「私がいけない仕事に手を出しちゃったせいで……。礼子っていう人、ほんとうに真美ちゃんに会いに行くかもしれない。どうしよう」

「無視するから大丈夫よ」

真美は笑いながら言ったが、礼子の意地悪そうな笑い方や欲深そうな目を思い出し、嫌な予感に囚われた。

礼子は真美に危害を加えるかもしれない。私の悪口を吹き込むかもしれない。

「ねえ、真美ちゃん。礼子から連絡がいっても絶対に会っちゃだめよ」

「うん。わかった」

「その人、たぶん明日もビルの清掃に来ると思うから、真美ちゃんに言いがかりをつけないように私からもきつく言っておくわ」

「うん。ありがとう」

「ねえ、真美ちゃん。これからうちに来ない？　中学校のときの写真を一緒に見ようよ」

「ごめんね。仕事が終わらなくて、今日は遅くなりそうなの」

真美は申し訳なさそうに言った。

そうだった。今日は予定があると電話でも聞かされていた。

「じゃあ、携帯の番号教えてくれる？」

「それがね、今日、携帯忘れてきちゃったの。私、週に一回は携帯かお財布のどっちかを忘れちゃうのよね」

思い出した。真美にはこういう抜けたところがあった。落とし物や忘れ物が多く、だからこそ余計にみんなから愛されたのだった。

「私から電話するね。若菜ちゃんの電話番号と住所、聞いてもいい？　化粧品も送ってあげる」

「いいの？　ありがとう」

真美のシステム手帳に私の情報が綴《つづ》られるのを見て、これからは彼女の人生に自分も加えてもらえるのだと心が躍った。

真美と別れ、アパートに帰った私は散らかっていた部屋を大掃除した。

いつもなら食べ終えたカップ麺の容器を片づけるのも面倒なのに、掃除機をかけ、床を水拭きし、トイレと浴室の掃除もした。

　真美と再会したことで人生が一変するような明るい手ごたえを感じていた。私の人生はどん底まで落ちた。だから、あとは昇っていくだけだ。そう信じられた。

　NANOの仕事を辞めよう。

　真美の会社に雇ってもらえないだろうか。最初はアルバイトでも契約社員でもいい。真美の口添えがあればなんとかなるかもしれない。今度こそちゃんと働こう。謙虚に、一生懸命に、途中で放り出さずに正社員に登用されるようにがんばろう。

　仕事に慣れたら、真美と一緒に合コンに参加したり、一緒に旅行をしたりしてみたい。

　気がつくと、口もとがゆるんでいた。私は笑みを浮かべたまま、ふん、ふん、ふふん、と即興の鼻歌を歌った。

　人生はいくつになってもやり直せるのだと思った。いままでのつらかったことや苦しかったことはこれからのためにあったのだと、過去の自分を肯定できた。

　真美に会えてよかった。ほんとうによかった。彼女のそばにいるだけで、幸福と幸運のおこぼれをもらえそうな気がした。

　インターホンが鳴った。もうすぐ十一時だ。こんな時間に誰だろう。

　ドアスコープをのぞき、私は息をのんだ。

五章

宍戸真美と再び会う約束を取りつけたのは翌週のことだった。

彼女の職場に電話をし、小野宮楠生のことで改めて聞きたいことがあると告げると、貴子がなにか知ったことを悟ったらしく、緊張が滲んだ声が返ってきた。

宍戸が指定したのは、会社からひと駅離れた場所にあるカフェだった。

女性客が多い店の奥まったテーブルで、貴子は宍戸がやってくるのを待った。貴子が突きつける疑問に彼女がどう答えるのか、予測できなかった。

以前会ったとき、宍戸は小野宮のことを、ベランダに佇んでいるところを一度だけ見かけたことがあると言い、黄色いハンカチを差し入れるよう貴子に頼んだ。

しかし、嘘だったのだ。彼女は平然と嘘を言ってのけたのだ。

小野宮と宍戸はいまもつながっている——。貴子はその証拠を手に入れていた。

約束した七時まで五分を切ったとき、宍戸は現れた。

「お待たせしました」と言った彼女は、前回とはちがい笑みを浮かべていなかった。

「お忙しいところすみません」

貴子が頭を下げると、「お聞きしたいこととはなんでしょう」と目に警戒の色を浮かべ、すぐに切り出した。

飲み物が運ばれてから貴子は口を開いた。

「宍戸さんと小野宮さんは知り合いだったんですね」

「どうしてそんなことを聞くんですか？」

宍戸は肯定も否定もせず、質問で返した。目の前の弁護士がなにを知っているのか必死に探ろうとしている。

「宍戸さんは、小野宮さんのマンションの近くに住んでいますね」

「私がどこに住んでいるのか知っているんですか？」

また質問で返してきた。

「もちろん知っていますよ」

貴子は余裕が感じられるほほえみと声音を意識し、「私はいろいろ知っているんですよ」と揺さぶりをかけた。

宍戸は硬い表情のまま貴子を凝視している。

「以前のお住まいも、その前もそうですね。宍戸さんと小野宮さんはいつも近くに住んでいますね」

小野宮は十五歳から住所変更の手続きをしていないため、いまも書類上の住所はM町の児童養護施設のままだった。吉永ひとみに聞いたところ、小野宮はこの十年で三度住まいを変えていた。小野宮の引っ越し先とその時期は、宍戸の戸籍の附票に記載されている住所の異動履歴と合致していた。いずれも、先に宍戸が引っ越し、小野宮が追いかけるという形だ。この十年、ふたりはいつも徒歩数分の距離で暮らしていたのだ。

ふたりの寄り添うような足取りを目にし、貴子は自分の推察にまちがいがないことを確信した。

「偶然です、などと言うのはやめてくださいね」

貴子がにっこりと釘《くぎ》を刺すと、宍戸のくちびるがぴくりとひきつった。

「あなたは小野宮さんのことを子供のときに見かけただけと言いました。でも、ほんとうはずっと会っていましたね」

宍戸は小刻みに首を横に振ってから「いいえ」と答えた。

「いえ、会っていたはずですよ」

「ほんとうに会っていません」

振り返ってみると、不自然だったのだ。彼女は小野宮のことを「小野宮君」と、まるで呼び慣れているように自然に呼んでいた。同じ団地に住んでいたから親しみを覚えたのだろうと思い込んでいたが、そうではなかったのだ。

「どうして嘘をついたんですか？」

宍戸の否定を無視し、貴子は尋ねた。

宍戸の視線が貴子の目からはずれ、左下に落ちた。

「あなたと小野宮さんの居住地の変遷を裁判の証拠として提出することだってできるんですよ。裁判員はただの偶然だとは思わないでしょうね」

脅しだった。小野宮と宍戸がいつも近所に住んでいた、ふたりは知り合いだった。だからといって、それが裁判にどう影響するのか貴子自身まったくわからなかった。ただ、真実を知りたいだけだ。

「ごめんなさい」

やがて宍戸がつぶやいた。

「ほんとうのことを話してもらえますね」

宍戸はうなずき、「でも」とためらう声を出した。「小野宮君のためにはならないと思います」

そう前置きしてから、覚悟を決めたようにゆっくりと話しはじめた。

前にもお話ししたとおり、小野宮君にはじめて会ったのは小学四年生の春でした。

自転車の鍵がないことに気づいて、もしかして自転車が盗まれたんじゃないかと心配になって、懐中電灯を持って夜中にこっそり家を出たんです。私、その頃からよく物を失くしたり落としたりする子で、親にいつも注意されていたから失くしたとは言い出せなかったんです。

自転車置き場に自転車はあったんですが、鍵はついていませんでした。懐中電灯で照らしながら探したんですけど、見つかりませんでした。

泣きそうになって、空を見上げました。そのとき、ベランダに立つ男の子が視界に映ったんです。白い半袖のTシャツが、夜に浮かぶ亡霊のように見えました。彼はベランダの手すりに両手をのせ、丸い月を仰ぎ見ているようでした。顔はよく見えなかったんですが、知らない子だということはすぐにわかりました。

しばらくのあいだ彼から目を離すことができませんでした。なぜか、この世には存在しない者を目にしている感覚でした。

気がつくと、彼が私を見下ろしていました。ベランダの手すりから上半身をのり出して、私をめがけて飛び降りようとしているように見えました。だから、彼を受け止めるために両手を広げたんです。けれど、彼は飛び降りませんでした。

私、団地の一号棟の階段を上って四階まで行きました。彼がいた部屋を訪ねたんです。どうしてそうしたのか、あのときの気持ちはよく覚えていません。

家に帰りたくなかったのかもしれません。うち、祖母がとても厳しい人だったんです。同居はしていなかったんですけど、祖母に買ってもらった自転車だったので、鍵を失くしたことを知られるのが怖くて現実逃避したのかもしれませんね。

ドアに鍵はかかっていませんでした。すんなりと開いて、まるで私が来るのを待っていてくれていたみたいでした。

いいえ、ほんとうに待っていたんです。ドアを開けたら、彼が目の前に立っていました。私が持っていた懐中電灯のあかりが当たって、まぶしそうに目を細めて、それでも一生懸命に目を開けて私を見ようとしていました。

部屋は暗くてひんやりとして、食べ物が腐ったような嫌なにおいがしました。目の前に彼がいるのに、人の気配が感じられなくて……。音と色がなかったせいかもしれません。灰色の冷たい空気が詰まったような場所でした。

彼は私から懐中電灯を奪って、仕返しするように私にあかりを向けました。彼と同じように目を細めた私を指さして、「赤」とつぶやいたんです。私は自分が赤いジャンパーを着ていることに気づきました。その次に私の頭に指先を移して「黒」と、スカートを「青」と、運動靴を「ピンク」といちいち声にして、「すごい。色がついてる」と最後に放心したようにそうつぶやいたんです。

「色がついてる？」

口調でつぶやいた。

宍戸は迷うようにまなざしをさまよわせ、「幽霊の国みたいだったから」とひとりごとの

「わかりません。ただ……」

「どういうことですか？」

「はい」

貴子は確認した。

その部屋は、ほんとうに色がないように感じられたんです。電気はついていなくて、窓には段ボールが貼られていました。窓の上のほうだけ隙間があって、そこから夜のかすかな光が差し込んでいました。寒くてさくて色がない部屋は、普段私が暮らしている世界とはちがう場所のようでした。幽霊の国みたい、とあのときそう思ったんです。

「何年生？」と聞いた私に、彼は「わからない」と答えました。

「だって小学生でしょう？」

「学校行ってない」

「どうして？」

「僕はいないことになってるから」

表情を変えずに淡々と答えた彼が、私には幽霊のように感じられました。この子は私にし

か見えないんだ、ってそう思ったんです。一号棟の四階の部屋に男の子が閉じ込められている、あのとき親に言えばよかったんです。彼を助けるチャンスはいくらでもあったのに、彼のことを、あの部屋のことを、なぜか誰にも知られちゃいけないと思ってしまったんです。

私は、彼の部屋にこっそり行くようになりました。ベランダの手すりに白い紐が結ばれているのが来てもいいという合図でした。

なにをするわけでもないんです。きっと、私が一方的にしゃべっていたんだと思います。子供の頃の私ってとてもいい子だったんです。というより、いい子ぶってたんです。祖母はM町で建設会社を経営していたんですけど、私にも、私の母にもとても厳しい人でした。私はいつも、「女は頭がいいだけでもだめ、かわいいだけでもだめ。両方そろって、いつも笑っていないとだめだ」って言われてました。私がちゃんとしないと、母が祖母に叱《しか》られるんです。だから、いつも作り物の笑顔を浮かべて緊張していました。

でも、幽霊みたいな子の前では自由になれたんです。私、愚痴と悪口ばかり言っていたと思います。

彼の父親がトラックの運転手で泊まりがけの仕事が多いことは知っていたし、彼が父親から日常的に暴力をふるわれていることにも、満足に食事を与えられないまま部屋に閉じ込められていることにも気づいていました。でも、私がしたことといえば、おやつを持って遊びに行くことくらいだったんです。

私は、彼のことを誰にも言わなかったし、彼のためになにもしなかったんです。

宍戸は言葉を切ると、伏し目がちのままティーカップに手を伸ばした。しかし、紅茶を飲むことはなく、カップの持ち手をなぞっただけだった。こわばった頬がふとゆるみ、彼女は再び口を開いた。

「一度だけふたりで外に行ったことがあるんです」

なつかしさを滲ませたやわらかな表情になった。

鬼まつりって知りませんか？

M町の大きなお祭りで、もともとはその日一日みんな鬼のお面をつけて過ごしたらしいんですけど、私が子供の頃は仮装をする人が多くてハロウィンのような感じでした。

彼とふたりで、その鬼まつりに出かけたんです。七月の終わりだったと思います。

仮装して外に出てみよう、って私が言いました。

どうしてそんな突拍子もないことを思いついたのか自分でもよくわからないんですけど、町の人たちを欺《あざむ》くことでスリルを味わいたかったのかもしれませんね。

紙袋をふたつ用意して、目の部分をくりぬいてかぶりものの鬼のお面をつくりました。彼には私の洋服を貸して、女の子のふりをさせたんです。その頃の彼は私よりも背が低かったんです。

彼は緊張していました。「でも」と「大丈夫かな」を繰り返して、怖がっていました。でも、外に出たがってもいたんです。私が手をつなぐと、きつく握り返してきました。彼、震えていました。

団地を出たとき、見覚えのあるおばさんとすれちがったんですけど、「あら、真美ちゃんと杏子《きようこ》ちゃん？　いってらっしゃい」なんて声をかけられて、ほっとして笑いだしそうになったのを覚えています。

あの頃の鬼まつりって観光客も来てけっこうにぎやかだったんです。私の母はいまM町の町長をしているんですけど、鬼まつりがさびしくなって、しかも今年は怪我人まで出ちゃって頭を悩ませてるみたいです。

あ、話がそれちゃいましたね。

鬼まつりの日、私と彼は町を歩きまわってヨーヨーすくいをしたり、紙袋のお面に隠れてベビーカステラを食べたりしました。彼、はしゃいでました。「赤」「黒」「黄色」「青」と、至るところを指さしながら小声で言うんです。紙袋のお面の下で笑いながら。

公民館では昔の映画を上映していて、私たちはいちばん後ろのパイプ椅子に並んで座りました。映画は終わりのほうだったんですけど、題名と登場人物の台詞から黄色いハンカチが大事らしいことがわかりました。

三角屋根の家の前でたくさんの黄色いハンカチが風に揺れているシーンがあって、そのとき彼、「黄色」って興奮した声でささやいたんです。「すっごい黄色」って。

紙袋の穴からのぞいた目がきらきらして、すごく楽しそうでした。

「その日が彼に会った最後です」

宍戸はそう締めくくった。

「宍戸さん」

貴子が彼女の嘘を咎めようとすると、「あ、ちがうんです」と彼女は慌てた。

「団地にいた彼と会ったのは最後という意味です」

鬼まつりの日以来、彼のベランダに白い紐が結ばれることはなかったという。そして鬼まつりの約二ヵ月後、父親が用水路で溺死したことで、小野宮は餓死寸前の状態で発見された。

「このあいだは嘘をついてほんとうにすみませんでした。誰にも言えなかったんです。私が彼を見殺しにしてしまったんですから」

宍戸は絞り出すような声で言った。

「小野宮さんは死んではいませんよ」

貴子が笑いながら指摘すると、「あ、そうですよね」とぎこちなくではあったが、やっと笑顔になった。

「見殺しじゃなくて、見捨ててしまった、でした」

笑ったまま訂正した。が、続く質問を予測してか、すぐに表情を引き締めた。

「それでは、宍戸さんと小野宮さんがいつも近くに住んでいる理由を教えてください」

彼女のくちびるがわずかに開き、止まった。逡巡《しゅんじゅん》するさまがはっきりと見て取れた。

「言わないといけないでしょうか？」

そう聞いた彼女は、喉もとまでこみ上げるなにかをこらえるような表情だった。

貴子は沈黙をつくり、彼女が自らの意思で言葉を放つのを待った。

宍戸は目を伏せ、「ストーカー」とつぶやいた。「……だったのかもしれません」と消えそうな声でつけ加える。

「はい？」

彼女の小さな声を聞き取るために、貴子は身をのり出した。

「小野宮君、私のことを恨《うら》んでいるんだと思います」

「彼に脅されたり嫌がらせをされたりしたんですか？」

宍戸は首を横に振り、「ただ見ているんです」と言って悲しそうな笑みをつくった。

ふたりが十年ものあいだ近くに暮らしていたのは示し合わせたのではなく、小野宮が彼女を一方的に追いかけていたということなのか。

「小野宮君、話しかけてきたこともありません。ただ私を見ているんです。会社の行き帰りや休みの日に、少し離れたところから見ているんです。部屋の窓から外をのぞいたら、彼が見上げていたこともあります」

「警察に相談しなかったんですか？」

「まさか。だって悪いのは私ですから。それに、なにもされていないですし」

たしかに、離れたところからただ見ているだけでは、なにか決定的な証拠がない限りストーカー行為として立件するのはむずかしい。

「小野宮さんがあなたの前に現れたのはいつですか？」

「二十三歳のときだから、十年前だと思います」

そういえば、吉永ひとみと小野宮が関係を持ったのも十年前だと聞いていた。小野宮は同じ時期に、宍戸と吉永のふたりの女の前に姿を現したことになる。そこまで考え、疑問が湧いた。

「宍戸さんが小野宮さんと最後に会ったのは、小学四年生の鬼まつりの日ですよね？」

宍戸はうなずく。

「何年も会っていないのに、小野宮さんだとわかったんですか？」

「わかりました。顔が変わっていなかったし、目の下のほくろが特徴的だから。それに、その前にも一度見ているんです」

中学三年生のときだと彼女は言った。

当時、彼女は仙台にある中高一貫の女子校に転入し寮で暮らしていた。祖母が亡くなったためM町に帰省したときだという。

「葬儀場を出たら、彼が離れたところから私を見ていたんです」

その頃、小野宮は彼女と同じ中学三年生で、まだM町の児童養護施設で暮らしていた。

ということは、小野宮が彼女にストーカー行為をするようになったのはそのときからだろうか。いや、それにしては次に現れるまでブランクがありすぎる。

「その次に小野宮さんが現れたのは二十三歳のときですよね？」

「だと思います。私が気がつかなかったのかもしれませんけれど」

ただ見ていただけなら気づかなかった可能性もあるだろう。

しかし、貴子の頭のなかでもやもやとした形にならない思考が氾濫《はんらん》している。自分がなにに引っかかっているのかさえわからない。

小野宮が宍戸にストーカー行為を続けた理由――。それは彼女の言うとおり、自分を見捨てた者へ対する怒りと憎しみの表現なのだろうか。怒りと憎しみで十年間もただ見ているだけなんてことはあるのだろうか。

――しょせん自己満足なんだよ。

小野宮の言葉を思い出した。差し入れのハンカチの感想を聞いたときのことだ。

——こういうことするやつってさ、自分は幸せな場所にいて、ほかのやつらを余裕たっぷりに見下してるんだよ。

あれは、宍戸への怒りと憎しみを込めた言葉だったのだろうか。

小野宮楠生は、その後の接見でも罪を認める態度を変えなかった。

亀田礼子殺害の動機は、逮捕された当初とまったく同じで、トイレを使うことを咎められてカッとなり、洗面台にあった大理石の灰皿で後ろから殴りつけたと説明した。

ふりだしだ——。何度この言葉を繰り返しただろう。

小野宮が犯行を認めたことで、一瞬、前進した錯覚に陥ったが、結局はふりだしに戻っただけなのだ。

激高しないはずの彼が、なぜふたつの事件に限って衝動的になったのか。ほかに動機があるのではないか。小野宮とふたりの被害者はM町でつながっているのではないか。なぜ小野宮は起訴されてから急に無実を主張したのか。当初に抱いた疑問はなにひとつ解けていない。

売春防止法違反で摘発されたＮＡＮＯと小野宮のかかわりは、いまのところ見つかっていない。

貴子には、事件の鍵が宍戸真美にあると思えてならなかった。犯行にかかわっているというわけではないし、直接の動機になっているというのでもない。正面のドアを開ける鍵ではなく、事件の本筋とはちがう小さな窓を開ける鍵かもしれない。それでも、貴子のなかで彼女の存在がまるで警報を鳴らすように点滅している。

小野宮には、宍戸に再び会ったことは伝えていない。いつか来るかもしれない「そのとき」のために、まだ隠し持っていたほうがいいと直感が告げていた。「そのとき」がどんなときなのか具体的に描くことはできなかったが。

人感センサーのチャイムが鳴り、貴子は受付に行った。

小野宮が罪を認めたことを伝えるため、救う会との打ち合わせを七時にセッティングしていた。

真っ先にやってきたのは吉永ひとみだった。

ラメ糸が輝くグレーのノーカラージャケットのスーツに、真っ赤なハイヒール。いつものように香水のにおいをふりまいている。肩下までの髪をきれいにカールさせ、目を漆黒《しっこく》のまつ毛で飾りたてているが、目の下のくまと口もとのほうれい線は隠しようがなかった。

ヒアルロン酸かプラセンタはしばらく打っていないのかな、と貴子は下衆《げす》なことを考えた。

「吉永さん、はじめまして」

貴子の背後から大きな声がかかった。

「宮原弁護士と共同事務所をやらせてもらっている国友です。これまでお会いできなくて申し訳ありませんでした」

やっとクズ女に会えると、国友修一は数時間前から浮かれていた。「さあ、どうぞ」と頼んでもいないのに、嬉々として吉永を会議室へと案内する。

貴子はお茶を淹れようとキッチンに向かったが、以前、無下に断られたのを思い出し、コーヒーにしようと思い直す。何人のメンバーが来るのか聞いていなかったため、とりあえず最大量の五杯分をセットした。

まもなく約束の七時になるが、吉永以外のメンバーは現れない。

コーヒーを持って会議室に行くと、国友が戸惑いを隠した顔で「今日は吉永さんだけだそうです」と言った。

「え? 吉永さんだけなんですか?」

貴子は本人に確認した。

大切な報告があるためできるだけ多くのメンバーに出席してもらいたい、と事前に吉永に伝えていたのだった。

「ええ」と吉永は平然と答えた。

「ほかの六名は来られないんですか?」

「いまは私を除くと三人です」

「三人?」

「三人が退会したので」

そう答え、「こうやって選ばれた女だけが残るんじゃないですか」と笑みを浮かべた。

小野宮のことが信じられなくなった、小野宮に騙されていたのかもしれない、というのが退会の理由らしい。たぶん小野宮に会わないあいだに少しずつ魔法が解けていったのだろう。

「では、あとの三人は？」

「いいんです」

「はい？」

「私だけで十分です。あとの三人には私から伝えておきますから」

その言葉に、吉永は打ち合わせがあることを誰にも伝えていないのだと思い至った。

今日の打ち合わせは、小野宮が亀田礼子殺害を認めたことと今後の弁護方針を伝えるためのものだった。面会に通いつめている吉永ならすでに知っているだろうと思っていたが、彼女は小野宮が罪を認めたことを知らず、え、と口を開いたきり絶句した。

「小野宮さんから聞いていませんでしたか？」

貴子が聞くと、目を伏せ、下くちびるを噛むことで肯定の意を表した。吉永の顔は青ざめ、こわばっている。

彼女がショックを受けたのは、小野宮が二件の殺人を犯したことよりも、それを知らされなかったことのほうが大きい気がした。

私、嫌なんです！　と叫んだ彼女を思い出した。ライターの上嶋千沙里につかみかかった日のことだ。自分以上に小野宮のことを知っている女がいることに耐えられないと彼女は言った。

週刊スクープに吉永の記事が掲載されたのは先週のことだ。上嶋につかみかかっている写真と、男に羽交い絞めにされて呆然としている写真が載り、どちらも目もとは黒く塗り潰されていた。〈衝撃スクープ！　クズ女が本誌女性記者に襲いかかる！〉という煽情《せんじょう》的なタイトルだった。

しかし、小野宮はすでに過去の人となりつつあることが、扱いの地味さから見て取れた。記事は一ページだけで、表紙のタイトルも小さい。

小野宮が逮捕されてからもうすぐ二ヵ月になる。そのあいだに、まだ犯人が見つからない猟奇的《りょうきてき》殺人事件と、女性教師が教え子の男子中学生を殺害する事件があった。マスコミのターゲットはそのふたつの事件に変わった。ただ、小野宮の公判がはじまれば再び注目されるだろう。

「吉永さんには言いづらかったんじゃないでしょうか。吉永さんを裏切るようなことをして申し訳ないと思っているのかもしれませんね」

貴子は形ばかりの慰めの言葉をかけた。

「私はどのくらい待てばいいんですか？」

吉永は膝の上で両手をきつく握っている。

「傷害致死罪は基本的に三年以上二十年以下の懲役刑になりますが、小野宮さんはふたりを……」

「ふたり殺したから短くても六年ってことですよね！」

吉永が声を荒らげる。

それではすまない、と貴子が口を挟む隙もなく、「そんなに待たなきゃいけないんですか！　傷害致死でも執行猶予になった例があるじゃないですか！」と続けた。

「小野宮さんはふたりの女性を死なせてしまったんですよ」

「殺されるほうに問題があったんじゃないですか？」

吉永は貴子を睨みつけた。

「ふたりとも殺されるようなことをしたんですよ！　悪いのはその女たちです！」

「吉永さん！」

貴子の脳裏に、山本若菜の姉が浮かんだ。

子供の頃から姉妹仲が悪く、ずっと音信不通だったのに、妹が理不尽に命を奪われたことにきちんと怒り、きちんと悲しんでいた。妹を悪く言った姑を怒鳴りつけ、縁を切ろうとした。

殺されるほうに問題がある――。その言葉がどれだけ遺族の心を痛めつけるのか、魂をずたずたにするのか、吉永は想像しようともしないのだろう。

「小野宮さんを助けたい気持ちはわかります。でも、被害者のことを悪く言ってはいけません」

できるだけ穏やかに伝えたつもりだった。

「あなたになにがわかるのよ！」

吉永のつり上がった目から自制心が剝がれ落ちるさまがはっきりと見て取れた。隣に座る国友も感じ取ったようで、大きな体に構えるような力が入った。

「先生は、人を本気で愛したことがないんじゃないですか？　愛されたことだってないんじゃないですか？　だから、いつもそんなふうに余裕たっぷりで人を見下すような顔をしていられるのよ。私の気持ちがわかるって言うけど、なにがわかるんですか？　わかってるふりをしてるだけじゃないの。しょせん、私のことをクズ女だって叩く女たちと同類なのよ」

――本気で人を愛したこともなければ愛されたこともないかわいそうな女。

以前、吉永がそう言ったのを思い出した途端、見透かされた気持ちになった。

学生のときは、勉強ばかりで男とつきあう余裕がなかった。社会人になってからはそれなりに恋愛をしたつもりになっていたが、関係が深く長くなると、男の存在が負担になった。家族さえ愛せない自分が、結婚して家庭を持てるわけがないと思った。いや、疲れるくらいならひとりのほうがいいというのが本心だ。

貴子は頰がひきつらないように、表情を無にすることを意識した。

「吉永さん、大丈夫ですか？」

張りつめた空気のなかを国友の太くやわらかな声が通り抜けた。

吉永ははっとし、「すみません」と感情のこもらない、むしろ少しも悪いと思っていない声でつぶやいた。

「私が言いたいのは、楠生は理由もなく人を殺すような人じゃないということです。だから……」

彼女が途中でやめたのは、被害者のほうに落ち度がある、と言いたかったからだろう。理由もなく人を殺すような人じゃない、という吉永の言葉が貴子の耳に残り、なにかを主張するようにじんじんと疼《うず》いた。

そうなのだ、小野宮はカッとするタイプの人間ではないのだ。

「吉永さん、宍戸真美という女性をご存じないですか？」

そう聞いた貴子を、吉永は眉間にしわを刻み、充血した目で見据えた。

「小野宮さんから、宍戸真美という名前を聞いたことはありませんか？」

貴子は繰り返した。

小野宮は十年前、同時期に吉永と宍戸の前に突然現れた。ふたりが互いに相手の存在を知っているという可能性はないだろうか。

「その人、もしかして楠生とつきあっていた女ですか？」

「知っているんですか？」

「真美という名前を聞いたことがある気がします」

「いつですか？　小野宮さんはなんて言っていましたか？」

「……ええっと。いつだったかしら」

「そのとき、M町の話は出ませんでしたか？」

「宍戸真美、ですよね？」

「ええ。どんなことでもいいので思い出せることはありませんか？」

「だめです。いまは思い出せないみたい。その人、楠生とつきあっていたんですか？」

ふたりの子供時代のことも、小野宮が一方的につきまとっていたことも、いまはまだ伝えないほうがいいと考え、「まだよくわかっていません」と貴子は言葉を濁した。食い下がろうとした吉永を制するために、「吉永さん」と口調を変えた。

「小野宮さんの刑を少しでも軽くしたいと考えています。彼が父親に監禁されていたこと、児童養護施設で育ったことで情状酌量を求めるつもりです」

「でも、何年も待たなきゃいけないんですよね？」

吉永はエネルギーを使い切ったようにしおれ、憔悴した顔はくまとしわとくぼみが目立ち、十も二十も歳を取ったように見えた。

「……最近、楠生が冷たいんです」

彼女はぽつりと吐き出した。

「冷たい？」

「私、楠生に嫌われたのかもしれません。話しかけても面倒そうな返事しかしないし、笑ってくれないし、すぐに面会を切り上げてしまうこともあるんです」

小野宮の態度が変わったのは、彼の過去を報じた週刊スクープの記事が出てからだという。

「どうしてつらかった過去のことを教えてくれなかったのか、私、楠生を責めてしまったのかもしれません。あんな記事さえ出なければ……」

だから彼女はあれほどまでにライターの上嶋千沙里への怒りを剝き出しにしたのか、と思い至った。

「楠生の心がどんどん私から離れていくような気がして……。何年も会えなかったら、私たちだめになるかもしれない」

呆然と吐露する彼女は、自分が声を出していることにも気づいていないように見えた。


「いやー。噂どおりなかなか強烈でしたね」

吉永を見送ったあとの執務スペースで、国友修一が楽しそうに言った。

「彼女、最初はちがったのよ。余裕たっぷりで、女王様みたいだったんだから」

それが一ヵ月で変わってしまった。いや、変わったのではなく、仮面が剝がれてしまっただけかもしれない。

きっかけは、小野宮の態度が変わったことだろうか。冷たくされ、不安になり、それまでの余裕があっさりと崩れ落ちた。仮面の下から現れたのは、十六歳も下の男に、しかも殺人を犯した男に心と金と時間を奪われ、それでもなおすがりつこうとする中年女だった。

ふと、週刊スクープの記事が出てから、という吉永の言葉を思い出した。

小野宮の態度が変わったのは過去を教えてくれなかったことを責めたからかもしれない、と彼女は言っていた。あれ以来、冷たくなった、と。

またM町だ、と思う。小野宮に変化が現れるとき、必ずM町が関係している。

「やっぱり動機が腑に落ちないのよ」

ひとりごとが漏れた。

「腑に落ちないときの宮原先生は誰にも止められないからなあ」

国友がいつものようにおもしろがる声を出した。

翌日、羽崎信也《はざきしんや》に接見できることになった。結婚詐欺を働き、詐欺罪で起訴された男だ。四十歳の無職で、住所不定のため東京拘置所に勾留されているが、起訴内容については詐欺ではなく善意でもらった金だと主張しているという。

羽崎の弁護人は、川出という三十代の男だった。

「小野宮との関係は詳しく聞いてないんですが、たぶん出まかせじゃないですかねえ。なんというか調子がいい男で。あまり信用しないほうがいいと思いますよ」

俺が小野宮を育てた――。

羽崎はそう豪語したという。

小野宮楠生は母親が出ていってからは父親にネグレクトされ、十歳のときに児童養護施設に入所している。中学卒業と同時に施設を出てからは、おそらく男妾まがいのことをしながら住まいを転々としていたはずだ。そして二十三歳のときに、吉永ひとみと宍戸真美の前に姿を現した。もし、羽崎の言葉がほんとうだとしたら、彼は小野宮が入所した児童養護施設の職員だったことになる。しかし、羽崎の経歴に児童養護施設で働いていた過去はなかった。

面会室に現れた羽崎は、貴子がイメージしていた外見とはちがった。

大柄で肉づきがよく、ぽっこりと突き出た腹がトレーナーを押し出している。額は禿《は》げあがり、目も口も小ぶりで、汚れたキューピー人形を連想させた。羽崎は物珍しそうな目を貴子に向けながらアクリル板の前に座った。

「こちらがこのあいだ話した弁護士の宮原さんです」

川出の紹介に、貴子は「宮原です」と頭を下げた。

「こんにちは。羽崎です」

羽崎は礼儀正しく頭を下げると、貴子に顔を戻し、あはっ、と笑った。

「えっ？」

　思わず声が出た。

「あれっ。もしかしてどこかでお会いしたことありましたっけ？」

　羽崎が人の好さそうな笑顔をつくり、茶目っ気たっぷりに話しかけてきた。

「なーんて。こんな美人さん、一度見たら忘れるわけないですよ」

　そう言って、あはっ、とまた笑った。小野宮に通じる、人との距離を一気に縮める笑い方だった。

「あなたが小野宮さんを育てたんですか？」

　貴子は聞いた。

「そうなんですよ」羽崎は愉快そうに指をパチッと鳴らした。「あいつ、小野宮って名前なんですね。しっかし、楠生だからクズ男とは、よくできてるなあ」

　この男は、最近まで小野宮の名前を知らなかったらしい。ということは、やはり児童養護施設の職員だったとは考えられない。

「あなたと小野宮さんはどんな関係なんですか？」

「師匠と弟子って感じ？」

　あはっ、とまた笑う。小野宮とそっくりの笑い方だが、羽崎のほうが声がかん高く、短く発音するためしゃっくりのような響きになった。

「小野宮さんとは、いつ、どこで知り合ったんですか？」

「飯場《はんば》、飯場」と羽崎は軽く答えた。

「飯場って……建設工事現場の寮ですか？」

意外な返答に戸惑った。小野宮と飯場がつながらない。

「寮なんて立派なもんじゃなかったですけどね。何年前かなあ。大昔のことだから忘れちゃったなあ。俺がまだ土木作業員だった頃だから、十年以上前なのはまちがいないですね。こう見えて俺、昔、力仕事なんてやってたんですよ」

十年以上前というと、小野宮が吉永や宍戸の前に姿を見せる以前のことだ。

「ポチは二十歳くらいじゃなかったかなあ」

「ポチ？」

「俺らは、あいつのことポチって呼んでたんですよ。あはっ」

俺ら、という言い方にも引っかかった。

「たしか、秋田だったと思うんだけど。ダムの改修工事ではじめてポチに会ったんですよ」

そこで言葉を切ると、羽崎は足を組み、貴子のほうに顔を寄せた。おもしろいものを見つけたようににっと笑いかける。

「しっかし、ポチも変わったなあ。やっぱ俺の教育がよかったのかなあ。はじめて会ったときなんて、あいつ、幽霊みたいに陰気くさかったんですよ」

貴子の脳裏に卒業アルバムの写真が浮かんだ。

生気のないうつろな表情は、とうに命を手放した人のようだった。ということは、この羽崎という男に出会うまで小野宮は幽霊のようなまま生きていたということか。

「ポチも、俺と同じようにどこかの現場から流れてきたんですけど、暗いし要領は悪いしおどおどしてるから気の荒い連中にいびられてましたよ。かわいそうだったから、俺らが助けてやったんですよ」

「小野宮さんも土木作業員だったんですね？」

「そうですよ」

いまの小野宮からは土木作業員として働く姿は想像できない。しかし、卒業アルバムの彼であれば、感情を手放したまま黙々と体を動かすところが想像できた。

小野宮は当初、いっさい口を利かなかったという。誰とも目が合わないようにいつもうつむき、気配を消すようにして現場と寮を行き来していた。殴られても蹴られても笑われても、ただじっと体を丸めるようにしてやり過ごした。気の荒い男たちに使いっぱしりをさせられたり、金を奪われたりしたこともあったらしい。そんな小野宮を助けたのが、羽崎の先輩格にあたる男だった。

「タツ兄《にい》って呼んでたんですけど、俺より十五くらい上で、その頃で四十二、三だったかな。昔、組関係だったから迫力がちがいましたね。タツ兄が凄んだら、そいつらもポチに手出ししなくなりましたよ。いやあ、あのときのタツ兄、かっこよかったなあ。タツ兄には別れた奥さんと息子がいたらしいから、たぶん息子を思い出したんじゃないかと思うんですよねえ」

それ以来、タツ兄と羽崎を中心にその仲間たちが小野宮の面倒をみるようになったという。暴力をふるわれないように、食事や金を奪われないように、寝込みを襲われないように。一緒に行動するうちに、小野宮は少しずつふたりに心を開いていった。

外見は二十歳でも精神はとても幼かった、と羽崎は言った。小学生並みだった、と。

「まるで生まれたての二十歳みたいでしたよ」

要領よく生きる方法も人とのつきあい方も遊び方も、小野宮はなにも身につけていなかった。建設現場を転々としてきたらしいが、誰ともかかわらなかったため処世術を学ぶことはなかったらしい。

「女にもまったく興味がないみたいだから、おまえ女は？　って聞いたことがあるんですよ。そうしたら、あいつ、泣きそうな顔になったなあ」

「泣きそう、ですか？」

はじめて聞く、小野宮の人間らしい姿だった。

「なんだか変なこと言ってましたよ。自分のせいで刑務所に入った女がいる、って。人を殺したんだ、って」

人を殺した、とそこだけが固まりになって貴子の胸にぶつかってきた。

小野宮のせいで殺人を犯した女がいるということだろうか。

まず考えたのは、小野宮を置いて出ていったきり行方不明になっている母親のことだ。しかし、逮捕歴があれば記録にあるはずだ。

「だから、その人のためになにかしたいけど、なにをすればいいのかわからない、って。おまえの女か、って聞いたら、顔を真っ赤にして、そういうんじゃない、って。タツ兄が、待っててやればいいんだ、って言ったんですよ。出所するのを待って、それからなにができるか直接聞いたらいいんじゃないか、って」

その女のことをもっと詳しく聞こうとしたが、羽崎のほうが早かった。

「ねえ、先生」と、おもねるような笑みになり、さらに貴子との距離を詰めた。顔かたちはまるでちがうのに、同じ筋肉を同じ力で同じ方向に動かしているように小野宮の笑顔と重なった。

「じゃあ、クイズです。女を幸せにするには三つのものが必要です。さて、なんでしょう」

ふざけた態度に、「羽崎さん」と川出がたしなめたが、羽崎は気にとめない。

つい、「愛」と答えそうになったのは、昨日会った吉永のせいだろう。貴子は「わかりません」と正直に答えた。

「正解は、金と力とやさしさでーす」

金と力とやさしさ、と貴子は胸の内で復唱する。言われてみれば、あっけないほど単純な答えだ。

だから俺らがみっちり仕込んだんですよ、と羽崎は得意げに笑った。

「金は無理だから、力をタツ兄が、やさしさを俺が」

意味がわからず、貴子はうなずきで続きを促した。

「俺、その頃から女にもてたんですよ。こんなブ男なのに、夜の街に出るたび水商売の女だけじゃなく素人の女まで言い寄ってくるんですよね。おや？　先生、信じてないでしょう。これ、ほんとですからね。だから、土木作業員なんかしてるのばからしくなって、がんばる女を応援する仕事に鞍替《くらが》えしたんですよ」

「がんばる女を応援って……それ、どういう仕事なんですか？」

「だから、心のケアですよ。お疲れさま、がんばってるね、今日もきれいだね、君がいちばんだよ、大好きだよ、ってやさしくすることで幸せになってもらって、その報酬をもらうという……」

つまり、いまの小野宮と同じということか。俺が小野宮を育てたというのは、こういうことだったのか。貴子の頭のなかで、見えなかった地図が少しずつ形をつくっていくようだった。

「小野宮さんは、あなたをお手本にしたということですね？」

「そうそう。よく飲みにつれていって実践してやったんですよ。あいつ、けっこうのみこみが良くて。もともと顔もいいですからね。でも、力のほうはだめでしたよ。ポチにはそっちのセンスがなかったんだろうなあ。だから、タツ兄が強く見える表情や言葉づかいを教えてやったりしてね。そこそこものになったんじゃないかな」

予測できない小野宮の表情、つぎはぎの人格とバランスの悪さ。ほかの男たちを真似し、演じることで、いまの小野宮ができあがったのかもしれない。ふとした拍子に見せる道に迷った子供のような表情。あれは無邪気に見えるように計算したものではなく、あの表情こそが裸の小野宮なのではないだろうか。

「金もね、俺とタツ兄はあるだけ使っちゃうタイプだったけど、ポチはほとんど使わなかったなあ。あいつなりに節約して一生懸命貯めてましたよ。どこかの会社の紙袋に無造作に入れとくもんだから、不用心だって何度も注意したんですよ」

頭の片隅に引っかかっていたものがぽろりと取れた。

小野宮はなにに金を使っていたのか、ずっと気になっていた。派手に遊んでいた形跡もないし、高価な買い物をしていたようでもない。小野宮は女たちから巻き上げた金を、別の女のために貯めていたということか。

「小野宮さんのせいで刑務所に入ったという女性のことはなにか聞いていませんか？」

小野宮には幸せにしたい女がいた。金と力とやさしさを手に入れ、彼女の出所を待とうとしたのだろう。

「あいつ、女のことは聞いてもしゃべらなかったんですよね」

「その女性は誰を殺したんですか？」

「さあ。それも言わなかったなあ。ポチ、バカだから人を殺したらずっと刑務所に入ってると思ってたみたいで、未成年だったならもう出所してるかもよ、って俺が言ったらひどく驚いてましたよ」

「未成年？」

思いがけず大きな声になり、貴子は冷静さを保つためにひと呼吸おいた。

「その女性は未成年のときに殺人を犯したということですね？　何歳のときかは聞いていませんか？」

「いやあ、そこまでは。でも待てよ。あのときで五年前とか言ってたかな。だから、少年院に入ったとしてももう出てきてるんじゃないかな、って思ったんですよ。ほら、日本の法律は未成年にあまいじゃないですか」

羽崎の認識には誤りがある。少年法は二〇〇〇年から厳罰化の方向へ数度にわたり改正されている。刑事罰対象が十六歳以上から十四歳以上に引き下げられ、有期刑の上限は十五年から二十年に引き上げられた。

羽崎と会ったときの小野宮が二十歳だったとすると、女性が殺人を犯したときの小野宮は十五歳だったことになる。

十五歳？　と耳奥で自分の声が響く。

十五歳だったとしたら、小野宮がM町を出る前後のことではないか。

またM町だ――。噛みしめるようにそう思うと、こめかみがどくどくと脈打ちだした。

「羽崎さんは、小野宮さんといつまで一緒にいたんですか？」

「二年くらいじゃなかったかなあ。たぶんポチ、その女を探しに行ったんだと思いますよ」

誤差はあるだろうが、羽崎と出会ったときの小野宮が二十歳だったとすると、二十二歳のときに羽崎の前からいなくなり、その直後の二十三歳のときに吉永と宍戸の前に現れたことになる。

錯綜する思考の一部分がぴたりと合わさったのを感じた。

「そのタツ兄という人の連絡先はご存じないですか？」

ほかの人からも話を聞きたかったが、「現場で別れたきりなんですよね」と返ってきた。

礼を言って立ち上がろうとした貴子を制すように、

「でも、ポチもまだまだあまいですね」

羽崎は両手を腰に当ててふんぞり返った。いままでの人の好さそうな笑顔は消え、細めた小さな目に傲慢《ごうまん》さがちらついている。これがこの男の本性なのかもしれない、と貴子は反射的に身構えた。

「あいつ、途中から無実だって言いだしたんでしょう？　その時点でアウトですよ。嘘をつくときは中途半端じゃだめなんですよ。俺の哲学知ってます？　嘘はつくものじゃなく完璧につくりあげるもの、です。嘘のなかに真実はひとつも入れちゃいけないんです。すべてを嘘にしないと、あっさり壊れちゃうんですよ。これ、ポチにも教えたのになあ」

そう言い、「あっ」とわざとらしく口に手を当て、川出のほうを見た。

「先生、俺はほんとうに無実ですからね。ほんとうに詐欺なんかしてませんからね」

わかりました、と答えた川出はうんざりしているように見えた。

そのまま小野宮楠生に接見し、羽崎信也が言ったことがほんとうなのかどうか確認することもできた。しかし、小野宮が認めるとは思えなかった。

羽崎がこんな作り話をする必要はない。彼の言ったことは真実なのだろう。

脳細胞のひとつひとつが身もだえしているようだった。思考と疑念が暴走し、ぶつかり合い、熱を帯びたこめかみの脈動が止まらない。

東京拘置所を出た貴子は駅へと歩きながら、深く息を吸い込み、ゆっくりと吐き出した。呼吸まで熱を帯びているようだ。

未成年のときに人を殺し、逮捕された女は誰だろう。

そのとき小野宮は十五歳前後だった。ということは二〇〇〇年前後のことになる。もし、二〇〇一年四月より前に起きた事件であれば、まだ改正少年法が施行されていない。十六歳未満であれば刑事罰を問われない時代だ。

顔のない彼女を小野宮と同じ年齢と仮定してみる。宍戸真美、とすぐに浮かんだ。次に、山本若菜の名前が現れた。ふたりのうちのどちらかだろうか。

自分の考えに強烈な違和感を覚え、いや、ちがう、と否定する。考える必要などないのだ。山本若菜であれば、資料に必ず載っているはずなのだから。

——ただ私を見ているんです。

宍戸の言葉が頭のなかで膨張していく。

——少し離れたところから見ているんです。

可能性があるとしたら宍戸のほうだ。羽崎たちのもとを離れた小野宮は、あいだをおかずに宍戸の前に現れたのだから。

貴子は事務所に電話をし、二〇〇〇年前後に起きた少女による殺人事件を調べてほしいと土生京香に頼んだ。なにもせずに待っているのがもどかしく、ガードレールに腰かけて携帯でネット検索をした。嬰児《えいじ》を殺害、父親を刺殺、家に放火し家族を殺害、仲間を集団暴行のうえ殺害……。このどこかに宍戸が隠れていないだろうか。

違和感はますます強まり、本筋からそれている気がしてならなかった。

もし、宍戸に殺人を犯した過去があったとしたら、いくら名前が報道されないからといって大手化粧品メーカーのプレス担当といういまのポジションに就けるだろうか。いや、それよりも彼女の母親はM町の町長だ。そんな事件があれば、人間関係が濃い地方の町では何年たっても噂は消えることはないだろう。母親が町長になれるはずがないのだ。

貴子のなかに、事件の真相を描いた地図がうっすらと浮かんでいる。欲しいのは、背骨となる一本の太い道だ。いままで何度かその道がすっと通りそうな気配はあったのに、いつもあっというまに立ち消えてしまう。その一本の道さえできれば、全体の地図が完成する予感があった。

いてもたってもいられず、貴子は駅へと早足で向かった。

大人になった小野宮楠生と宍戸真美。ふたりの足取りが最初に交差したのは、江東区《こうとう》の地下鉄沿線の町だった。

地下鉄を降りて地上に出ると、車が行き交う大きな通りが交差し、銀行や携帯ショップ、弁当屋の看板が目についた。地下鉄の急行は停まるものの、駅ビルや大きな施設はなく、知名度が高い町とはいえない。貴子自身、はじめて訪れる町だった。

小野宮が住んでいたのは、駅から十分ほどの場所にある三階建てのコーポだった。通りには古い一軒家と商店、低層のビルが並んでいる。なんの変哲もない地味な住宅地だ。小野宮は自らこのコーポを探し、ここでひとり暮らしがしたいと吉永ひとみにねだったという。

コーポから歩いて三分の場所に、宍戸が住んでいたアパートがあった。二階建ての木造ではあるが、黄色い外壁が特徴的な北欧風の建物で、アパート入口にはアーチがあり、女性が好みそうな外観だ。宍戸が住んでいた十年前は新築だったのかもしれない。

貴子は、二階の左から二番目の窓を見上げた。

レースのカーテンがかかり、室内をうかがうことはできない。留守なのか在宅なのかもわからない。

宍戸は、部屋の窓から外を見たら小野宮が立っていたことがあったと言っていた。小野宮もこうやってあの窓を見上げていたのだろう。

宍戸は、小野宮が自分のことを恨んでいると言ったが、空白だった小野宮の過去を垣間見たいまとなっては、そうとは思えなかった。

小野宮が思いを馳せていた女性とは、宍戸ではないのか。

彼女のためになにかしたいと思ったのではないか。

そうして、彼女の居所を探し出したのではないか。

しかし、宍戸に殺人を犯し、逮捕された過去があるとは思えない。

貴子のまなうらに浮かんだのは、くちびるをまっすぐに引き、まばたきを忘れた目で窓を見上げる小野宮だった。夜道をさまよった末にやっとあかりを見つけたときのような、しかし、泣くのを必死にこらえているような、そんな表情だった。

貴子の目の奥が熱くなった。まるで想像のなかの小野宮がのり移ったようだった。貴子は勢いよく息を吐き、まだなにもわかっていないのだ、と自分に言い聞かせた。

土生京香から連絡が来たのは、電車で移動しているときだった。

電車を降りて電話を折り返すと、二〇〇〇年前後に起きた少女による殺人事件のリストをメールで送ったという。リストを確認したが、やはり宍戸を想起させる事件はなかった。

地下鉄の出口を上がり、地上に出た。さっきまで出ていた太陽は雲に隠れ、冷たい風が吹き抜けている。

駅から続く通りには、甘味処、そば屋、煎餅屋、手ぬぐい屋などが連なっている。

小野宮と宍戸の現在の住まいがある町だ。

ふたりがこの町に越したのは三年前で、小野宮が宍戸を追う形だった。

自分がなにを確かめたいのかわからない。ただ、小野宮の気持ちを想像しながら彼の足跡を辿ることで、前回来たときに気づかなかったことが見えるかもしれないと考えた。

ふいに、送検時の小野宮の笑顔とピースサインを思い出した。

カメラをまっすぐ見つめ、まるでいまが最高に楽しいとアピールするようだった。

小野宮の笑顔がぼやけ、悠の顔が重なる。

リポーターの後ろで、イエーイと笑いながらピースサインをしていたあのとき、すでに死ぬことを決めていたのだろうか。人生を終わらせる覚悟をしたうえで、あんなふうに笑っていたのだろうか。

小野宮もまた、なにかしらの覚悟を胸に秘め、あんなふうに笑ったのだろうか。

じゃあ、小野宮は？

そこまで考え、想像が先走りすぎていると自制した貴子の目に鮮やかな黄色が飛び込んできた。

宍戸の部屋のベランダだ。手すりにかかった黄色いハンカチが強い風ではためいている。

そういえば、前回来たときもベランダに黄色いハンカチがあった。

宙で激しく波打つハンカチは飛び立ちたいのに足を押さえつけられ、必死にもがいている鳥のように映った。

貴子の脳裏に、青空の下で黄色い布がはためく映像が現れた。古い映画だ、と思い出す。黄色いハンカチは、殺人を犯し、服役した男から妻への問いかけだった。自分のことを待っていてくれるのなら、家の前に黄色いハンカチをぶら下げておいてほしいという内容だったはずだ。

貴子は携帯でネット検索し、「家の前」ではなく、正しくは「鯉のぼりの竿」であることを知った。

ああ、そうか、と思い出す。ベランダのハンカチを見て古い映画を連想したのは、宍戸の話を聞いたせいだ。宍戸と小野宮は鬼まつりの日に公民館でその映画を観たと言っていた。

「黄色いハンカチ」

貴子のつぶやきを強い風がもぎとっていく。

また黄色いハンカチか、と今度は胸の内でつぶやいた。

宍戸が小野宮に差し入れたのも黄色いハンカチだった。あのハンカチには、あなたのことを忘れていない、鬼まつりの日のことを覚えている、といった彼女なりのメッセージが込められていたのだろうか。しかし小野宮はそんな宍戸の行為を、しょせん自己満足なんだよ、と足蹴《あしげ》にするような口ぶりだった。

小野宮が思いを馳せていた女性が宍戸だとすると、彼の態度は辻褄が合わない。しかし、彼が亀田礼子殺害を認めたのはあのハンカチを差し入れた直後だった。そして、だからもう余計なことすんなよ、と貴子に凄んだ。

貴子は混乱に襲われた。

頭蓋のなかに手を突っ込み、無秩序に渦巻く思考と疑問を取り出し、ひとつずつ並べていきたかった。

ベランダにはほかに洗濯物はない。宍戸の部屋だけではなく、貴子から見える範囲で洗濯物が干してあるベランダはない。黄色いハンカチだけが風にはためいている。

マンションのエントランスから初老の女が現れ、貴子は声をかけた。

「あの三階のベランダなんですけど」と指をさす。「黄色いハンカチがありますけど、いつもかかってるんですか?」

取り残されたようなハンカチが気になって仕方がなかった。

「ああ、あそこね。いつもかかってますよ。園芸用なんですって」

女はあっさりと答えた。

「園芸?」

「あそこ、私のお隣さんだから聞いたことがあるのよ。ハンカチだけ取り込み忘れたのかしらと思って。そうしたら、土いじりをするときに使ってるって」

「ずっと前からですか?」

「九月のはじめだったわね」

小野宮は九月三日に山本若菜を、翌日の四日に亀田礼子を殺害している。黄色いハンカチと小野宮の事件を結びつけるのは無理があるだろうか。

「よく時期まで覚えていますね」

貴子は言った。普通、ハンカチの一枚くらい気にとめないのではないだろうか。

初老の女がくすっと笑った。

「だって、幸福の黄色いハンカチかと思っちゃったんだもの」

「え?」

「知らないかしら。昔の映画なんだけれど」

「知ってます」

「あの日は、黄色いハンカチだけ何枚も干してあったのよ。私、その日、金沢《かなざわ》の娘のところから帰ってきたの。だからよく覚えてるのよ」

「それはいつですか？」

「だから九月のはじめよ。お隣さん、黄色が好きなのね。黄色いハンカチだけずらーっと並べて干してあったの。たぶんまとめ買いして洗濯したんじゃないかしら。私もタオルやおしぼりを買ったら洗濯してから使うもの」

初老の女はバッグから手帳を取り出した。

「ああ、わかった。私が見たのは九月四日の火曜日よ。お昼頃ね」

九月四日の昼頃――。

それは小野宮が山本若菜を殺害した翌日であり、その日の午後三時過ぎに亀田礼子を殺している。

小野宮はベランダに並ぶ黄色いハンカチを見たはずだ、と貴子は確信した。

ベランダのハンカチには、そして宍戸が差し入れたハンカチには、なにか意味があったにちがいない。

答えをたぐりよせようとする貴子に、余計なことすんなよ、と小野宮が語りかけてくる。

背骨となる一本の道が通りそうな感覚があった。その一本の道ができれば、全体の地図が完成するのに。

貴子の思考がふと途切れる。まっさらな風が頭のなかに吹き込み、ほんの一瞬、すべての脳細胞が静まり返った。

自分の手がなにか重要なものを握っている気がしてならない。それは手渡されたばかりのものだ。

一本の道、地図、完成、と胸の内で丁寧に言葉にする。

一本の道ができれば全体の地図が完成する、と今度は文章に置き換える。

脳細胞がいっせいに目覚めるのを感じた。あ、と声が出た。

貴子を貫くように一本の太い道が通った。

絡まっていたものが一瞬でゆるみ、ぱらぱらとほどけていった。

自分を呼び止めた声のほうに顔を向け、宍戸真美は不思議そうにまばたきをした。貴子を認め、瞳がこわばる。

「宮原さん。どうしたんですか?」

驚きと警戒を露わにした顔にほほえみは浮かんでいない。

奇襲攻撃のつもりだった。彼女に準備する猶予を与えないため、前もって連絡はせずに待ち伏せする形となった。駅前通りのコーヒーショップで六時過ぎから三時間以上粘ったところで、ようやく地下鉄の出口から彼女が出てきたのだった。

彼女が住む町は夜が早いらしく、煎餅屋も手ぬぐい屋もすでにシャッターを下ろしている。

「歩きながらでけっこうですから、少しお時間をいただけませんか?」

「私を待っていたんですか?」

「ええ。実はお願いがあって来ました」

「お願い?」

宍戸は足を止め、わずかに首をかしげた。警戒する表情は消え、代わりに戸惑いを滲ませている。

「このあいだ、小野宮さんを見捨ててしまったとおっしゃいましたね」

貴子の言葉に、宍戸は慎重にうなずいた。

「子供のときに小野宮さんの力になれなかったことを、いまも気にしているんですよね？　申し訳ない気持ちでいるんですよね？　だからハンカチを差し入れた。そうですよね？」

彼女は再びうなずき、「はい」と探るように答えた。

「あのハンカチには謝罪の気持ちを込めたんですか？」

答えはない。くちびるを巻き込み、考える表情で視線を落としている。

シャッターの閉まる大きな音がし、彼女はびくっと目を上げた。初老の男が甘味処の店じまいをしている。宍戸はその様子をぼんやりと眺めたのち、自分が立ち止まっていることにはじめて気づいたようにゆっくりと足を踏み出した。

「わかりません。でも、そうかもしれませんね」

「では、小野宮さんの証人になってもらえませんか？」

え？　と彼女の足が再び止まる。

「小野宮さんが子供のときに父親に監禁、虐待されていたことを証言してもらえませんか？」

「どうして」

息が漏れるような声だった。

「情状酌量を求めるためです」

「そうじゃなくて、どうして私なんですか？」

「監禁されていた小野宮さんを実際に見たのは、いまのところ宍戸さんしかいませんから」

「でも」と彼女は口走ったが、続く言葉を考えてはいなかったらしく、「でも」ともう一度言った。

「あなたが小野宮さんに対して申し訳ないとほんとうに思っているのなら、証人になることは償えるチャンスだと思いませんか？」

「でも、小野宮君が私につきまとっていたことは裁判で不利にならないんですか？」

「もちろん、その件についてはふれないでいただきます」

「でも、無理です」

吹っ切るように言い、宍戸は歩きはじめた。さっきよりも足取りが速い。

「どうしてですか？」

「私、子供の頃からそそっかしいんです。言っちゃいけないことをつい言ってしまうことも多いんです。だから、裁判でうっかり口を滑らせてしまうかもしれません」

「大丈夫ですよ。事前にしっかり練習しますから」

「いいえ。無理です」

「宍戸さん！」

貴子が厳しい声を出すと、彼女の足がまた止まった。怯えたような目を貴子に向ける。

「あなた、言葉と行動がちがいますね。小野宮さんに申し訳ないと思っているんですよね？　それなのに、どうして証人になってくれないんですか？　ハンカチを差し入れるよりずっと小野宮さんの助けになるんですよ」

「すみません」と彼女はうつむき、「でも、母が……」とつぶやいた。

「母？」

想定外の答えが返ってきたことに貴子は戸惑った。彼女の母親が小野宮の事件にどう関係しているというのだろう。

「母が怒ると思います。うちの母、M町の町長なんです」

「それがなにか？」

「だって来年選挙なのに、娘の私が証人なんかになって、子供のときに小野宮君を見捨てたことが知られてしまったら、母の足を引っ張ることになるかもしれません。それに、子供の頃とはいえ、ふたりも殺した殺人犯と知り合いだったなんて知られたくありません」

そう言うと、貴子を振り切ろうとするように早足で歩きはじめた。

口実だ、と貴子は思った。母親の話は苦しまぎれに持ち出したにすぎない。

「いま、ふたりも殺した殺人犯、と言いましたよね？」

「ごめんなさい。ひどい言い方をしてしまいました」

宍戸は軽く頭を下げたが、なげやりな仕草に見えた。

「そうではなく、どうしてふたりを殺したと言い切れるんですか？　小野宮さんは、ひとつの事件に関しては無実を主張しています」

小野宮が亀田礼子の殺害を認めたことはまだ公にはしていない。宍戸が知るはずがないのだ。

「でも、マスコミは小野宮君の犯行だって……」

「黄色いハンカチはどんなメッセージなんですか？」

え、と彼女の瞳がはっきりと揺らいだ。

「あなたが差し入れた黄色いハンカチと、ベランダにかけてある黄色いハンカチのことです。あれは、あなたと小野宮さんにしかわからない合図ですよね。どんな意味があるんですか？」

宍戸は貴子から視線をはずし、さらに歩調を速めた。このあいだ立ち寄った総菜屋は開いているが、まっすぐ前を見据えたまま通りすぎる。

「ここです」と貴子が指をさすと、彼女は思わずというように目を向けた。総菜屋の三軒隣の店はシャッターが下りている。

「ここであなたはあの日、黄色いハンカチを大量に買った。お店の方は不思議がっていました。黄色いハンカチばかり買ったことにじゃありません。買ったばかりのハンカチをどうしてすぐにベランダにかけたのか」

宍戸の隣の住人は、九月四日の昼頃に、ベランダにずらりと並んだ黄色いハンカチを見たと言った。しかし、その後、貴子が調べたところ、実際にかけられたのは前日の九月三日の夜八時頃だったことが明らかになった。彼女が黄色いハンカチを大量に買った店が見つかったのだ。年配の女店主は彼女のことを覚えていた。

二ヵ月くらい前、黄色いハンカチばかり買った人？　はいはい、覚えてますよ。閉店間際に来てね、十枚くらい買っていったかしら。正確にはハンドタオルですけどね。この先のマンションに住んでいる方でしょう。いえ、知らない人だけど、ベランダの手すりに買ったばかりのハンカチがかけてあったからびっくりしたのよ。あのお客さんが帰ってすぐに店を閉めて私も帰ったのよね。だから、洗濯する時間はなかったと思うんだけど……。

「あなたは、ベランダにかけるためだけに黄色いハンカチを買ったんですね。その日は、九月三日。山本若菜さんが殺された日……もっと正確にいうと、山本さんが殺される三時間前のことです」

九月三日の夕方六時頃、山本若菜は宍戸を訪ねている。宍戸が十枚もの黄色いハンカチをベランダにかけたのは夜の八時頃だ。山本若菜が殺されたのはその三時間後、十一時前後と見られている。

ベランダに黄色いハンカチがかけられた三時間後に山本若菜は殺されたのだ。

それだけじゃない。小野宮は、宍戸が黄色いハンカチを差し入れてすぐに亀田礼子の殺害を認めた。

——だからもう余計なことすんなよ。

あのとき、激高しないはずの小野宮は黒い瞳にはっきりとした怒りを溜めていた。小野宮の言った「余計なこと」とは、宍戸に接触したことではないか。彼は、宍戸が差し入れた黄色いハンカチでそのことを知ったのではないか。

「黄色いハンカチのメッセージは、助けて、ではありませんか？」

彼女がベランダに黄色いハンカチをかけたのは、山本若菜が接触してきたから。

彼女が小野宮に黄色いハンカチを差し入れたのは、貴子が接触してきたから。

貴子はそう考えていた。

「あなたと山本若菜さんのあいだに、あの日なにがあったんですか？　なにかあったから、山本さんと別れてすぐに黄色いハンカチを買ってベランダにかけたんですよね。小野宮さんに助けを求めるために」

沈黙を貫く宍戸に、貴子は質問を重ねる。

「小野宮さんは、あなたのために山本さんを殺したのではないですか？」

彼女のくちびるに力が入る。

「じゃあ、あなたですか？　あなたが山本さんを殺したんですか？」

「まさか」

とっさに否定した彼女は笑おうとしたようだった。頬がこわばり、くちびるの端がひきつっている。夜のあかりを映した瞳は異様に輝いていた。

貴子は、自分の推理が的中している手ごたえを得た。

一本の道ができれば全体の地図が完成する——。そう言葉にしたとき、なぜか羽崎信也の言ったことがよみがえったのだった。

——嘘はつくものじゃなく完璧につくりあげるもの。

——嘘のなかに真実はひとつも入れちゃいけない。

——すべてを嘘にしないと。

その瞬間、一本の太い道が通り、全体の地図が現れた。一本の道、それは「嘘」だった。

小野宮の供述のなにもかもが嘘だったとしたら？

彼がなにひとつほんとうのことを口にしていないとしたら？

そう仮定することで、細部まで鮮明に描かれた地図が広がった。それは、小野宮の供述をすべて裏返すことでできた地図だった。

山本若菜を殺したと言った。だから、殺していない。

亀田礼子を殺していないと言った。だから、殺した。

小野宮が起訴後に亀田礼子の殺害を否認したのは、嘘は完璧につくりあげるもの、嘘のなかに真実を入れてはいけない、という羽崎の教えを思い出したからではないだろうか。

しかし、宍戸が差し入れた黄色いハンカチを目にし、そのまま嘘をつきとおせば彼女が危うい立場になると考えたのかもしれない。だから、無実の主張を撤回したのだ。

あなたはあまいよ、と貴子は心のなかで小野宮に語りかけた。

小野宮は誰かを真似ることで、つぎはぎの仮面を張りつけていった。だから、つぎはぎの合わせ目が綻《ほころ》んでしまったのだ。

もし宍戸をかばいたかったのなら、あのまま無実を主張し続けたほうがよかったのだ。ハンカチを差し入れたタイミングで罪を認めたことが、違和感の発端になったのだから。

彼女のマンションが見えてきた。

今日もベランダに黄色いハンカチが一枚かかっていることは、彼女を待つ前に確かめておいた。小野宮は拘置所にいるのに、なぜまだハンカチをかけているのだろう。黄色いハンカチは彼女にとってお守りのようなものなのだろうか。

「あなたと山本若菜さんのあいだになにがあったのか教えてもらえませんか?」

夜のあかりが宍戸の横顔を照らし、肌の白さが際立って見える。やがて、彼女の頬がゆるみ、ひっそりと思い出し笑いをするような表情に変わった。

「私、余計なことを言っちゃったんですね。どうして鬼まつりのことなんて言っちゃったんだろう。こんなことになるなら、小野宮君なんか知らないって答えればよかった。小野宮君を見かけたことも、彼の部屋に遊びに行ったことも、なにも言わなければよかった。私って子供の頃からこうなんですよね。そそっかしくて、考えが足りなくて、言っちゃいけないことをぺらぺらしゃべっちゃうんです。こういうのって大人になっても直らないんですね」

「どちらなんですか？」

「なにがですか？」

宍戸は笑みを消した。

「小野宮さんがあなたのために山本さんを殺したんですか？　それとも、あなたが殺したんですか？　あなたですよね？」

「どちらもちがいます。いま私が言ったのは、余計なことをぺらぺらしゃべったせいで、こんなふうに疑われることになってしまったという意味です。正直なところ迷惑しています。私の母、M町の町長なので」

母親を持ち出したのは脅しのつもりだろうか。

「失礼します」とマンションのエントランスに入りかけた宍戸は、思い直したように貴子に向き直った。

「小野宮君は元気ですか？」

「気になりますか？」

そう聞くと、彼女はつまずいたような顔になった。また余計なことを言ってしまった、と内心の声が聞こえるようだった。

「自分で確かめたらどうですか？」思いがけず強い声が出た。「そのために証人になってください」

「お断りします」

「じゃあ、小野宮さんに会ったらどうですか？　面会して、元気かどうか自分の口で聞けばいいじゃないですか」

「どうして私が」

「会えませんか？」貴子はかぶせるように聞いた。「会えないのは小野宮さんに罪をかぶせているからですか？」

証拠はまだなにもない。それなのに、真実を見あやまっている可能性も、その場合のリスクも頭になかった。

「考えておきます」

宍戸は言った。思いつめた表情からその場しのぎの返答ではないことが察せられた。どうすれば安全な場所にいられるか、よく考えて答えを出すつもりだろう。

貴子に背を向けた彼女はわずかに顔を上げた。ベランダにかけてある黄色いハンカチを確認したように見えた。

貴子はその場に佇み、宍戸の部屋にあかりがつくのを見届けようとした。しかし、警戒しているのだろう、数分たっても窓は黒く塗りつぶされたままだった。彼女の部屋を見上げたまま、貴子はこぶしを握った。こぶしのなかには解けないままの疑問がある。

殺人を犯した少女というのは誰だろう。少女は誰を殺したのだろう。


「あああ、もうっ」

両手で髪をかき乱し、「どうしたらいいのよ」とひとりごとを言って顔を上げたら、ぎょっとした顔の国友修一と目が合った。人感センサーのチャイムが耳に入らなかったらしい。

貴子は手ぐしで髪を整えながら、「あ、おはよう」と取り繕った。

昨晩、宍戸真美と会った後、国友に電話をし、相談したいことがあるから早めに事務所に来てほしいと伝えたのだった。

「宮原先生、もしかして徹夜？」

「考え事をしてたら帰るタイミングを逃しちゃって」

昨晩は自宅に帰る気になれず、宍戸と別れてから事務所に来たのだった。

「小野宮の件？」

「そう」

「……髪、山姥《やまんば》みたいになってるけど」国友はそう言い、「……顔も」と言い添えた。

トイレに行き、髪をひとつに結び、形ばかりの化粧直しをしてから事務所に戻ると、コーヒーのいい香りがした。奥から土生京香の笑い声が聞こえ、時計を確認すると八時二十分だった。

「宮原先生、おはようございます」

振り向いた京香の顔が一瞬ひきつったのを目にし、身だしなみを整えてもまだ自分がひどい顔をしていることを思い知らされた。それでも、京香が淹れてくれた濃いコーヒーを飲むと、どんよりしていた細胞が目覚めていくのが感じられた。

「小野宮は、山本若菜さんを殺していないと思う。宍戸真美をかばっているのよ」

貴子は結論から言い、詐欺罪で起訴された羽崎信也から聞いた話を伝えた。

小野宮が土木作業員として建設現場を転々としていたこと、羽崎たちの真似をすることでつぎはぎの人格を身につけていったこと、彼には思いを馳せる女性がいたこと、その女性は未成年のときに殺人を犯したらしいこと。

「だから、二〇〇〇年前後に起きた殺人事件を調べてほしいって言ったんですね」

口を挟んだのは京香だった。

「でも、それらしい事件はないのよ。それでね、昨晩、宍戸真美に会いに行って、聞いたのよ。あなたが山本さんを殺したんじゃないですか、って」

「えっ」

国友が大きな声をあげ、「マジかよ」とつぶやいた。

「マジよ」

「で？」

「もちろん認めなかったわ」

「だよな」

「小野宮と宍戸真美は、黄色いハンカチで合図を送っていたのよ。ううん、宍戸真美が一方的に合図を送ったの。たぶん、助けて、って意味だと思う。小野宮に黄色いハンカチを見せることで、自分が危うい立場になったのを知らせたんじゃないかな」

うーん、と国友がうなり、そういえば自分も小野宮の弁護人になった当初はうなってばかりいたのを思い出した。なにひとつ真実を語らない小野宮は、外見だけを取り繕った張りぼてのようで正体がつかめなかった。

「小野宮の言ったことはすべて嘘だったのよ。亀田礼子さんを殺した。だから、殺していないと言った。山本若菜さんは殺していない。だから、殺したと言った。宍戸真美のこともほんとうは知っていた。だから、知らないふりをした。ね？」

貴子は、これまで自分が見聞きしてきたことをできるだけ詳しく説明した。

「わかるよ。うん、宮原先生の言ってることは辻褄が合っていないわけじゃない。でも正直、根拠はそれだけ？　こじつけなんじゃない？　と思えてしまうんですよ」

国友の言い分はもっともだと思った。自分でも、言葉を重ねれば重ねるほど、現実から離れた妄想を並べ立てている感覚に陥った。小野宮の弁護人を務め、宍戸から話を聞き、黄色いハンカチを目にした自分でもこうなのだ。国友が異論を唱えるのも無理はない。

それでも貴子は、自分の描いた地図にまちがいはないと信じていた。

確信はあるのに確証がないことが歯がゆくてたまらない。

「でも、小野宮が身代わりになったとしたら、ふたりはどういう関係なんでしょうね」

京香が疑問を挟む。

「親子だったら、子供が犯した罪を親が身代わりになってかぶることもありそうですけど……。あとは恋人とか？　でも、小野宮と宍戸真美って小学生のときに数ヵ月遊んだだけですよね。そんな相手の罪をかぶろうとするものでしょうか」

「うん」と貴子はうなずいた。

思いを馳せている相手、忘れられない相手。それだけで殺人の罪までかぶろうとするだろうか。髪をかき乱したくなったが、なんとかこらえ、生え際をかく程度にした。

「で、宮原先生はどうしたいんですか？」

国友の問いに、「わからない」と正直に答えた。

犯してもいない罪を償わせることには抵抗があるし、罪を犯した人間を野放しにすることにも抵抗がある。しかし、それは体裁を整えるための正論にすぎない気がした。

「ほんとうのことを知りたいだけかもしれない」

そう言い添えた。

「でも、小野宮は罪を認めているし、宍戸真美がやったという証拠もない。かなりむずかしいですよね。しかも、宍戸真美の母親がM町の町長となると、慎重にいかざるを得ませんよね。それにもうひとつ」

国友が人差し指を立てる。

彼が言わんとすることを察し、貴子はうなずいた。

「動機、よね」

今度は国友がうなずく。

なぜ宍戸は山本若菜を殺したのか。

なぜ小野宮は亀田礼子を殺したのか。

「結局、ふりだしに戻るのよね」

ため息とともに吐き出した。

吉永ひとみから電話があったのはその日の夕方、クライアントとの打ち合わせを終え、事務所まであと百メートルというときだった。

「先生！」

悲鳴のような声だった。

どうしましたか？　と貴子が尋ねるより先に、「楠生が……」と聞こえた声ははっきりと震えていた。

浅い息づかいの背後から車の走り抜ける音が聞こえる。

「吉永さん。いま、どちらですか？」

「楠生との面会に行ったんです。でも、楠生、会ってくれなくて。これで三日連続なんです。私、どうしたらいいんでしょう」

三日連続、と貴子は胸の内で復唱した。

このあいだ吉永は、小野宮の態度が冷たくなったと言っていた。週刊スクープの記事について責めるようなことを言ってしまったからではないか、と。じゃあ、今回もなにかきっかけがあったのかもしれない。

「先生、私のなにがいけないんですか？　私、嫌われたんでしょうか？　楠生のためにこんなにがんばってるのに。楠生は先生に私のことをなんて言ってましたか？　早く自由になってひとみちゃんと一緒に暮らしたい、って言ってましたか？　ねえ、先生。私、楠生の気持ちがわからないんです」

「吉永さん、いまどちらにいるんですか？」

案の定、東京拘置所を出たところだという。

貴子は頭のなかに路線図を描き、「これから上野《うえの》で会いませんか?」と提案した。上野なら東京拘置所の最寄駅である小菅《こすげ》から一本で行けるし、貴子がいる新橋からでも十五分ほどだ。

貴子は出てきたばかりの駅へ向かって歩きだした。待ち合わせ場所を考えていると、「先生」と吉永が呼びかけた。

「宍戸真美って誰ですか?」

張りつめた声だった。

このあいだ吉永に、小野宮から宍戸真美という名前を聞いたことがないか確認したときは、心当たりがあるようなことを言っていた。それなのに、なぜ改まって聞くのだろう。

「吉永さん、このあいだは宍戸真美という名前を聞いたことがある気がすると言ってましたよね?」

呼吸する音がノイズのように聞こえるだけで返事はない。

嘘だったのだ。吉永は宍戸の存在を知らなかった。あのとき、聞いたことがあるような気がすると答えたのはプライドによるものか、それとも鎌をかけて貴子から情報を引き出そうとしたのだろうか。

「小野宮さんに直接聞いたんですね?」貴子は落ち着いた声を意識した。「その後、小野宮さんが面会を拒んでいるんですね？」

「宍戸真美って誰なのよ！」

吉永は金切り声をあげた。

「吉永さん、落ち着いてください。これから上野で会いましょう。とりあえず、えーと、そうですね、中央改札を出て右手にある翼の像の前にしましょう。いいですか、中央改札ですよ。十五分から二十分ほどで行けると思います。着いたら連絡しますので」

「宍戸真美って誰⁉　どうして楠生は答えてくれないの？　私に会ってくれないのはその女のせい？　もう楠生は私に会ってくれないの？」

吉永は完全に取り乱していた。

宍戸が山本若菜を殺した可能性があることも、それを小野宮がかばっていると考えられることも、なんの証拠もない段階で吉永に告げることはできない。

「ちがいますよ。その女性は吉永さんが想像しているような人ではありません。小野宮さんとおつきあいがあるわけでもありませんから」

吉永を落ち着かせるための言葉を繕った。

「嘘よ！　だって、その女のことを聞いたら、楠生、私のことを睨みつけたのよ。なにも言わずに席を立ったのよ」

「上野でお会いしたときに説明しますから」

「その女、楠生とどんな関係なのよ！　どうして楠生は私に会ってくれなくなったのよ！」

「証人ですから」

そう言えば吉永も納得する気がした。

「え？」と返事があるまで数秒かかった。

「小野宮さんの情状酌量を求めるための証人をお願いしている女性です」

「……証人」

悪夢から醒めたばかりで、いまいる場所がわからないような声だった。

「宍戸さんという方は、小野宮さんが子供の頃に父親に監禁されていたことを知っているんです。ですから、裁判での証人をお願いしたいと思っているだけです」

証人、と吉永は繰り返した。

「楠生が監禁されていたことを知っている女性？」

文字を読み上げるような口調だ。

「そうです」

「だから、証人？」

「そうです。小野宮さんの量刑を少しでも軽くするためです」

沈黙が続いた。呼吸する音も聞こえない。

「吉永さん？」

「はい」

返ってきたのは落ち着いた、しかし消耗し切った声だった。

「吉永さんだって小野宮さんの刑が少しでも軽くなったほうがいいですよね」

「はい」

「これから上野で会いましょう。ちゃんとご説明しますから」

「いえ、いいんです。それならいいんです」

「吉永さん」

「すみません。大丈夫です。私、これから仕事に行かなくちゃならないので」

すみません、と力なく繰り返し、吉永は通話を終えた。

貴子は、胸の深いところから息を吐いた。

宍戸は証人にはならないと断言している。じゃあ、面会はどうだろう。

宍戸は小野宮に会うだろうか。

いや、このままでは会わない気がする。

彼女は、黄色いハンカチが証拠にならないことを知っているだろうし、小野宮との面会で致命的な失言をしてしまうことを危惧しているだろう。小野宮に面会するのとしないのとではどちらが安全かを天秤にかけ、結局は会わないほうを選ぶのではないか。

このままでは弱い。もうひと押し必要だ。

なんとしても彼女を小野宮に会わせなければならない。ふたりを対面させることで、真実へとつながる堅牢《けんろう》な扉を開けるチャンスが生まれる気がした。

宍戸真美　33歳

そうか、あのとき、母を殺して、と言えばよかったのか――。

閃光《せんこう》のように生まれたその考えに、私は呼吸を忘れた。

十年前、突然、私の前に現れ、「殺してほしいやつはいないか？」と聞いた彼に、「母を殺して」と言っていればこんなことにはならなかったのだ。

そう思ったのを見透かしたように母がぎろっと私を睨みつけ、心臓が止まりそうになった。

「なんでそんなつまらなそうな顔してるのよ。あんたのせいでせっかくの食事がまずくなるじゃない」

私は慌てて笑顔をつくり、「えっ、そう？　ごめん。つまらなくないわ。すごく楽しい」と言葉を繕った。

母は赤ワインの入ったグラスに手を伸ばし、うんざりしたようにため息をつく。

「そういう言い方がわざとらしくていやらしいのよ。ああ、やだやだ。ひさしぶりの東京なのに、またあんたのせいで台無しになるじゃない。私はあんたとちがって、気楽な会社勤めじゃないんだから、たまの休みくらい楽しませてよ」

「あ、うん。ごめんね。仕事はどう？　忙しいの？」

はーっ、と今度はテーブルに叩きつけるようなため息が返ってきて、私はまた自分が失敗してしまったことに気づいた。

母はナプキンでくちびるをぬぐい、「忙しいに決まってるじゃない」と苛立った声を放った。

「しょせん田舎の町長だってバカにしてるんじゃないの？　たいした仕事をしてないと思ってるんでしょう？」

「そんなことない」

「じゃあ、どうしてわざわざ、忙しいの？　なんて聞き方するのよ。まるで普段は忙しくないみたいじゃない」

心臓が早鐘を打ち、毛穴から酸素が抜けていくように息苦しい。どうしよう、と自分の声が頭のなかで響いている。なにを言えば母が笑ってくれるのか、なんて答えれば母を怒らせずにすむのか。適切な言葉を見つけようとすればするほど、からっぽの箱を必死にかき混ぜている感覚になった。

視界のすみに影が現れ、目を上げるとウェイターだった。テーブルに料理を置き、上品な笑みを浮かべて食材の説明をしている。ウェイターの声は私の耳を素通りしたが、彼につられて笑顔になった母が興味深そうに相づちを打つのを見て、救世主が現れたように感じた。

銀座の小路にあるこのイタリアンレストランは同僚から教えてもらった店だ。前回、母が来たときに連れていった中華料理店は、「油がくどい」と気に入ってもらえなかったから今回はしくじるわけにはいかなかった。事前に同僚を誘って下見をしていたが、それでも店を出るまでは安心できない。

「まあまあね」

肉料理を咀嚼《そしゃく》しながら母がつぶやいた。

「うん。悪くないわ」

満足そうにつけ足し、私を見て少し笑ってくれた。

安堵とともに、母に認められた気がして体の芯がほろりとほどけた。

いちばん大切なのは人に認められることだ——。

母からはいろんなことを教わったが、私のなかにどっしりと居座っているのはこの教えだ。人に認められなければ価値がない。人に認められなければ生きる資格がない。

子供のときは私に向けられた言葉だと思っていたが、そうではなく、母が自分自身に言い聞かせていたのだといまならわかる。

すごいなあ、いいなあ、ああなりたいなあ、って思われなさい。そのためには誰の目にも、幸せに見えるようにしなさい。母はよくそう言った。

母が言うようにできなかったらどうしよう。がっかりさせたらどうしよう。嫌われたらどうしよう。子供の頃もいまも、私はいつも「どうしよう」と思いながら、母の顔色をうかがって暮らしている。

きっと母も祖母に対しては、私と同じだったのだろう。

M町は、線路で二分されている町だ。駅を挟んで北側はお金持ちの町で、私たちが暮らしていた団地がある南側は労働者の町だといわれていた。

建設会社を経営していた祖母はM町の有力者で、町長とも懇意にしていた。ふたりの息子を自分の会社で働かせ、近所に長男一家を住まわせていたが、次男一家である私たちのことは町の反対側の団地に追いやった。それはまわりまわって「あんたのせい」なのだと、私は小さな頃から母に言われ続けた。

両親が東京からM町に引っ越したのは父が心を病んだためで、そのとき母のお腹には私がいた。

あんたさえいなければ、いまも東京で暮らしていたのに。あんたさえいなければ、あのバアにいじめられなくてよかったのに。あんたさえいなければ、こんな田舎に来ることはなかったのに。

祖母にきつく当たられるたび母は泣きながら私をなじり、私は母につらい思いをさせる祖母に激しい憎しみを覚えた。

母は負けず嫌いで忍耐強く、処世術に長《た》けていた。どんなにひどい仕打ちを受けても、私の前で「死ねばいいのに」「くそババア」などと罵《ののし》るだけで、祖母にはけっして逆らわなかったし、父に文句を言うこともなかった。いつか認めさせてやる、という強い気持ちを持ち続けたのだろう。

「真美!」と、母が学校から帰った私を満面の笑みで迎えたのは、小学四年生になってすぐのことだった。

「お祖母《ばあ》ちゃんがね、お母さんに会社の仕事を手伝ってほしいんだって。お母さん、今日お願いされちゃった」

「すごいね!」

私は条件反射で答えた。母が喜んでいるとき、とりあえずこの言葉を返しておけばまちがいなかった。

「真美のおかげかも」母は両手で私の頰を挟んだ。「お祖母ちゃん、真美の手紙に感心してたわ。あんたもちゃんと教育してるんだね、ってお祖母ちゃんが認めてくれたの」

真美のおかげ——。そこだけがきらきらと輝きながら私の胸に染みていった。お母さんが認めてくれた、と腹の底から歓びが突き上げ、踊りだしたい気持ちになった。

私は週に一度、祖母に手紙を出すようにしていた。父から教えてもらった算数がきっかけだった。学校ではまだ習っていないプラスとマイナスの計算式で、マイナスがあっても、プラスのほうが多ければ答えはプラスになることを知った。

それを自分に当てはめた。私はそそっかしいし、余計なことをぺらぺらしゃべってしまうことがある。けれど、人から褒められ、認められることが多ければ多いほど、少しくらいの失敗は帳消しになるのではないか。そう考えたとき、祖母に手紙を書くことを思いついた。祖母に認められれば、母にも認めてもらえるにちがいない。私は毎週日曜日の夜に、その週にあった出来事に祖母を気遣う言葉を足し、手紙を出すようにした。

けれど、結局、作戦はうまくいかなかった。

祖母の会社を手伝うようになってから、母の苛立ちと不満はさらに激しくなった。あの頃の私は母にとって、祖母の悪口とストレスを投げ込む穴のような存在だったのかもしれない。

「あいつ、今日、私のことを役立たずって言ったのよ。私はちゃんと仕事をしてるのに、どうしてそんなことを言われなきゃいけないわけ？　しょせん田舎の小金持ちの年寄りのくせにえらそうに。とっとと死ねばいいのよ」

「ほんと！　お祖母ちゃんなんて死んじゃえばいいのに！　どうせ死ぬならうんと苦しんで死ねばいいのに！」

私はどんなことがあってもお母さんの味方だよ。そう伝えたくて言ったことだった。それなのに、母は私の頬を平手打ちした。

「なんてこと言うの！」

目をつり上げ、顔を真っ赤にして母は怒鳴り、もう一度、私の頬を打った。

母にぶたれたのははじめてだった。なにが起こったのか混乱し、頭のなかが真っ白になった。

「誰かに聞かれたらどうするのよ！　あんたはどんなときでもいい子でいなきゃならないの！　そうじゃないと私がバカにされるのよ！」

そうまくしたてた母は、片頬を押さえた私がはじめて目に入ったかのようにはっとした。

母の手が再び動き、またぶたれると私は身構えた。

気がつくと、きつく抱きしめられていた。

「ごめんね、真美。お母さん、ひどいことしちゃったね。ごめんね、許してね」

頭上から細く震える声がし、母の胸もとに押しつけられた額が湿り気を帯びていった。母は私の髪をやさしく撫で、「ごめんね、ごめんね」と繰り返す。母の胸のなかは暖かくてやわらかくて、自分が宝物になった心地がした。こんなふうに抱きしめてくれるのなら何回ぶたれてもいいと思った。

「お母さんがんばる。だから、真美もがんばって。お父さんは病気だから、私たちががんばらないといけないの」

その頃、父は入退院を繰り返していた。入院していないときは祖母の会社に通勤はしていたが、お情けで給料をもらっているにすぎないことに私は勘づいていた。

「絶対に舞《まい》と卓也《たくや》には負けちゃだめよ」

母の声音が引き締まった。

ふたりは私の従姉弟《いとこ》だったが、年上だし校区もちがうため、顔を合わせるのは祖母の家に行ったときだけだった。

「ううん、ふたりだけじゃない。誰にも負けちゃだめ。M町の田舎者なんかにバカにされてたまるもんですか。いい？　ちゃんと勉強していい成績を取りなさい。誰からも好かれるようにしなさい。あんたは、誰よりもいい子でかわいくて賢くないとだめなのよ。わかった？」

髪を撫でてくれる手のあまやかさにうっとりしながら、「わかった」と私は答えた。けれど、ひと晩寝たら魔法が解けてしまった。お母さんの言ったとおりにできなかったらどうしよう。洪水のように押し寄せてくる「どうしよう」に私は溺れそうになった。

そんなとき、彼と出会った。

自転車の鍵を失くし、ひとりで探しに出た夜だった。

宮原という弁護士には、彼を助けられずに後悔していると言ったが、あのときの私に彼を助けようという気持ちなどこれっぽっちもなかった。私は、彼と彼の部屋を手放したくなかったのだ。

誰にも知られることのない場所。ここにいないはずの少年。幽霊の国。幽霊の子。

彼にとって地獄だったあの場所は、私にとっては逃げ場であり隠れ家だった。彼の部屋に行くと、私も彼のように存在しない人になれた。幽霊だからなにをしてもよかったし、なにを言ってもよかった。絶対に口にできない、けれど思い切り叫びたい「お祖母ちゃんなんか死ねばいいのに」という言葉もためらいなく口にできた。私から放たれる罵詈雑言《ばりぞうごん》はしだいにエスカレートしていった。私は言葉で祖母を何十回も殺し、祖母のお屋敷に火をつけた。伯父一家を皆殺しにした。ついでに彼を虐待している父親も川底に突き落としてやった。M町をまるごと焼き尽くしたりダム底に沈めたりしながら、自分が描いた地獄絵図に、あははは！と笑い声をあげた。頭のなかで人を殺しているときだけ、すっきりとした気持ちになれた。

あのとき彼はどんな顔をして私を見ていただろう。無表情だったのか、驚いていたのか、それともうらやましそうだったのか。顔は思い出せなくても、私の言葉を無条件で受け入れてくれた静かな気配は覚えている。

彼が餓死寸前で発見されたと知ったとき、私は隠していた宝物を取り上げられたような理不尽さを感じた。彼の父親が用水路で溺死さえしなければ、あの場所も彼も見つからなかったのに。そう思い、死んだ父親を恨みさえした。けれど、彼の今後を案じる気持ちはわずかながらも湧かなかった。

それからまもなく団地が取り壊されることになり、私たち家族は祖母の家の敷地に建ててもらった離れに引っ越すことになった。

母は、祖母に認められたと言ってはしゃいだ。

「お祖母ちゃん、私のことを顔だけの女なんて言ってバカにしてたけど、そうじゃないってやっとわかったみたいね。真美、これからもっともっとがんばろうね。向こうに行ったら、いまよりも舞と卓也と比べられるんだから、絶対に負けちゃだめよ。真美がいちばんだって見せつけてやりなさい。真美ちゃんはいいなあ、すごいなあ、って思わせてやりなさい」

もっともっとがんばろうね――。

母の言葉に、先が見えない真っ暗な道にひとりで立っている気持ちになった。ゴールはどこにあるのだろう。どこまでやれば、もう十分だと言ってもらえるのだろう。

「なによ、その仏頂面」母の声が尖る。「どうしてそんな顔してるのよ」

あんたのせいで、と言われる前に、私は慌てて笑顔をつくった。

「お母さんのために、私、もっとがんばるからね！」

「そうよ。いつも幸せそうに笑ってなさい。私だって、お祖母ちゃんの前ではなにを言われても笑ってるのよ。女の子はね、頭がいいだけでもだめ、かわいいだけでもだめ。両方そろってないとみんなに認めてもらえないの」

私はみんなに認められなくてもいい。お母さんが認めてくれればそれでいい。そう伝えよう、と激しい衝動が突き上げた。私は母に、自分の正直な気持ちを伝えたことがなかった。けれど、母のほうが早かった。

「あんたがいい子だと、私が認めてもらえるのよ」

喉もとで固まった言葉はいつまでたってもしこりのようにそこに残った。

ふうん、とリビングを見まわし、母が声を漏らした。アルコールのにおいをさせているが、酔っ払ってはいない。

母はアルコールが入るほど機嫌が良くなることが多いため、イタリアンレストランでどんどんワインをすすめたが、赤ワイン一本しか飲ませることができなかった。

「前に来たときと同じね」

その言葉が褒めているのか文句を言っているのか、それともただの感想にすぎないのか判断できず、みぞおちのあたりからコントロールできない焦りが這い上がってきた。

「模様替えしたいんだけど、忙しくてなかなかできないの。クッションカバー、青いままだから寒々しく感じない？　暖かみのある色に変えておけばよかったね」

言い終わってから、しまった、と思った。

自分だけが忙しいと思ってるの？　私のほうが何倍も忙しいのよ。模様替えくらいいつでもできるでしょ。

母に投げつけられるかもしれない言葉が頭のなかを駆け巡り、神経がきゅっと引き締まる。母はコートを脱いでソファに放ると、「シャワーを浴びてくるわ」と浴室へ向かった。母のコートをハンガーにかけながら、私はそっと安堵の息をついた。

2LDKのこの部屋はひとり暮らしには広すぎるし、家賃は給料の三分の一を大きく超えている。年に二、三回泊まりにくる母が希望した間取りだった。娘のマンションよりホテルに泊まることの多い母だが、「東京に行ったときは、いつも娘のマンションに泊まって女子トークをしています」とにこやかに答えているインタビュー記事を読んだことがある。私の部屋は母にとって、庶民的な性格と理想の母親であることをアピールするために必要な場所なのだろう。

母は、あんなに嫌っていたM町からけっして離れようとしなかった。祖母が肺炎で死に、その四年後、父が酒気帯び運転の車にひかれて死んでからも、まるで自分がかけた呪いに取り込まれたように、呪いを成就しようとするようにM町に居続けた。父が死んだとき、母はすでに建設会社の代表取締役になっていた。仕事以外にも町の会合に出たりなにかの役員になったりし、町議会議員を二期務めたのち町長の座を手に入れた。

母がM町に残ったのは、そこを出たらまた一からやり直さなければならないことも、誰からも認めてもらえないことも知っていたからだろう。

――すごいなあ、いいなあ、ああなりたいなあ。

母は、私ではなく自分がそう言われることを渇望したのだ。

シャワーの音が聞こえはじめたのを確認し、ベランダに出た。

ほてった頬を冷たい風がかすめていく。大きく息を吸い込み、ゆっくりと吐き出す。ひさしぶりに飲んだワインで体の表面は熱を帯びているのに、内側はしんと冷えている。

ベランダの手すりには黄色いハンカチが一枚だけかけてある。このハンカチが私を守ってくれるような気がして、どうしてもはずすことができないでいた。

どうして私はいつも余計なことをしゃべってしまうのだろう。子供の頃からそうだ。なにも言わないほうがいいとわかっていても、焦ると理性が吹き飛び、言葉が勝手にあふれ出してしまう。

あの弁護士にも、彼のことはなにも言わないほうがよかったのだ。同じ団地に住んでいたみたいですが、見たことも話をしたこともありません、と答えればよかったのだ。

山本若菜のこともそうだ。事件当日、彼女に会ったことは黙っていればよかったのだ。それなのに、弁護士や警察がなにかつかんでいるのではないかと勘ぐり、パニックになってしまった。真実を隠すためには、ある程度の真実を告げたほうがいいと計算したが、それが裏目に出てしまったのだろう。

――あなたが山本さんを殺したんですか？

弁護士の声が片時も頭から離れない。

私はベランダの下をそっとのぞいた。あの弁護士が私を見張っているような気がしたが、街路灯が照らす舗道に人の姿はなかった。

弁護士はどこまで知っているのだろう。私は逮捕されるのだろうか。

そう考えたら、いまにもインターホンが鳴り、大勢の警察官が怒声をあげながら部屋に上がり込み、私を取り囲むような気がしてベランダから飛び降りたくなった。もしそんなことになれば、母は絶対に私を許さないだろう。

――小野宮君、私のことを恨んでいるんだと思います。

弁護士に告げた言葉を思い出す。

嘘ではない。ほんとうに彼は私を恨んでいるのだと思った。途中までは。

団地の一室で餓死寸前のところを発見された彼と再び会ったのは、中学三年生のときだった。当時、私はM町を離れていたが、祖母が肺炎で急死したため、葬儀のために帰省した。祖母が死んだという知らせを受けたとき、いまさら、と笑いたくなった。どうせならもっと早く死んでくれればよかったのに、私がM町を離れた途端あっけなく逝くなんて嫌がらせのようなタイミングだと思った。

彼を見たのは通夜が終わり、葬儀場だった公民館を出たときだ。敷地の入口に、黒いコートを着た男が立っていた。参列者が帰っていくなか、微動だにせずこちらに顔を向けているその男はひどく目についた。

あいつだ、と私は身の危険を感じた。

帰省する途中、私は見知らぬ男につきまとわれた。交番に駆け込み、男は身柄を拘束されたが、逃げ出したらしく大騒ぎになっていた。その男がやってきたのだと思った。

外灯のあかりと降り積もった雪が、男の左目の下のほくろをはっきりと映し出していた。

ちがう、あのときの男の子だ、と私は気づいた。

彼の視線は貫くように鋭く、けれど粘り気があって、まるで私をからめとろうとするようだった。仕返しにきたんだ、と新たな恐怖を感じた。彼を利用し、見捨てた私を恨んでいるのだと思った。

視線が交わったのは五、六秒だったと思う。警察官が私を保護するためにやってきた。促されるままパトカーに乗り込み、後部座席から振り返ると彼は仁王立ちになって走り去る車を見つめていた。

それきりになると思っていた彼が大人の姿になって現れたのは、社会人になって二年目の二十三歳のときだった。

はじめに感じたのは、誰かに見られている気配だった。やがてそれはつけられているという確信に変わり、振り返るといつも同じ男がいて、それが彼だと気づくまでにそれほどかからなかった。彼の執拗《しつよう》さに私は恐怖を覚えた。十年以上前のことをいまも恨み続けていることにも、私の居場所を探し出したことにも、無言でつけまわすことにも、彼が正気だとは思えなかった。

警察に相談することも考えたが、母に知られてしまう気がしてできなかった。祖母の葬儀で帰省したとき、見知らぬ男につきまとわれ警察沙汰を起こしてしまった私に、「あんたが隙を見せるからでしょう。警察が来るなんて、あんたのせいでお祖母ちゃんのお通夜が台無しになったじゃない」と母は怒った。そのときのことを思い出し、私は彼と対峙することを決めた。

買い物客でにぎわう商店街だった。私は立ち止まり、振り返った。

彼は一瞬、驚いたように動きを止めたが、私が待っていることに気づくとゆっくりと近づいてきた。彼のくちびるがゆがみ、痛みをこらえるような顔になった。かと思うと、ゆがんだくちびるの端がきゅっとつり上がり軽薄な笑顔が現れ、すぐに真顔に変わり、次の瞬間には淡いほほえみが浮かんだ。わずか十歩ほどのあいだで、彼の表情はめまぐるしく変化し、私の前で立ち止まったときには記憶のなかの痩せっぽっちの弱々しい少年と重なった。

あやまろうと思った。あのときは見捨ててごめんなさい、あなたを助けられなくてごめんなさい、と。それで彼がつきまといをやめるとは思えなかったが、少しは憎しみをやわらげることができるのではないかと考えた。

口を開きかけた私を、彼は思いつめた目で見つめていた。

「殺してほしいやつはいないか?」

私より先に彼が言った。

明瞭に聞こえたのに、なにを言われたのか理解できなかった。

「殺してほしいやつがいたら俺が殺してやる」

彼の言葉には現実感がなかった。それなのに私の頭には、私を目の敵にする先輩や悪口を言いふらす同僚、取引先の意地悪な担当者、通勤電車で私の尻を撫でまわした男などが次々と現れた。死ねばいいのにとは思うが、自分の手を汚すまでもない人たち。でも……。

いつか本気で殺したい人ができるかもしれない――。

まるで天から大きなものが落ちてきたようにそう思った。

幽霊の国。幽霊の少年。あの場所で祖母を筆頭にたくさんの人間を無慈悲に殺し、罪悪感のかけらも抱かず高笑いしたことを思い出していた。

「本気?」

気がつくとそう聞いていた。

彼は私から目をそらさず、とうに覚悟を決めているように力強くうなずいた。

タイムセールを知らせるチャイムが鳴り響き、私ははっとした。商店街のざわめきが戻り、行き交う人たちが視界を流れていく。誰かに聞かれていたらどうしよう、と急に怖くなった。

「そんな人、いるわけないじゃない」

私は笑いながら言った。M町にいる母にも届くようにさらに声を張りあげる。

「私、嫌いな人なんていないもの。みんなのことが好きだもの」

彼は二、三秒考える表情になり、「じゃあ」と口を開いた。

「助けてほしいことはないか？　なんでもしてやる」

彼が本気で言っているのがわかった。

しかし、なぜ私につきまとい、私の力になろうとするのかがわからなかった。

「どうして？」と聞いたが、彼は答えない。そんなことはわかっているだろうと言いたげに、揺らぎのないまなざしを向けてくる。

やはりこの人は正気を失ってしまったのだと思った。子供の頃のつらい出来事のせいで精神が壊れてしまったのかもしれない。

私は彼を刺激しないようにほほえみかけ、「ありがとう」と言った。

まるで許しの言葉を得たように、彼の瞳が少しだけゆるんだのが感じられた。

「ほんとうにありがとう。でも、いまは大丈夫だから」

そう言って立ち去ろうとした私を彼が引きとめた。

「黄色いハンカチ」

「え？」

「そのときは黄色いハンカチを見せろ」

黄色いハンカチ、と私は声にはしないでつぶやいた。それが、鬼まつりの日に観た映画から来ていることに気づいたのはアパートに帰ってからだった。

「いつも見てるから」

歩きだした私を彼の声が追いかけてきた。

その日以来、ほんとうに彼はいつも私を見ていた。声をかけることはなく、一定の距離を保ったまま。とても静かな佇まいだった。そのうち、いつもそこにいる彼を私にしか見えない幽霊のように感じるようになった。彼は団地の一室に閉じ込められた少年のままなのではないか。私の罵詈雑言を受け入れてくれる害のない存在のままなのではないか。そう思うと、彼への恐怖心が薄れていった。


「なにしてるのよ」

背後からの声に、びくっと体が跳ねた。とっさに母の目から黄色いハンカチを隠そうとしたが、そんな必要はないのだとすぐに思い直した。挙動不審になったのではないかと母をうかがったが、気がつかなかったらしい。

「風邪ひくわよ」

「あ、ごめん」

反射的にあやまると、母は少し笑った。

「別にあやまることないわよ。風邪ひくわよ、って心配してるだけなんだから」

そう言って背を向けた。

リビングに戻ると、ルームウエアを着た母はソファに座ってかかとのケアをしていた。金色の瓶に入ったフェイスクリームは、私が勤める化粧品メーカーの高級ラインで三万円以上する。母は二本の指でクリームをたっぷりすくい取り、惜しげもなくかかとに塗り込んでいく。私の視線に気づくと目を上げ、「香りが良くない」と文句を言った。

「あ、ごめんね」

「あんたのところの化粧品って、みんな香りが安っぽいのよね」

母はテレビのリモコンを手に取り、ニュース番組にチャンネルを合わせた。山本若菜の事件が報じられたらどうしよう、と頭から足先に緊張が走った。

週刊スクープの記事が話題になったとき、母は私に電話をかけてよこし、「クズ男って、団地で見つかったあのときの子だったのね。クズ男のせいでM町のイメージが悪くなったら嫌だわあ。ただでさえ、鬼まつりで怪我人が出てイメージダウンしたばかりなのに」と文句を言った。

そんな母に、私と彼の関係を知られるわけにはいかない。

「お母さん、なにか飲む？」

緊張を悟られないために明るい声を出した。

「そうね。赤ワインをもう少し飲もうかな」

私はグラスになみなみとワインをつぎ、母の前に置いた。

ニュース番組はストーカー殺人の犯人が逮捕されたことを報じていた。十九歳の女子大生に一方的につきまとい、部屋に押し入って刺殺したのは四十四歳の無職の男だった。

「あんたは大丈夫なんでしょうね」

母が横目で睨みつけた。

「えっ、なにが？」

一瞬、彼の存在を知られているのではないかと呼吸が浅くなる。

「あんたが変な男とつきあったり結婚したりしたら、私の評価まで下がるんだからね。そうなる前に、まずどんな男か私に報告してちょうだいよ」

「うん。わかってる」

「つきあってる人はいないんでしょうね」

「いないわ」

ほんとうだった。私にはこれまで恋人らしい相手ができたことはなかった。

「やだ。まだいないの？　いい歳して困っちゃうわねえ」

呆れた声と表情は演技によるものだ。まったく情けないわねえ、と母はため息混じりにつぶやき、「あんたより私のほうがもてたりして」と、くちびるの端でにやついた。

その女っぽさを滲ませた自慢げな笑みに、「浮気」という単語が頭のなかにぱっと現れた。

――真美ちゃんのお母さんが昔、浮気してるところを見たっていう人がいるの。

受話器越しに若菜がそう言ったとき、思い出した出来事があった。

あれは、彼のベランダに白い紐が結ばれない日が続き、焦《じ》れて部屋の前まで行ったときのことだ。こっそりドアを開けてみようか、インターホンを鳴らしてみようか、いや、やっぱりこのまま回れ右をして帰ろうか。そんなことを考えていたら、いきなりドアが開いた。

部屋から出てきたのは化粧の濃い女の人だった。

「なに、あんた。なんか用？」

私は急いで首を横に振った。

「あんた、どこの子さ」

威圧的な口調に、「宍戸真美です」と私はとっさに答えていた。

「宍戸？」と確認した女はとっておきの意地悪を思いついたように笑い、首を伸ばして私をのぞき込んだ。

「あんたの母ちゃん、いやらしい女だよね。私、知ってるんだから」

「え？」

「今度、母ちゃんに聞いてみな。ねえ、お母さん、お父さん以外の男ともやってるの？ってさ」

そう言うと、ヒステリックな笑い声をたてた。

くちびると爪を赤くした女が魔女のように見え、私は逃げるように駆け出したのだった。

やっぱり女性誌のインタビューなど受けなければよかったのだ。

上司からの指示だった。二年前に異動してきた彼女は当初、私に厳しく当たったが、最近やっと「宍戸さんはいつも笑顔でがんばっている」と認めてくれるようになった。考えるよりも先に、「声をかけていただいて光栄です。ありがとうございます」と私は答えていた。

母には女性誌に記事が掲載されたことは隠している。二、三十代向けの雑誌だから母の目にとまることはないと考えた。もし記事を読まれたら、調子にのって何様のつもり？　と非難されるだろう。私が子供の頃は人に認められることの大切さをあんなに説いた母だったが、町議会議員になったあたりからあらゆる場面で私が劣位になることを望むようになった。

「じゃあ、私はそろそろ寝るわ」

母がソファから立ち上がりかけた。

「あ、待って。お母さん」

私は収納棚から紙袋を取り出し、母に渡した。

「なによ、この汚い袋」

古びた紙袋には、私の知らない会社のロゴが印刷されている。

「お母さん、来年選挙でしょう。これ役立ててほしいと思って」

母は紙袋をのぞき、「あらっ」と弾んだ声をあげた。なかには、輪ゴムで留めた百万円の束が三十二個入っている。

「けっこう貯めたじゃないの。あんた、まさかこれ、まずいお金ってことはないでしょうね」

「ちがうわよ。半分は貯金で、半分は投資で稼いだの」

「ほんとにくれるの？」

「うん。よかったら使って」

「いままで育ててもらったお礼のつもり？」

母はにやりと笑ってから、

「それにしても、汚いお札ね。知ってる？　こういうときはピン札にするのがマナーなのよ」

バカにする声音で言った。

あのとき彼に、母を殺して、と言わなかったことを私は心の底から後悔した。

「じゃあ、ほんとに寝るわね」

母が寝室のドアを開けかけ、振り返る。「ありがとね」と紙袋を掲げ、目を細めて笑った。

胸が絞られるようにあまく痛み、涙に似た成分の水が体いっぱいに満ちていく。赤ん坊になって母にすがりつきたい衝動が突き上げた。

翌日、東京駅まで母を見送りに行った。

母を乗せた新幹線が動きだすと、「宍戸さん」と背後から声がかかり、一瞬、心臓が動きを止めた。振り返らなくてもあの弁護士だとわかった。

不意打ちをくらいパニックに陥った。頭のなかで微小な虫がいっせいに騒ぎ立て、どう対処すればいいのか考えることができない。どうしよう、どうしよう、と自分の声が鳴り響く。

「宍戸さん」

もう一度声がかかったが、振り返ることができなかった。

私の前にまわりこんだ弁護士は穏やかな笑みを浮かべていた。

「いまの方がお母様ですね。M町の町長ですよね」

この弁護士は私をつけていたのだとやっと思い至った。

いつからだろう。今日、マンションを出たときからだろうか。まさか、何日も前からということはないだろうか。私はミスをしなかっただろうか。そう考えると、せり上がった心臓が喉のすぐ下で早鐘を打ちはじめた。

つけてたんですか？　と聞こうとしたが、思いとどまった。自分から口を開けば言ってはいけないことを口走ってしまう気がした。

「やはり小野宮さんの証人にはなっていただけないのでしょうか？」

感じのいい笑みと丁寧な物言いが不気味だ。なにより私をつけていたことに恐怖を覚えた。

長くしゃべると声が震えてしまいそうで、「はい」とだけ答えた。それなのに弁護士は、

「はい、というのは証人になってもいいということですか？」と聞いてきた。

「いいえ」

力を入れて発音した。

構内アナウンスと人のざわめきと電車の音がひとつの不快な音になって頭を締めつけてくる。こめかみが脈打ち、鼓膜の内側が痛い。

立ち去ろうとしたが、彼女のほうが早かった。

「お母様は知っているんですか？」

「え？」

私は弁護士に目をやった。

「私が宍戸さんに証人をお願いしていることをお母様に話しましたか？」

「まさか」

とっさに答えると、弁護士は不思議そうな表情をつくった。

「どうして、まさかなんですか？　宍戸さん、このあいだ証人になったらお母様の足を引っ張るとおっしゃってましたけど、そんなことはないと思いますよ。宍戸さんさえよければ、私からお母様にご説明しましょうか？」

「やめてください」

声がはっきりと震えたのを自覚した。

「証人にならないのはやましいことがあるからではないですか？」

このあいだ母が町長であることを告げ、これ以上つきまとわないように釘を刺したつもりだったが、刺したはずの釘を喉もとに突きつけられているようだった。血の気が引き、へその奥に力を入れていないと倒れてしまいそうだった。

「山本若菜さんが殺される三時間ほど前、あなたは近所のお店で黄色いハンカチを大量に買って、すぐにベランダにかけましたよね。そのあと、どうしました？」

「忘れました」

また声が震えた。

「じゃあ、私の考えをお話ししますね」

弁護士はにこやかなまま口調だけ強くした。

「あなたは、黄色いハンカチをベランダにかけたあと、山本若菜さんのアパートに行ったのではないですか？　そこでなにがあったのかはわかりません。でも、結果的にあなたは山本さんを殺してしまった。小野宮さんはあなたの罪をかぶるために、翌日の昼過ぎに山本さんのアパートに行って自分の指紋を残し、財布を盗んだ。それだけじゃありません。あなたは、小野宮さんに亀田礼子さんを殺すように頼んだのではないですか？」

言い終えた弁護士は、私の顔をじっくりと見つめた。まるで私の瞳にそのときの映像が流れているかのように。

とっさに弁護士から目をそらし、自分からなにも漏れ出さないように息をつめた。

「ところで」と弁護士が口調を軽くする。

「普段はあまり気にしませんけど、いろんなところに防犯カメラが設置されているのをご存じですか?」

え、と声が出そうになったのをかろうじてこらえた。

「防犯カメラを調べれば、あの夜、あなたが山本若菜さんのアパートに行ったことが証明されるかもしれませんね」

「でも」

思わず口をつき、しまったと思う。

「でも、なんですか?」

「もしそうだとしても、遊びに行っただけかもしれないじゃないですか」

しゃべらないほうがいいとわかっているのに、言葉が勝手にこぼれ出る。

「行ったんですか?」

「いいえ」

「行っていないんですね?」

「忘れました」

弁護士はふっと笑った。その笑顔はやさしく、まるで私を慰めるように見えた。

「忘れても大丈夫ですよ。防犯カメラを調べればわかることですから。仮に遊びに行っただけだとしても、裁判員はあなたを疑うでしょうね」

「私じゃありません！」

「じゃあ、どうして証人になっていただけないんですか？」

「母に知られたくないからです。宮原さんは、私の母がどんな人か知らないから母に説明するなどと簡単に言えるんです。母は、小野宮君のことをM町のイメージを悪くしたと言って怒っています。そんな人とかかわりがあることを知られるわけにはいきません」

「では、面会なら大丈夫ですよね？」

「え？」

「面会なら、お母様に知られることはありませんから。それでも小野宮さんに会えませんか？　会えないのは彼に罪をかぶせているからではありませんか？」

どうしよう、どうしよう、どうしよう。頭のなかで鳴り響く自分の声がどんどん大きくなっていく。もう少しで頭蓋を割って飛び出してきそうだ。

助けてくれる人はひとりしか浮かばない。彼はまた私を助けてくれるだろうか。

＊

東京拘置所の前でタクシーを降りた宍戸真美は視線を延ばし、ふっと息を吐いた。寒そうな仕草でベージュのコートの襟を合わせる。

「では、行きましょうか」

貴子が促すと、彼女は小さなうなずきで応えた。その横顔は青ざめて見えた。

宍戸から、小野宮楠生に面会してもいいと連絡が来たのは一昨日のことだ。

東京駅での脅しが効いたのだろう。

あのとき、防犯カメラを調べればわかることだと彼女に告げた。それは嘘ではない。検察に防犯カメラの解析を求めれば、事件当日、宍戸が山本若菜のアパートに行ったことがわかる可能性がある。しかし、いまの段階で検察が受け入れるとは考えられなかった。

彼女は小野宮に会うことで自分への疑念を晴らそうとしているのだろう。面会を断れば、貴子が強引な手段に出ると考えたのかもしれない。

貴子が描いた事件の真相は、宍戸が山本若菜を殺し、小野宮は宍戸に頼まれたか、あるいはなんらかの意図をもって亀田礼子を殺したというものだった。ただ、どちらの事件も肝心の動機がまるで見えないのだった。

宍戸と小野宮が対峙すれば、見えてくるものがあるのではないかと期待した。たとえきっかけが微弱な震えであっても、ふたりのあいだで共鳴もしくはノイズが発生することで、真実を覆い隠す嘘にひびが入るのではないか。アクションを起こすのは、宍戸のほうだという気がした。自分の罪をかぶろうとする男を目の当たりにした瞬間、制御がはずれる感情があるはずだ。貴子はそんな予感を抱いていた。

手続きを済ませ、待合室で番号が呼ばれるのを待つ。今日が真実を解き明かす最後のチャンスになるような気がしていた。

宍戸は言葉を発しない。くちびるを引き締め、宙の一点を見つめている。膝の上に置いた手は、片方がこぶしをつくり、もう片方でこぶしを隠すようにしている。

番号を呼ばれ、「宍戸さん」とだけ声をかけると、彼女は表情を変えずにすっと立ち上がった。

エレベータを降り、指定された面会室に向かう。宍戸の履くパンプスの音が響く。

面会室に入る直前、宍戸はくちびるをきゅっと横に引き、大きく息を吸い、吐き出した。

アクリル板の向こうに現れた小野宮は、いつものようにほほえみの仮面を張りつけていた。が、黒い瞳が宍戸を捉え、固まった。すぐに彼女から視線をはずし、貴子を鋭く睨みつける。

小野宮の一連の変化はほんの一瞬のことで、アクリル板の前に座ったときには最初のほほえみに戻り、「貴子ちゃーん。会いたかったよ」とおどけた。

小野宮は痩せたようだった。頬の肉がそげ落ち、頬骨の下に影ができている。散髪をしていないのだろう、伸びた前髪の分け目から片方の目だけがのぞいている。

「体調はどう？」

「普通」

どうでもよさそうに答えた彼は、宍戸が目に入らないようにふるまった。

「困っていることは？」

「ないよ」

「こちらの女性を知っているでしょう」

貴子は左隣の宍戸に顔を向けた。

宍戸はくちびるを横に引いたままで、こわばった頬が痙攣《けいれん》していた。

貴子は彼女の変化を待った。自分のために罪をかぶった男。自分を守ろうとする男。この先おそらく何十年も自由になれない男。このまま小野宮を見捨てることができるだろうか。

宍戸が小さく身じろぎした。一度視線を落としてから、思い切ったように目を上げた。

「ごめんなさい！」

思いがけず大きな声だった。

小野宮の瞳が揺らぐ。仮面の合わせ目から無防備な子供の表情がのぞき、それを閉じ込めるようにくちびるをいびつにつり上げ、わざとらしく首をかしげた。

「私、この弁護士さんに全部言いました。子供のとき、あなたの部屋に何度も遊びに行ったこと。お父さんに監禁されているのを知っていながら放っておいたこと。あなたが私のストーカーだったことも全部言ってしまいました。ごめんなさい。子供のときのこともごめんなさい」

ひと息で告げると、小さくしゃくりあげ、両手で顔を覆ってうつむいた。ほんとうにごめ……。こもった声が途切れ、嗚咽に変わった。

静寂が降りてきた。宍戸の嗚咽が空気を震わせ、静けさのなかに吸い込まれていく。

貴子は息をつめ、続く言葉を待った。しかし、宍戸は嗚咽するばかりでなにも言おうとはしない。

それだけなのか？　貴子の背中に冷たいものが走った。

もっとほかに言うべきことがあるのではないか？　このまま小野宮に罪をかぶせるつもりなのか？　彼を見捨てるつもりなのか？

小野宮は宍戸を見つめている。彼女が放った言葉と彼女の涙の意味を読み解こうとするような深いまなざしだ。

貴子はアクリル板越しの小野宮を見つめた。彼の瞳に表れるどんな感情も見逃さないようまばたきを止める。悲しみ、衝撃、怒り、当惑。なんでもいい。真実を吐き出す激しい感情の訪れを待ち望んだ。

視界の左端に、宍戸がハンカチを取り出して涙をぬぐうのが見えた。

いきなり小野宮が立ち上がった。

山本若菜を殺したのはこの女だ――。

小野宮がそう告げることを貴子は心の底から念じた。

しかし、彼は無言のまま背を向けた。そのままアクリル板から離れていく。

「小野宮さん？」

貴子が声をかけると振り返った。意地悪そうな笑みを張りつけている。

「俺はふたりの女を殺したけどさ、誰を殺そうと俺の自由だろ。貴子ちゃん、あんたクビ。俺、やっぱりババアは無理だわ」

「小野宮さん、ちょっと待って」

貴子の呼びかけを、彼は背中でブロックした。が、ドアの手前で思い直したように立ち止まり、首をひねってこちらを向いた。その目は宍戸を捉えていた。

宍戸も彼を見つめている。目と鼻の頭を赤くし、わずかに開いたくちびるは小さく震えている。

ふたりは数秒のあいだ黙って見つめ合っていた。

「イエーイ」

小野宮は奇声をあげると、両手でピースサインをつくった。つぼみが一気にほころぶような笑みになる。

その姿に、貴子は息をのんだ。まるで送検時の光景が再現されているようだった。

ドアの前に立つ小野宮は発光しているように見えた。薄灰色の面会室で、彼だけが鮮やかだった。

満面の笑みのまま彼はドアの向こうへと消えた。

貴子はしばらく動くことも、声を出すこともできなかった。これまで積み上げてきたものが崩れ落ち、いまの自分をまるごと否定された感覚に襲われた。自分の芯となるものがあっけなく折れたようでもあった。

「いいんですか？」

小野宮が消えたドアを見つめたまま宍戸に聞いた。

「なにがですか？」

冷たい声が返ってきた。

「このままでほんとうにいいんですか？」

改めてそう聞いたとき、宍戸はもう立ち上がっていた。

「私、半休しか取ってないので、一時までに会社に行かなくちゃいけないんです」

それきり東京拘置所を出るまで言葉を交わさなかった。

なにか言わなければ、と貴子は焦った。しかし、言うべき言葉がもう見つからない。

冷たい風を受けた宍戸がぶるっと震え、コートのボタンを留めていく。寒い、とひとりごとが聞こえた。

「宍戸さん」

やっと口を開いたが、まだ言うべき言葉を持っていなかった。

「なんでしょう」

数分前まで嗚咽していたのが信じられないほど、彼女はきついまなざしを貴子に向けた。

貴子が言葉に詰まったのを察すると、「もういいですよね」と念を押す口ぶりになった。

「宮原さんの望みどおり小野宮君に面会しました。だから、もういいですよね。これ以上つきまとわないでください」

彼女は、貴子を置き去りにするように歩きだした。

「宍戸さん、待ってください」

「証人の件なら何度頼まれてもお断りします」

「せめて動機を教えてもらえませんか？　どうして山本さんと亀田さんは殺されなければならなかったのでしょう」

宍戸は貴子の問いが聞こえなかったかのようにまっすぐ前を見据えている。かたくなな横顔は、これ以上なにもしゃべらないと告げていた。

このままだとふりだしに戻ってしまう。貴子は焦燥感に駆られた。

なぜ山本若菜は殺されたのか。なぜ亀田礼子は殺されたのか。

動機がわからなければ、事件の筋書きは見えても真実の核は見えないままだ。

宍戸真美　33歳

「宍戸さん！　答えてください。動機はなんですか？　山本さんと亀田さんとはどんな関係なんですか？」

私の右隣で弁護士が喚いている。

もう二度と余計なことを言わないように、私は聴覚を遮断し、結んだくちびるに力を入れる。

――イエーイ。

鼓膜に彼の声が焼きついている。

アクリル板の向こうから笑いかけた彼を頭から振り払うため、前へ前へと足を踏み出す。

田舎町の町長の二十年以上前の浮気などどうでもいいことだろう。そんな地味な話題をマスコミが取り上げるとは思えないし、万が一、騒ぎになったとしてもそれは母の自業自得だ。

けれど、それが私のせいであってはならない。私が女性誌に掲載されたせいだと知れば、母は激高するだろう。そのせいで母が脅されるようなことがあったら？　それが私の知り合いを通じてのことだと知ったら？　私がそれを止められなかったと知ったら？　脅しが原因で町長選に負けてしまったら？　いや、脅しが原因ではなくても、町長選に負ければ私のせいにされてしまう。

あんたのせいで、あんたのせいで、あんたのせいで。母の金切り声は、私の心を少しずつ殺していく。

あの日、山本若菜は私に火のついた爆弾を手渡した。そのことに気づかず、ひとりで感動したり泣いたりしゃべったりしていた。

若菜に仕事が終わらないと言ったのは嘘だった。

刻々と導火線が短くなっていく爆弾を抱え、私は頭のなかが真っ白になった。酸素が抜け切った体は小刻みに震え、指先は感覚がないほど冷えていた。

――殺してほしいやつはいないか？

ふいに彼の声が聞こえ、私は振り返った。が、そこに彼の姿はなかった。

十年前に投げかけられたその言葉は、いつしか私にとって最後の切り札となっていた。いまがそれを使うときなのだ、と閃《ひらめ》いた。

若菜のことをすぐに伝えたかったが、私は彼の連絡先も住まいも知らなかった。

いま思うと、完全に理性を失っていたのだろう。自宅近くの店で黄色いハンカチを何枚も買ってしまった。ちがう店で買っていれば、いや、そもそもあんな枚数を買わなければ弁護士に知られることはなかったのだ。

この十年間、彼は私を見続けてはいたが、言葉を交わしたのは引っ越しをするときだけだった。ストーカーまがいの彼に自分から引っ越し先を教えたのだから、私は最後の切り札を絶対に手放したくなかったのだろう。

彼が十年前の約束を覚えているのか、黄色いハンカチに目をとめてくれるのか、不安で仕方がなかった。

帰宅した私は、彼が見逃すことがないようベランダの手すりに買ったばかりの黄色いハンカチを並べた。一度部屋に入ったが、落ち着かなくてベランダに出て彼が現れるのをじりじりとした気持ちで待った。

夜の舗道を人と自転車が通りすぎていく。新たな人影が目につくたび、彼でありますようにと願った。それが彼でないとわかるたび、心臓が削られていくようだった。

耳奥で規則正しい音が響いていた。時を刻む音。刻々と導火線が短くなっていく。頭のなかいっぱいに不安が膨らんでいく。どうしよう――。

もし彼が十年前の約束を忘れていたら？　もし彼がハンカチを見なかったら？

カチカチカチカチ、と秒針は容赦なく進んでいった。

いまごろ若菜はなにをしているのだろう。まさか母に連絡してはいないだろうか。亀田礼子という女となにか企んではいないだろうか。もう間に合わないのではないだろうか。

これ以上、彼を待っている時間はないように思えた。

自分でなんとかしなくてはならない。急《せ》き立てられた私は若菜のアパートへ行った。

「来てくれたの？」

若菜は大げさに喜んでみせた。

「いきなり来てごめんね」

「いいの、いいの。嬉しい。入って」

玄関を上がると、台所がついた狭い居間と、その奥にもうひとつ部屋があった。ローテーブルや収納棚、テレビ台といった家具は白で統一され、カーテンやクッションはピンクで、女子高校生の部屋といった雰囲気だった。

若菜は熱に浮かされたように一方的にしゃべった。売春を辞めること、ちゃんとした仕事に就くこと、自分を変えたいこと、変えられる気がすること。

「真美ちゃんのおかげで、人生をもう一度やり直してみようって思えたの。ありがとう、真美ちゃん。これからも親友でいてくれるでしょう？」

「もちろんよ」

私はにっこりと笑いかけた。

自分がなぜここに来たのか、なにをしようとしているのか。頭のなかは真空のようで、私は考えることを放棄していた。

「それでね、私も真美ちゃんみたいな仕事がしたいなって思ったの。もちろん正社員になろうなんて図々しいことは考えてないわ。最初はアルバイトとかパートでもいいの。真美ちゃんの会社で募集してないかな」

この女は私を脅しているのだろうか。仕事を紹介しなければ、私が載った女性誌を手に母を訪ねると言っているのだろうか。

「今度、人事に聞いてみるね」

「今度っていつ？」

　若菜は食い下がった。

「すぐに聞いてみるわ」

「明日聞いてくれる？」

「明日？」

「だってすぐに聞いてくれるんでしょう？　じゃあ、明日聞いてよ。欲を言うとね、私、真美ちゃんみたいな仕事がしたいの。実は私、広告代理店で働いた経験があるんだ。けっこうバリバリ働いてたのよ。でも、人間関係に疲れて辞めちゃった。でも、もう一度広告の仕事がしたいのよ。ね、なんとかしてくれるでしょう？」

「聞いてみるけど……。むずかしいかもしれない」

私は正直に答えた。

「どうして？」

「中途採用はしてないのよ」

「でも、真美ちゃんの紹介ならなんとかなるんじゃない？」

「私、下っ端だもの」

そう言って笑いかけたが、若菜は笑い返さなかった。

「真美ちゃんのお母さん、M町の町長でしょう？」

え、ととっさに出た声は低く凄むような音だったが、若菜には聞こえなかったらしい。

「真美ちゃんのお母さんに、推薦状とか紹介状とか書いてもらえないかな。あ、それより会社のえらい人に直接言ってもらったほうがいいかもしれない。こういうのってやっぱりコネが大切でしょう。ねえ、お願い。私、どうしても真美ちゃんと一緒に働きたいの」

私はなんとか笑顔を保ったが、頰が痙攣するのを感じた。

「町長っていってもM町よ。なんの力もないわよ」

母が聞けば激怒するであろう言葉でかわそうとした。

「そんなことないわ。やってみなきゃわからないわよ。使えるものはなんでも使わないと。ねえ、いまお母さんに電話してよ。そうしたら、私からも直接お願いできるし」

頭のてっぺんから冷たいものがすうっと体のなかをつたっていくのを感じた。足もとまで辿りついたとき、脳も内臓も血液もすべて凍りついたように感じられた。思考は麻痺しているのに、奇妙に頭が冴えている感覚があった。

「もう寝てると思うから、明日の朝電話してみるわ」

遠くから聞こえた自分の声はふわふわとしていた。

「絶対よ」

「うん。わかった」

「じゃあ、明日また連絡するわね」

若菜は私に顔を近づけ、ふふふ、と見せつけるように笑った。顔をそむけたかったが、私は凍りついた笑顔のままうなずいた。

あっそうだ、と若菜ははしゃいだ声をあげた。

「一緒に写真見ようよ。私、M町にいた頃の写真だけは大事に取ってあるの。真美ちゃんもたくさん写ってるわよ。真美ちゃんのお母さんもどこかに写ってるかもしれないね。探してみよう」

若菜はそう言い、収納棚を開けた。

「私、さっき思ったの。もしかしたら、真美ちゃんって私の幸運の女神なんじゃないかな、って。ふふっ。変なこと言うと思ってるでしょ。でも、ほんとにそうなの。真美ちゃんがそばにいるといいことがあるのよ」

テレビ台の上に、大きな硝子の灰皿があるのが見えた。指輪やネックレスがごちゃごちゃと入っている。

「これからもよろしくね。真美ちゃんが嫌だって言っても、私絶対に真美ちゃんから離れないから。なーんて。ふふっ」

少しの迷いもなかった。私は、若菜の後頭部めがけて灰皿を振り下ろした。

若菜は声もあげず、なにごともなかったかのようにそのままの姿勢を保った。が、一瞬のことだった。すぐにぐらぐらと頭が揺れ、どさっとうつ伏せに倒れた。

その瞬間、強烈な既視感にのみ込まれた。

子供の頃、同じ方法で祖母を殺すところを想像したことがあるのを思い出した。祖母のお座敷でふたりきりになったとき、座卓の上の灰皿で後頭部を殴りつけるという光景だった。

祖母のことは頭のなかで何度も殺した。胸に包丁を突き刺したことも、お茶に毒物を混ぜたことも、橋から突き落としたことも、拳銃で撃ち殺したこともある。祖母だけじゃない。幽霊の国で、幽霊の少年に見守られながら、私は言葉でたくさんの人を殺し、あははは！とヒステリックに笑った。

あのときといまが重なった。

足もとに女が倒れている。うつ伏せのままぴくりとも動かない。後頭部から黒い液体がじわりと流れ出しているのが見えた。死んだのだろうか。

殺すつもりじゃなかった――。そんな言葉が浮かんだが、偽りの台詞だと自覚していた。私はこの女を殺すためにここに来たのだ。

私は笑おうとした。あのときのように、あははは！　と笑えば、この光景も想像のなかの出来事になるように思えた。

ふと、物音を聞いた気がして振り返った。背後に幽霊の少年がいる気配がした。私の罵詈雑言を静かに聞いてくれたあの子。私がしたことを知ったら、あの子はどう思うだろう。嘆くだろうか、怒るだろうか、悲しむだろうか。いや、あの子なら否定も非難もせず、私の行いを静かに受け入れてくれるだろう。

振り返った途端、彼の気配はかき消えた。姿見に私が映っている。鏡のなかにいるのはこわばった笑みを浮かべた大人の私だった。

「どうしよう」

無意識のうちに漏れた声で我に返った。

あのときとはちがうのだ、と胸を突かれたように気づく。この女は生き返らないし、なかったことにはできない。

どうしよう、どうしよう、どうしよう。

現実感はないのに、灰皿の硬い手ざわり、振り下ろすときの重み、後頭部を直撃したときの不快な跳ね返り、頭蓋の内部が崩れる感触が体に焼きついていた。

取り返しのつかないことをしてしまったのだ。体の内でなにかが破裂したような衝撃とともにそう思った。

私は部屋を見まわした。さわった覚えのあるところはハンカチで拭き、目についた粘着クリーナーを床に転がしてから部屋を出た。


翌朝はいつもどおり自宅を出た。

舗道からベランダを見上げると、ずらりと並んだ黄色いハンカチは陽射しを受けて鮮やかな色を放っていた。まぶしさに目をつぶると、まぶたの裏で黄色い残像が踊った。

昨晩の出来事は現実感がないままで、しかし五感には不快な記憶が刻まれていた。

どうしてあんなことをしたのか、昨日の自分が理解できなかった。母が町長選に負けても関係ないじゃないか。母になじられようが、嫌われようが、どうでもいいじゃないか。私はもう子供ではないのだ。むしろ母との縁が切れるチャンスだったかもしれないのに。

そう思いながらも、私が恐れていたのは昨日のことを母に知られたらどうしよう、ということだった。

思考と感情と体が切り離され、自分という存在がどこに宿っているのかつかめなかった。

朦朧《もうろう》とした思考とわななく感情を抱えた体が惰性で駅のほうへと歩いていく。

背後に彼の気配を感じた。振り返り、目が合ったとき、彼が黄色いハンカチを確認してくれたことを知った。

私をまっすぐ見据え、重々しくうなずいた彼の瞳には高揚した輝きがあった。まるで黄色いハンカチがかけられる日を待ち望んでいたように。やっとそのときが来たことに歓喜しているように。

私は昨日の出来事をすべて話した。

思ったとおり彼は、私の行為を非難することはなかった。子供のときと変わらず、私が垂れ流すものを両手で受け止めるように聞いてくれた。ビルの清掃スタッフの話をすると、

「礼子?」とそこだけ彼の声に感情らしきものが混じった。

「知ってるの?」

「親父と暮らしてたババアかも」

彼は平坦に言い、「本人に聞いてみるよ」と淡く笑った。

システム手帳から破り取った若菜の住所を手渡すと、彼は持っていた紙袋を無言で私に押しつけた。使い古した紙袋には知らない会社名のロゴが印刷されていた。なかを見ると、輪ゴムで留めた紙幣の束がいくつも入っていた。かなりの額であることがひとめでわかった。

「これなに?」

「やる」

そう言って彼は背を向けた。

大股で遠ざかっていく後ろ姿は光射すほうへ歩いていくように見えた。朝の陽射しが黒い髪の表面を黄金色に染めていた。

ふと、思いついたように彼が振り返った。

「約束しただろ。今度は俺がやる」

静かな口調だったが、武者震いをこらえているように見えた。彼の瞳は奇妙に澄み、輝きのなかに興奮と熱情があふれ出していた。

「俺が殺す」

その言葉に、私が若菜を殺したのではなく、彼がこれから殺すのだと、そんなふうに思えた。

「大丈夫だ」

そう続けた彼はピースサインをし、子供の顔で笑った。その笑顔に幽霊の子が重なった。

私は鬼まつりを思い出した。お神輿と出店、人のにぎわい、ベビーカステラ、公民館で観た映画。あの日、彼は紙袋のお面の下でこんなふうに笑っていたのか。そう思うと泣きたくなった。

＊

宍戸真美の横顔が、ほんの一瞬、泣きだしそうにゆがんだ。

貴子が話しかけても彼女は前を見据えたままで、もう口を開こうとはしない。

「宍戸さん、理由を教えてください。どうしてふたりは殺されなければならなかったんですか？」

歩調を速めた宍戸の横に並び、「宍戸さん！」と貴子は食らいついた。

いきなり宍戸の体がつんのめった。つまずいたのかと思ったが、転ぶことなく体をぴんと伸ばしたまま静止した。その横顔が驚愕で固まっている。

貴子の目が、宍戸の背後を捉えた。

彼女の背中に張りついているのは吉永ひとみだった。かっと見開いた目は血走り、反対に顔には血の気がなく、熱した鉄を一気に冷やしたように筋肉がいびつな状態で固まっている。

貴子の直感はなにが起こったのか瞬間的に悟っていた。しかし、思考が追いつかない。目に映るものを受け止めるだけで精いっぱいだった。

やがて、宍戸はゆっくりと前のめりになった。倒れていくさなか、「え？」と混乱したつぶやきが半開きの口から漏れた。

舗道に倒れた宍戸のコートの背中に包丁が突き刺さっている。自分の身になにが起きたのかを探るように宍戸の指が地面をさまよっている。

「あんたが、宍戸、真美」

吉永が荒い呼吸の合間から震えた声を漏らす。

「あんたなんか、いなくなればいい」

包丁を握った形のまま固まった両手は赤く染まっている。それが彼女自身の血なのか、宍戸の血なのかはわからなかった。

空気をつんざくような悲鳴が響いた。

貴子は自分かと思い口に手を当てたが、ちがう。吉永が目をぎゅっとつぶり、鬼の形相で空に向かって咆哮《ほうこう》していた。

警察の事情聴取を受け、宍戸真美が救急搬送された病院に着いたときは夜の七時をまわっていた。

宍戸は個室のＩＣＵにいた。人工呼吸器や点滴につながれた彼女は微動だにせず、窓越しで顔は見えなかったが、意識がないことは明らかだった。

貴子は自分を責め続けた。吉永ひとみに宍戸の存在を教えてはいけなかったのだ。吉永がライターの上嶋千沙里にしたことを考えれば、逆上した彼女がなにをするかは予測できたはずだ。真実を知りたいと焦りすぎたせいで、リスクを見落としてしまったのだ。

国友修一には吉永の弁護人になってくれるよう頼んだが、接見がどうなったのかまだ連絡はない。

廊下を走る靴音が近づいてくる。カッカッカッと床を打ちつけるヒールの音が鼓膜に突き刺さり、貴子のすぐ横でぴたりとやんだ。

「真美！」

窓に両手をついて女は叫んだ。宍戸の母親だった。

彼女はたったいま貴子の存在に気づいたかのように、はっとした顔を向けた。両手で貴子の袖口をつかむ。

非難されることを覚悟し、貴子は彼女の視線をまっすぐ受け止めた。

「先生、あの子は助かるんですよね？　だって私、真美のマンションに泊まりに行ったばかりなんですよ。親子水入らずで楽しく過ごしたんです。真美、幸せそうに笑ってました。なのに、どうしてこんなことになるの？　真美は大丈夫ですよね？　お願いします、あの子を助けてください」

母親は錯乱していた。アイボリーのジャケットと薄いグレーのパンツの貴子を医師だと思い込んでいるらしい。お願いします、お願いします、と泣きながら繰り返している。

「私にはあの子が必要なんです！　あの子がいないとだめなんです！　あの子が死んだら、

私どうしたらいいの！」

　絶叫した母親は気を失い、床に崩れ落ちた。

　宍戸真美の母親の無事を確認してから、貴子は病院を出た。

　赤色灯を回転させた救急車が一台、玄関前に停まっている。ストレッチャーを運び出す準備をしているのか、救急隊員がバックドアのなかに上半身を入れていた。救急搬送された人が助かりますように、と貴子は願った。

　後悔と疲労が、水を含んだ毛布のように体に巻きついている。足を交互に踏み出すことさえ、体のあちこちから力を寄せ集めなければできなかった。

　宍戸の驚愕した顔と、吉永ひとみの血の気のない顔。赤く染まった両手、背中に突き刺さった包丁。数時間前の光景は時間がたつほど海馬に深く焼きついていく。自分は死ぬまでこの光景とともに生きていくのだろうと思った。

　国友修一から連絡はない。吉永はどうなったのだろう。

　ジャケットのポケットから携帯を取り出し、ああ、と声が漏れた。

　どこからも連絡が来ないはずだ、携帯の電源がオフになっている。電車に乗るときだろうか、病院に入るときだろうか、電源を切った記憶がなかった。

　電源を入れた途端、着信音が鳴り、携帯を手から落としそうになった。国友からだ。吉永との接見が終わったのかもしれない。

「宮原先生？」

国友の声は珍しくうわずっている。

吉永との接見がうまくいかなかったのだろうか。それとも、彼女になにかあったのだろうか。心臓が早鐘を打ちながらせり上がってくる。

「そっちに連絡いった？」

なんのことかわからず、「携帯の電源切ってたから」と答えた。

「いま俺のところに連絡入ったんだけど、小野宮が自殺を図ったって。シャツで自分の首を絞めたみたいだ」

きーん、と耳鳴りがし、世界が落下したような衝撃を覚えた。平衡《へいこう》感覚が飛び、気を抜くと倒れてしまいそうだった。貴子は足に力を入れ、意識的に呼吸をした。

「……彼、生きてるの？」

やっと絞り出した声は掠れていた。

「そこまではわからない」

どうして、と言いかけたとき、まぶたの裏に黄色いものがちらついた。光が揺らめくように、誘うように、けれど追いかけたらひらりと逃げていくように。

黄色いものを見た、とそれだけを思い出した。意識にはないが、記憶として脳の深いところにしまわれている。

自分は今日、黄色いなにかを見た。それはとても大切ななにかだ。貴子はまなうらの黄色を必死でつかまえようとした。

面会室が浮かんだ。アクリル板の前に座る宍戸。ごめんなさい、というつぶやきと嗚咽。面会室に降りてきた静寂。

あ、と声が出た。貴子の心臓が凍りつく。

思い出したのはハンカチだった。宍戸はポケットからハンカチを出さなかったか？　ハンカチで涙をぬぐっていなかったか？　それは黄色ではなかっただろうか。貴子の視界の端を黄色いハンカチがかすめなかっただろうか。

力を入れて立っているはずの地面があっけなく崩れていくのを感じた。衝撃と悲しみ、後悔と脱力感、そして激しい怒りが腹の底から突き上げてくる。思い切り叫びたい。しかし、言葉が見つからない。自分はなにを叫びたいのだろう。

ばかやろう、とふと思う。小野宮にも、宍戸にも、吉永にも、そして誰よりも自分自身に、ばかやろうと言いたかった。

宍戸は黄色いハンカチを見せることで、自分の罪をかぶった小野宮にさらに助けを求めたのだ。拘置されている彼にできたのは、自らの命を絶つことだけだったのだろう。

「ばかやろう」

つぶやくと、小野宮の笑顔が浮かんだ。

――イエーイ。

面会室のドアの前で立ち止まり、送検時と同じように満面の笑みでピースサインをしてみせた。あのとき彼はまっすぐ宍戸を見ていた。すでに死ぬことを決めていたのだろう。それなのに、世の中には楽しいことしか存在しないというように笑っていた。

全部嘘だったのだ、と改めて思った。

犯行についてだけじゃない。死刑が嫌だというのも、刑を軽くしたいというのも、早く自由の身になりたいというのも、宍戸のことを自己満足だと罵倒したのも、小野宮のなにもかもが嘘だったのだ。誰を殺そうと俺の自由だろ、というのも借り物の言葉なのかもしれない。

いや、ひとつだけ真実がある。

――俺の将来なんてどうでもいいよ。

あの言葉だけは彼の本心だったのだ。

彼はなぜそこまでして宍戸を守ろうとするのだろう。小野宮と宍戸はどんな関係なのだろう。

結局、なにもわかっていない。

なぜ山本若菜と亀田礼子は殺されなければならなかったのだろう。

未成年のときに殺人を犯した女とは誰のことだろう。

七章

小野宮楠生　15歳

彼が彼女を見つけるまで五年かかった。

やっと見つけたとき、彼女は警察に連行されるところだった。パトカーに乗せられた彼女の顔は恐怖と不安でこわばっていた。

遠ざかるパトカーを目で追いながら、間に合わなかったのだ、と彼は悟った。地面がぱっくりと割れ、底のない暗闇にのみ込まれるのを感じた。

僕がバカだから。僕がクズだから。だから、あの子を助けることができなかった。

この五年間、彼は彼女を探し出すためだけに生きていた。彼女がいない世界に生きる意味はなかった。

彼女とはじめて会ったときのことは、いつだってはっきりと思い出せる。それは、彼にとって思い出すというより戻るという感覚だった。自分が生まれた場所、自分がいるべき場所、自分を迎え入れてくれる場所。もしも自分に家族や家があったとしたら、思い出すたびこんなふうになつかしさと安らぎを覚え、泣きたいような気持ちになるのだろうと思った。

月がまるい夜だった。

彼女は暗がりからふっと現れた。二棟並んだ団地のあいだの空き地に外灯はなく、彼が立つベランダよりも闇が濃かった。動くもののない静かな夜の底に立ち、彼女は白く輝くまんまるな月を見上げていた。

彼女と視線が合った瞬間、自分と同じ種類の人間だ、と彼は思った。ここにいるのにいない人。誰からも見てもらえない人。だから、あんなに暗い場所にたったひとりで立っているのだ。自分以外にもそんな人がいることに、彼の心臓は高鳴った。一瞬でも目をそらすと闇のなかに消えてしまいそうで、彼はまばたきをこらえ、彼女の姿がもっと見えるようにベランダから身をのり出した。

闇のなかで彼女が両手を広げた。ひらりと動いた白くて小さな手のひらが深海を泳ぐ魚のように見えた。ただそれだけで彼の胸に熱いうるみが湧いた。うるみは体のすみずみに染みわたり、彼の瞳を濡らした。手の甲で乱暴に目をこすり、ベランダの下に視線を戻したとき、彼女はそこにいなかった。

彼は落胆しなかった。彼女はきっとここに来る。自分を見つけ出してくれる。そう信じられた。

彼の予感どおり、やがて玄関から現れた彼女はまばゆい光を連れていた。光に照らされ、彼はまぶしさに目を細め、気がついたときには彼女の手から光を奪い取っていた。光で彼女を照らし返し、彼は息をのんだ。赤、黒、青、ピンク。彼女は鮮やかな色をまとっていた。

灰色の濃淡でできた閉ざされた場所。その扉がぱっと開き、美しい世界が現れたのを感じた。彼を招き、迎え入れるようだった。

「すごい。色がついてる」

彼がつぶやくと、彼女は不思議そうな顔になった。

「何年生？」

そう聞かれ、彼女の目に自分が映っていることに彼の心は震えた。細胞が組み替えられ、新しい自分に生まれ変わった気がした。はじめての呼吸、はじめてのまばたき、はじめての心音。新しい自分は、美しい世界の一員になれる自分だった。

その夜から、彼女が来ることだけを考えて時間をやり過ごすようになった。

彼の父親は長距離トラックの運転手だった。数個の菓子パンを残し、「一歩でも外に出たらぶっ殺すぞ」と言い捨て、何日も帰ってこないことがあった。朝、昼、晩の区別がつかず、彼は空腹になるとパンの袋をやぶった。一回につき半分だけと課していたが、立て続けにふたつ食べてしまうこともあった。そんなときはすぐに吐き出したら元の状態のままパンが出てくるような気がして必死に吐こうとしたが、胃がひっくり返るような不快さに涙が滲み、声を押し殺して泣いた。

父親はたいてい彼のことをいない者として扱ったが、機嫌が悪かったり、酔っ払ったりしたときは、「目障《めざわ》りだ」「見ているだけで苛つく」「勝手に息をするな」などと理由をつけて暴力をふるった。

一度、空腹に耐え切れず、父親のアイスクリームを食べてしまったことがある。父親はしばらく留守にしていたから、冷凍庫にアイスクリームがあることを覚えていないだろうと考えた。

彼は和室の押し入れにアイスクリームを持ち込み、ひと舐めずつ大切に味わった。和室の押し入れはもっとも父親の目につかない場所で、彼はほとんどの時間をそこで過ごした。

玄関が開閉する音が聞こえたのは、食べはじめてすぐだった。どすどすという重い足音が廊下から居間へ移動し、カバンかなにかが床に投げつけられた。彼は押し入れのなかで身を縮め、それでもアイスクリームを食べるのを止められなかった。そんな自分が人間ではないように感じられた。テレビの音が聞こえ、「あー」と疲れを吐き出す声がした。息をつめ、気配を消し、ひたすらアイスクリームを食べ続ける自分が泣いていることに彼は気づかなかった。

和室のふすまが開いた。「こら、クズ」という声とともに押し入れから引きずり出され、彼の手からアイスクリームが落ちた。

「なに勝手に俺のアイス食ってんだよ！」

父親は彼の胸ぐらをつかんで立たせ、こめかみに手を振り下ろした。熱い衝撃と破裂音。時間差できーんと耳鳴りがし、顔全体に痺れが走った。

「俺のアイスどうしてくれんだよ！　弁償しろよ！　このクズ！　死ね！」

頬を叩かれ、頭を殴られ、髪をつかまれ、腹に蹴りを入れられた。

こうなったら時間が過ぎるのを待つしかないことをすでに彼は知っていた。泣けば父親の怒りはエスカレートし、泣かなければ新たな怒りが生まれる。どちらにしても、父親が疲れ、飽きるまで、暴力を受け続けるしかなかった。

やがて父親は彼を床に叩きつけ、「あー。疲れた。だりい」とつぶやきながら和室を出ていった。ぴしゃっ、とふすまが閉められた。

父親がしばらく留守にするとわかったとき、彼はそっとベランダに出て手すりに白いナイロンの紐を結んだ。彼女がやってくることを想像すると胸が弾み、吐く息も踊るようだった。

しかし、彼は気持ちを表現する方法を知らず、彼女の前ではほとんど無表情で一方的に話を聞くだけだった。

「ここにいるときは私も幽霊だから」

彼女はよくそんなことを言った。だから、誰の悪口を言ってもいいし、どんなことをしてもいい、人を殺したっていい。だって全部なかったことになるんだから、と。

「あなたのお父さんも殺してあげようか？」

あるとき彼女が言った。

彼は考えるまもなくうなずいていた。

父親がいなくなれば、殴られることも蹴られることもなくなる。押し入れのなかで怯えなくてすむ。美しい世界へと飛び出していけるし、彼女とずっと一緒にいられるかもしれない。

「じゃあ、崖から突き落としてあげる。そして川で溺れて死ぬの。それでいい？」

彼はうなずいた。

子供が大人を殺すことなどできるのだろうか。そう思ったが、彼女ならできるかもしれないと考え直した。

「だから、お祖母ちゃんを殺して」

彼女は急に真顔になった。

え、とくちびるの動きだけで聞き返すと、

「あなたは私のお祖母ちゃんを殺して。交換殺人っていうの。そうしたら捕まらないから」

わかった？　と見つめられ、彼は魔法にかかったように、わかった、と答えた。

彼女は満足そうに笑うと、小指を彼の前に突き出し、「指切り」と言った。

華奢な指の先に、薄桃色の小さな爪がついている。その指をどうすれば彼女の言う「指切り」になるのかわからないのに、体が勝手に動いた。彼は爪が伸びた自分の小指を彼女の小指に絡ませた。その途端、へそのあたりがせつなく疼いた。自分はずっと前に誰かとこんなふうに「指切り」をしたことがあるのだと小指から教えられた。

彼はその日を押し入れのなかで迎えた。

短い夏が終わり、長い冬に向けて気温は容赦なく下降線を辿っていた。部屋のどこからか冷たい風が入り込み、彼の皮膚に鳥肌を立たせた。

押し入れのなかで彼は、湿った毛布にくるまり震えていた。

頭が脈動に合わせてどくどくと痛み、喉は干からび、体中の毛穴から不快な汗が流れ出した。吐く息は熱くてくさったにおいがした。目を開けると視界が揺れ、目を閉じると回転性のめまいに襲われた。熱さと寒さを交互に感じ、熱いときに脱ぎ捨てたTシャツがどこにあるのか探せずに上半身は裸のままだった。

ずいぶん長いあいだなにも食べていなかった。電気もガスも水道も止まり、製氷皿に溶けていた水も舐め尽くしてしまった。

無数の手で押さえつけられているように体が重く、寝返りさえも打てなかった。胎児のように体を丸め、浅く短い呼吸を繰り返しながら、布団に小便をしてしまった彼は父親が帰ってくることに怯えていた。

ドアが開く音を聞いた気がした。どすどすと廊下を歩く足音と、ふすまが開く音も。

ごめんなさい、と言ったつもりだったが、熱い息が漏れただけだった。

「キミ、どうしたんだ？　大丈夫か？」

耳もとで聞こえた声は父親のものではなかった。それでもほっとできなかった。これは夢かもしれない。目を開けたら、酒に酔った父親が殴りかかってくるかもしれない。

ごめんなさい、と彼は繰り返した。もうしません、だから許してください。

「……お父さん」

やっと声になった。

彼は知らないにおいのする男に抱きかかえられた。救急車、と男は誰かに大きな声で指示を出し、かわいそうに、とつぶやいた。

「お父さんはね、もう帰ってこないんだよ」

言い含めるような声だった。

お父さんはもう帰ってこない——。彼は朦朧とする頭でその意味を考えた。

「どうして」

「お父さんね、用水路に落ちて溺死しちゃったんだ」

できし、と彼は復唱した。

「ああ、溺れちゃったんだよ。用水路で」

ようすいろ、とまた復唱する。

「えーと、用水路っていうのは水が流れてるところでね」

「……川？」

「うん、そうだね。川だよ。川でお父さん、死んじゃったんだ」

――あなたのお父さんも殺してあげようか？

鼓膜の内側で彼女の声がはっきりと聞こえた。

――川で溺れて死ぬの。それでいい？

彼女が殺したんだ――。

そう確信したら、力の抜けた体に電気が走った。

彼女は約束通りお父さんを殺してくれた。崖から突き落として川で溺れさせてくれた。

誰にも言っちゃいけない――。彼はくちびるをきつく結んだ。

彼女が殺したことを誰にも知られちゃいけない。もし、知られたら彼女は遠いところに連れていかれる。罰を受けるかもしれない。

彼女がここに来たことも、彼女を知っていることも絶対に言っちゃいけない。

もう二度とくちびるが開かぬよう彼はさらに力を入れた。

父親がいなくなれば、あの部屋から出られれば、毎日が鬼まつりのようになるのだろう。彼はそう思っていた。

彼女と最後に会ったのが鬼まつりの日だった。

彼女がつくってくれた鬼のお面をかぶり、光と色にあふれた美しい世界へ出た。音楽と人のざわめきが耳をくすぐり、暖かく乾いた空気が肌を包み込んだ。目に映るすべてが鮮やかできらきらと輝いていた。青空の下にいる誰もが幸せそうで、彼らは鬼のお面をかぶった彼に笑顔を向けてくれた。

美しい世界に祝福されているのを感じた。美しい世界の一員になる資格を与えられた気がした。

あ、生きてる、と彼は唐突に思った。その途端、体中の細胞がいっせいに目覚めるのを感じた。五感が研ぎ澄まされ、いま自分はこの美しい世界の中心にいるのだと思った。彼女とつないだ手がじっとりと汗ばんでいた。彼女の声が、息が、鼓動が、まるで自分のなかで生まれているように鮮明に感じられた。

こんな美しい世界にずっといられたらどんなにいいだろう。そう思ったのを覚えている。

しかし、灰色の部屋から脱出した彼を待っていたのは、果てしなく続く色のない世界だった。

　彼を取り巻く人たちは意味のわからない言葉を放ち、彼に向けられるまなざしは冷淡で、なにもかもが彼を攻撃するように感じられた。怖くてたまらなかった。追いつめられた彼は手を伸ばす。が、そこに彼女の手はなく、宙をかすめるだけだった。

　彼は感覚を遮断し、誰にも話しかけられないように、視線を向けられないように、自分の足もとだけを見ながら暮らした。

　彼は彼女のことを考えた。彼女のことを考えない日はなかった。

　彼女はいまどうしているのだろう。父親を殺したことを知られてはいないだろうか。どこかに連れていかれたのではないか。狭い場所に閉じ込められているのではないか。つらい目に遭っているのではないか。そう考えると、心臓がゆっくりと押し潰されるようだった。

　彼は目をぎゅっと閉じ、恐ろしい想像を頭から振り払う。

　彼女が無事でいますように。彼女が笑っていますように。彼女が幸せでいますように。そう祈ったときだけ自分の内側が淡く色づいた。

　何度か、彼女を探しに行ったことがあった。しかし、どうしても団地を見つけることができなかった。二棟の団地が並んでいたはずの場所には掘り起こされた土があるだけで、二度目に行ったときはたくさんの重機が威嚇《いかく》するような爆音をあげて動きまわっていた。

　彼女はほんとうにいたのだろうか。光と色にあふれた美しい世界はほんとうにあったのだろうか。自分の記憶が前世の残滓《ざんし》のように感じられた。

彼は、彼女の名前さえも知らなかった。

学校に行かされ、施設で寝起きし、ときどき病院に連れていかれる。その繰り返しで数年がたった。

彼が彼女を見つけたのは、あと二ヵ月ほどで中学校を卒業する頃だった。

彼が暮らす施設に寄付をしてくれている町の有力者が亡くなり、施設長とともに彼も葬儀に参列することになった。

施設長に促されるまま焼香をし、葬儀場を出ると、うつむいた彼の視界にパトカーが停まっているのが入り込んだ。

ふと、音のない声に呼ばれた気がして、彼は立ち止まった。振り返り、思い切って顔を上げた。

そこに彼女がいた。すぐにわかった。

彼の視界に圧倒的な黒が流れ込んできた。彼女の髪の色、彼女の洋服の色、彼女のまわりにいる人たちも一様に漆黒の洋服を着ていた。黒がうごめき、黒がざわめく世界で、彼は彼女を見つめ続けた。

彼女が彼に気づき、視線がつながった。彼の視界に白が現れた。彼女の肌の色。屋根や木や地面に積もった雪の色。吐く息の色。

彼女は最初ひどく驚いた顔をしたが、やがて不思議そうなまなざしになった。

ふたりのつながった視線を断ち切るように警察官が彼女に近づいた。声をかけられた彼女が周囲をうかがう。彼には、その仕草がこの場から逃げるタイミングを計っているように見えた。しかし、彼女は警察官に促されるままパトカーに乗った。

呆然とパトカーを見送る彼の耳に女たちの会話が届いた。

「ほら、いまの子。あの子が宍戸さんのお孫さんよ」

「あら。あの子、どうしたの？」

「町内放送聞かなかったの？　……が……逃げたって………だから保護……」

「ああ、あの子ならねえ……怖いわねえ……」

女たちのひそめた声はところどころ聞き取れなかった。

視界からパトカーが消えると、彼は葬儀場に飛び込んだ。菊で飾られた祭壇の真ん中で、年配の女がほほえんでいた。通夜のあいだずっとうつむいていた彼の目に、このときはじめて遺影が映った。

「楠生君、どうしたの？」

施設長が彼の肩に手を置いた。

彼は遺影を指さし、「この人、いまパトカーに乗せられた子のお祖母ちゃんですか？」と聞いた。いきなり長い言葉をしゃべった彼に、施設長はぎょっとしながらも「そうだよ」と答えた。「それがどうしたの？」

「この人、どうして死んだんですか？」

遺族の前で大きな声で尋ねた彼に、施設長は慌てて、しーっ、と人差し指を口に当てた。

——あなたは私のお祖母ちゃんを殺して。

彼女の声が彼の頭蓋を震わせた。

——交換殺人っていうの。そうしたら捕まらないから。

あのときの約束を彼は忘れていた。

彼女は祖母を憎んでいた。お祖母ちゃんなんかいなくなればいい。お祖母ちゃんなんか死ねばいい。そう繰り返していたじゃないか。

彼女が殺したのだ——。

彼は衝撃のなかで悟った。

間に合わなかったのだ。ほんとうは僕が殺さなければいけなかったのに——。

お願いします、と天に向かって叫びたい衝動が突き上げた。今度は約束を守るから、今度こそちゃんと殺すから。

だから、もう一度彼女に会わせてください。

お願いします、お願いします、と彼は色を取り戻した世界をつかさどる何者かに祈った。

「もし私が死にそうだったら、お母さんどうする？　私にはあの子が必要だ、って医者に言ってくれる？」

ベッドの上の母は、口を半開きにして眠っている。規則正しい寝息が時間の流れのなかにゆっくりと溶けていく。

「なーんて言うわけないわよね。いいのよ。逆の立場でも、私も言わないから」

ひとりで会話を完結した自分がおかしく、貴子は小さく笑った。

＊

母が退院し、老人ホームに戻ってきたのは前日の土曜日だった。三週間ぶりに見る母は、病院での食事制限のせいか少し痩せたようだった。

貴子が訪ねたとき母は眠っていて、一時間近くたってもまだ目を覚まさない。母の眠りはどんどん深くなっているようで、そう遠くない将来、二度と目を覚まさないときが必ずやってくることを教えられているようだった。

貴子は窓際のロッキングチェアに座った。そっと腰かけたつもりなのに、いつもより重いことを抗議するようにキィと鳴った。そのまま前後に揺らしてみるが、ぎこちない動きになって落ち着かない。揺らすのをあきらめ、両手をひじかけにのせて、いつも母がやるように窓の外にぼんやりと目をやった。

雲のない薄青の空の下に、民家の瓦屋根が連なっている。眼下の庭は、葉を落とした木々と鮮やかな緑を保った木々が混在し、プランターに植えられた花々が色とりどりに咲き誇っている。

十一月の陽射しはやわらかく、それでも寝不足が続く目にはまぶしく感じられた。

貴子はまぶたを下ろした。その途端、睡魔に肩を叩かれたように眠気が押し寄せた。目を閉じても開けても、どこにいてもなにをしていても、眠っているときでさえ、満面の笑みとピースサインが頭から離れなかった。それはときに小野宮楠生であり、ときに悠であり、ときに吉永ひとみになった。

吉永が送検されたのは一昨日のことだ。警察署から出てきた彼女は、群がるマスコミに気づくと、血走った目でカメラを見据え、くちびるの端をつり上げ、にっと笑ってみせた。しかし、ひきつったその表情は、笑みというより牙を剝くように映った。続けて両手でピースサインをつくったものの、指が伸び切っておらず手を合わせて祈るようにも見えた。彼女は警察の取り調べに対し、「誰を殺そうと私の自由」と供述したらしい。

クズ男を真似たクズ女の言動をマスコミが放っておくわけがない。吉永の弁護人となった国友修一はしばらく休みが取れないだろう。

宍戸真美は刺された翌日に死亡した。

彼女の母親の絶叫はいまも鼓膜から離れず、時間がたつほど貴子を責めるものに聞こえた。なぜ吉永に宍戸のことをしゃべってしまったのだろう、と自分を責める自分がいた。しかし、依頼人である彼女に宍戸の存在を隠すことはできなかった、と自分を擁護する自分もいた。

いずれにしても、小野宮と宍戸を会わせなければこんなことにはならなかったのだ。貴子を責める者はおらず、国友と土生京香も「宮原先生のせいではない」と言ってくれたが、その言葉を真に受けるほどおめでたくはなかったし、その言葉を拒絶するほど純粋でもなかった。ただ、自分はもう一生、晴れ晴れとした気持ちで笑うことはないのだろう。そして、晴れ晴れと笑えないことをさほど苦痛に思わないまま淡々と生きていくのだろう。そう思った。

眠ったつもりはなく、目を閉じて考えにふけっていたつもりだった。しかし、目を開けたとき、意外にも深く眠っていたことに気がついた。

母はベッドにおらず、掛け布団が乱れている。

貴子の体にコートがかかっている。誰がかけてくれたのだろう、まさか母だろうか。

貴子はコートに鼻をうずめた。自分のコートなのだから母のにおいがするわけがないのに、無意識のうちになつかしいにおいを求めていた。

なかなか戻ってこない母を探しに部屋を出た。スタッフに聞くと、一階のラウンジルームで見かけたという。

ラウンジルームには庭に面した大きな窓があり、やわらかな光で満ちていた。七、八人の老人たちが、座り心地の良さそうなソファに腰かけ、新聞を読んだり、テレビを観たり、おしゃべりをしたりと思い思いに過ごしていた。

母は、同年代の女性を相手に身振り手振りを交えて楽しそうにしゃべっている。会話の内容はわからないが、「息子が……」「息子がね……」と弾むように繰り返すのが聞き取れた。その横顔は恋人の話をする少女のようだった。

いま母に、あなたの息子はとっくに死んだのだ、と告げたらどうなるのだろう。そんな残酷な考えが浮かび、貴子は母に背を向けた。

老人ホームのエントランスを出て、ベンチに座った。このまま帰りたかったが、母の部屋にコートを置いたままだった。

携帯に着信が入り、見ると小野宮の担当検事からだった。

不吉な予感に、背中を冷たいものがつたう。

拘置所で自殺を図った小野宮は意識不明の状態が続いている。勾留執行停止となり、都内の病院に入院中だ。

「小野宮の意識が戻ったそうです」

担当検事の言葉に体から一気に力が抜け、座っていなければへたり込んでいたかもしれない。

「容態はどうなんでしょうか？」

「私もまだ詳しいことはわからないんですが、安定しているようです」

すぐに病院に向かうと告げて通話を終えた。

どうすればいいのだろう、と貴子は自分に問うた。どうするのが正しいのだろう。私はどうしたいのだろう。

小野宮がなぜ宍戸の罪をかぶり、なぜ亀田礼子を殺したのかは、依然深い霧のなかにある。小野宮が言ったという、殺人を犯した少女が誰なのかも見えないままだ。おそらく霧が晴れることはもうないのだろう、と貴子は静かに嚙みしめた。

小野宮が拘置所で見せた満面の笑みとピースサイン。あのとき彼は宍戸をまっすぐ見つめていた。あれは彼なりのメッセージだったのかもしれない、といまでは思う。

俺は平気だ。大丈夫だ。すべてうまくいっている。

あのときだけではなく、送検されるときもテレビカメラを通して宍戸にそう伝えようとしたのかもしれない。

すべて憶測にすぎないことを自覚していた。しかし、考えれば考えるほどそうとしか思えなかった。

小野宮は自分の命を捨ててまで宍戸を守ろうとした。彼女が死んだと知れば、彼はどうなってしまうのだろう。命がけで守ろうとした相手がいない世界で、彼は生きていけるのだろうか。

小野宮に生きてほしいと貴子は思った。苦しくてもつらくても悲しくても、とにかく生きてほしい。そう願うのはエゴだとわかってはいたが、一度捨てた命を再び捨てさせたくはなかった。

病室前で監視中の捜査員はすでに連絡を受けていたらしく、貴子が名前を告げるとなかに通してもらえた。

ベッドの上の小野宮は目を開けていた。点滴の管が腕につながり、バイタル測定器が規則正しい音をたてている。

貴子の姿を認め、彼はゆっくりと眼球を動かした。なにも映していないぼんやりとした瞳は、母のそれとどこか似ていた。「息子が……」「息子がね……」と、いまも悠が生きているかのように嬉しそうにしゃべっていた数時間前の母を思い出す。

小野宮が宍戸の死を知るのはいつだろう。

吉永は宍戸の殺害を認めてはいるが、動機については口を閉ざしている。しかし、彼女が無言を貫いたとしても、小野宮と宍戸の関係が事件の核になっていることは隠しようがなかった。

小野宮が意識を取り戻したとなると、吉永の事件を担当する捜査員が事情聴取に訪ねるはずだ。そこで彼は宍戸が死んだことを知るだろう。金づるとして利用した女に、命がけで守ろうとした女が殺されたことを知ってしまうのだ。

せつなさが胸を締めつけ、貴子はそれ以上考えることを放棄した。

せめて小野宮が全身全霊で守ろうとしたものを尊重したかった。それを取り上げれば、彼は絶対に生きていけないだろう。

貴子は、自分が正しい道からそれようとしていることを認めた。

「小野宮さん。あなたはふたりの女性を殺しました。あなたは生きて、罪を償わなくてはなりません」

小野宮の瞳は貴子に向けられたままだ。感情のない、古いガラス玉を連想させる輝き。生還したことにまだ気づいていないような弛緩《しかん》した表情。それなのに、くちびるだけはまっすぐに結ばれている。まるで、なにも言うまいとするかのように。

二人の女性を殺害、被告に懲役27年求刑 ── 2月26日（火曜日）

東京都板橋区で元交際相手の女性を灰皿で殴打し死亡させ、翌日には東京都豊島区で清掃スタッフの女性を同様の手口で死亡させたとして、傷害致死罪などに問われた無職・小野宮楠生被告（33）の裁判員裁判が行われた。検察側は「2日で2名の女性の命を奪う犯行は短絡的で極めて悪質。本人に反省の態度が見られない」として懲役27年を求刑。一方の弁護側は「どちらの犯行も殴打したのは一度だけで、被害者が死亡するとは予期できなかった。犯行は突発的なもので、また幼少期の家庭環境は情状酌量の余地がある」として懲役11年が適当とした。判決は来月28日に言い渡される。

エピローグ

灰皿を手に取り、ふりかざす。女の後頭部に叩きつける。

一瞬の動作に少しの迷いもなかった。

女は一、二秒動きを止め、ぐらぐらっと揺れたのち、耐え切れなくなったようにどさっとうつ伏せに崩れ落ちた。

笑いが漏れる。頰がゆるみ、くちびるの端がつり上がる。女を見下ろす自分の目が輝いているのを自覚する。

やった、と思う。ちゃんと殺した、今度こそ殺せた。やっとあの子との約束を果たせたのだ。

床に倒れた女を見下ろしているのに、まぶたの裏には黄色がちらついている。発光しているようにまぶしい一面の黄色。あの子の部屋のベランダに並んでいたハンカチの色。

今朝早くに見た光景だった。

ベランダの黄色いハンカチが目に飛び込んできたとき、血が躍った。待ち焦がれた日が訪れた歓びを感じながら、この日のために生きてきたのだと噛みしめた。

しかし、やがて現れたあの子から、またしても間に合わなかったことを知らされた。黄色いハンカチは昨晩からかけてあったのに、自分が気づかなかったばかりにまたあの子の手を汚させてしまった。

山本若菜という女のことは知らなかったが、ほんとうは自分が殺さなければならなかったのだ。そう思ったところで、自分が殺したことにすればいいのだと、いや、自分が殺したことにさせてほしいと切望した。

亀田礼子、とあの子は続けた。過去にM町に住んでいたらしい女。礼子という名前には覚えがあった。昔、父親が連れ込んだ女のひとりかもしれない。

本人に聞いてみるよ。

あの子に笑ってほしくて、冗談めかしてそう言った。しかし、血の気のない顔は冷たくこわばったままで、あの子から少しずつ色が失われていくように感じられた。

早くしなければと気が急き、紙袋を無言で押しつけた。いままで貯めた金が入っていたが、たぶんあの子を幸せにできるほどの金額ではないだろう。

金と力とやさしさ。この三つが女を幸せにするために必要なものだと教わった。そのどれも満足に手に入れることはできなかった。自分にできるのは、約束を果たすことだけなのだろう。

約束しただろ。今度は俺がやる。

そう言うと、なぜだろう、あの子は不思議そうな顔をした。まるで、そんな約束など覚えていないとでもいうように。

でも、いい。やっと約束を果たせたのだから。

足もとの女は動かない。ぽっかりと開いた目はなにものも映していない。

礼子、と声に出さずに呼びかけたら、ありがとう、という言葉が浮かんだ。殺させてくれてありがとう。死んでくれてありがとう。約束を果たさせてくれてありがとう。

この世界のすべてのものに感謝したかった。この世界のすべてのものから祝福されているようだった。

光と色にあふれたこの美しい世界の一員にやっとなれた気がした。

あの子の幸せを願うと、心のなかも光と色で満たされていった。

背後で足音が聞こえたが、歓びを抑えることができない。笑みが大きくなっていく。歓喜の声がこみ上げる。振り返り、衝動のまま灰皿を持った手を突き上げた。

解説

藤田《ふじた》 香織《かをり》（書評家）

二〇一九年九月に本書『屑《クズ》の結晶』の単行本が発売されたとき、そのタイトルから想像したのは、憎み切れないろくでなし系男の話だった。

顔立ちは良いのにどこか崩れた印象があって、口数は多くないけど欲しい言葉をくれる。不器用だけど優しくもあり、ときどき見せる、くしゃっとした笑顔が少年のようで、けれど一般的にいわれる「ふつう」とか「あたり前」とか「常識」は通用しない。ひとところに留まることがなく、あちらこちらの場所で揺蕩《たゆた》うように生きている、刺さる人には刺さり、放っておけないと思わせる。感覚としては「ダメ男」より繊細で、「人でなし」ほど残虐ではない男の物語なのかな、と。

実際、本書の主人公となる小野宮楠生には、確かにそうした一面もあった。

顔立ちは良く、照れたような笑みには人なつこさといたずらっぽさが滲み、ぱっと音がしそうなほど鮮やかな笑顔をつくることもでき、〈いともたやすく相手の懐《ふところ》に入り込み、無邪気な笑顔とやさしい言葉を駆使して女たちを魔法にかける〉男。女性を殺害した容疑で逮捕され、警察署から送検される際に、満面の笑みを浮かべながら手錠をかけられた両手でピースサインを出し、「誰を殺そうと俺の自由だろ」とコメントする。その後、次々に恋人を名乗る女性が現れたこともあわせ、早々に世間から「クズ男」と呼ばれることになった無職の三十三歳だ。

傍目にはいいように騙されていたとしか見えないにもかかわらず、そんなクズ男のために交際相手の女たちは「小野宮楠生を救う会」を結成する。しかも、費用を出し合って依頼した弁護士の宮原貴子に向かってこう言うのだ。「私たちと楠生は、普通の人たちには理解できない関係なんです。だから、私たちはかわいそうな女でもないし、騙されたわけでもありません。楠生を愛し、楠生に愛された女たち。みんなファミリーなんです」。

物語のほんの序盤ではあるけれど、絵に描いたようなろくでなしのクズ男と、魔法にかけられているクズ女の見事な関係性である。正直にいえば鼻で笑ってしまったほどだ。

でも、だけど。

読み進むにつれ、そんなふうに「あぁ、そういう系ね」とカテゴライズしようとした自分の浅はかさにキリキリと頭が痛くなった。痛みは、痺れとなり、呼吸が苦しくなっていく。そうなのだ。これまでにも、作者である、まさきとしかさんの小説を読むたびに、同じ痛みを感じてきたのに、私はすぐに忘れてしまう。人を思い込みで分類し、触れずに、踏み込まずに、切り捨てて、知らぬ顔をしてしまう。

いや、私だけではない、と思いたい。まさき作品を読み継いできた読者でも、おそらく

「屑の結晶」という言葉から、本書で描かれているものごとを的確に思い描くことは難しいだろう。

簡単に連想できるような関係性や、表面的な言動ではかれる人間を、この作者が書くはずなどないのだから。

単行本デビュー作となった『夜の空の星の』（二〇〇八年五月／講談社）を除いた、多くのまさき作品と同様に、本書もジャンルとしては、ある事件の真相を追うミステリーの形式をとっている。まずは簡単にその概要にも触れておこう。

クズ男こと小野宮楠生にかけられた容疑はふたつ。

ひとつは、池袋の雑居ビルの二階トイレで、清掃スタッフの女性、亀田礼子（七十歳）の後頭部を灰皿で殴打した事件。犯行直後と思われる現場を目撃された楠生は、凶器の灰皿を持ったまま逃走するも、ビルから出たところで警察官に逮捕される。被害者は搬送先の病院で死亡が確認された。

もうひとつは、その逮捕後に自供した元交際相手の女性の殺害。池袋での事件前日、板橋区にある被害者の自宅アパートで、山本若菜（三十三歳）を、やはり灰皿で殴り殺したと供述していた。楠生は当初、両事件の犯行を全面的に認めていたものの、起訴後、亀田礼子の殺害については一転、否認する。

弁護士の宮原貴子は、都内で三店舗のネイルサロンを営む吉永ひとみを代表とした「小野宮楠生を救う会」から依頼を受け、事件の裏取りを始める。楠生に接見し、現場へも、目撃者や被害者の周囲の人物のもとへも足を運び、辛抱強く丁寧に話を聞いていく。対して楠生はといえば、自分よりも明らかに歳上の弁護士である貴子をちゃんづけで呼び、「とにかくなんかうまいことやって、早くここから出してよ」と甘えてみせる。人を殺したんですよ、とたしなめられれば「だからなに？」と応えもする。貴子ならずとも〈もしも誰かに「どんな男？」と聞かれたら「クズ男」と答えるのが手っ取り早い〉と思うだろう。

しかし、そうした楠生の態度に、貴子がどこかバランスの悪さや違和感を抱き、自分の「腑《ふ》に落ちない」感じに拘り続けることで、表面的には見えていなかったものが次第に浮かび上がっていく。

と同時に、楠生とは十年もの付き合いになる吉永ひとみや、元恋人とされている被害者のひとり山本若菜、貴子が事件の鍵を握る人物だと見定めた宍戸真美、そして小野宮楠生自身の視点でのパートも挟み込まれ、事件の背景が重層的に語られる。ライターの上嶋千沙里によって、楠生は父子家庭で虐待されて育ち、十歳のときに父親が死亡。以後、中学卒業まで児童養護施設で育ったという過去が暴かれる。様々な証言から事件関係者たちの間に共通する土地が浮上する。楠生の証言はなにが本当でなにが嘘なのか。施設を出た十五歳のときから、十年前に二十三歳で吉永ひとみと出会うまでの約八年間、どこでなにをしていたのか。

視点を変え、時間を行きつ戻りつし、じわりじわりと楠生の壮絶な過去が明らかになっていく。

けれどそれを、まさきとしかは、「向こう側の人」として描かない。楠生に、自ら明かすことのなかった過去があるように、貴子にもひとみにも若菜にも真美にもある、それぞれの事情や心情にもフォーカスをあてていく。作者は、家族、とりわけ母娘の関係性を描くことに定評があるが、楠生を中心に男女関係に関係性の軸をとるかに見える本書もまた、父と息子、母と娘、家族の歪みと足掻きを剝き出しにして見せる。読みながら重い気持ちになるのは、登場人物たちの愚かさや醜さに辟易するからだけではない。彼らのような屈託や苦悩そのものに、あるいはそれを抱えた肉親や友人や知人に、線を引き、余計なものを背負い込まないように、目を逸らしてきたことを思い知らされるからだ。

亡き弟のことばかりを思う認知症のすすんだ実母にうんざりしながらも、自分はかわいげのない子供だったと振り返る貴子の自省。楠生が平気で人を殺すようになったのは、置き去りにして離婚した母親のせいだと近隣住人が言ったと聞いた、シングルマザーの事務員、土生京香がこらえ切れずに言い募る憤り。不仲だったとはいえ、妹が殺された挙句、姑に「殺されるようなことをしたんじゃないか、自業自得なんじゃないか」と言われた若菜の姉の悔しさ。周囲から愛されたい一心で身につけてしまった真美の隙のある言動と作られた「かわいげ」。気付かないふりをしてきたにもかかわらず、この気持ちを知っている、と思う。決して、引いた線の向こう側で起きている他人事ではないのだ、と思う。

物語がどのような過程を経て、どんな結末を迎えるのか、ここでは記さない。楠生の選択も、貴子の選択も、是非で語ることはしたくない。

ただ、ひとつ。何度か読み返すうちに、あぁ、本当にそうだったんだな、と腑に落ちたことに触れておきたい。小料理屋の女将を震え上がらせた雑居ビル事件直後の笑顔も、送検時にWピースをしたときも、楠生は心の底から嬉しかったのだ。団地の狭い一室で、存在していないかのようにただ息をして、誰にも相手にされず誰からも愛されず生きてきた楠生にとって、真美がベランダに並べた黄色いハンカチは、まさに「幸福」そのものだったに違いない。暗い押し入れから救出され四半世紀近い時が過ぎても、「クズ男」と世間から嘲笑された男は、そんなふうにしか生きられなかったのだ。それを、哀しいと思うのか、憐れだと思うのか、酷いと思うか、いや、それもまた幸せだと思うのか。正解なんてないと分かっていても考えて、身近な誰かと話をしてみたい。

最後に。既に本書を読み終えた方のなかには、弁護士として貴子が最終的に下した判断に、眉を顰める人もいるかもしれない。もちろん、貴子自身が、その判断を誰よりも重く受け止めているはずだ。まさき作品といえば、文庫書下ろしで刊行された『あの日、君は何をした』（二〇二〇年七月／小学館文庫）から、『彼女が最後に見たものは』（二〇二一年十二月／同）へと続くシリーズ・キャラクターとして人気を博している、寡黙で思慮深くこれまた壮絶な過去をもつ警視庁捜査一課の刑事・三ツ矢秀平が印象深いが、今回の経験をした後の貴子は、彼に並ぶ存在に成り得るのではないだろうか。そんな勝手な期待を抱けば、笑って本書を読み終えることもできるのだ。

屑の結晶は美しかった、などとくくれる話ではないし、くくりたくもない。ただ、本書を読んで考えたことを、忘れないで欲しいと切に願っている。

二〇一九年九月　光文社刊

光文社文庫

屑《クズ》の結《けつ》晶《しょう》

著　者　　まさきとしか

2022年10月20日　初版1刷発行

発行者　鈴　木　広　和
印　刷　新　藤　慶　昌　堂
製　本　フォーネット社

発行所　株式会社　光　文　社
〒112-8011　東京都文京区音羽1-16-6
電話（03）5395-8149　編　集　部
8116　書籍販売部
8125　業　務　部

ISBN978-4-334-79434-7　Printed in Japan

組版　萩原印刷

光文社文庫最新刊

一人二役《いちにんふたやく》 吉原裏同心(38) 佐伯泰英

北辰群盗録 佐々木 譲

不老虫《ふろうちゅう》 石持浅海《いしもちあさみ》

屑《クズ》の結晶 まさきとしか

潮首岬《しおくびみさき》に郭公《かっこう》の鳴く 平石貴樹

小倉・関門海峡殺人事件 梓 林太郎

紅子 北原真理